hansanord

Rob Lampe

DIE SENATORIN

Kriminalroman

IMPRESSUM

1. Auflage 2019

Der Roman spielt hauptsächlich in allseits bekannten Ecken in und um Hamburg, doch bleiben die Geschehnisse reine Fiktion. Sämtliche Handlungen und Charaktere sind frei erfunden.

ISBN Print 978-3-947145-22-5
ISBN E-Book 978-3-947145-23-2

Für Fragen und Anregungen:
info@hansanord-verlag.de

Fordern Sie unser Verlagsprogramm an:
vp@hansanord-verlag.de

hansanord

hansanord Verlag
Johann-Biersack-Str. 9
D 82340 Feldafing
Tel. +49 (0) 8157 9266 280
FAX +49 (0) 8157 9266 282
info@hansanord-verlag.de
www.hansanord-verlag.de

Für M.

Prolog

Sven war auf den Hund gekommen.

Er schlug dem Dobermann mit der flachen Seite des Spatenblattes auf den Kopf.

Dieser jaulte und fiel um. Die langen Beine strampelten. Aber das hörte auf.

Ohnmächtig geworden, dachte Sven und stieß den Spaten zurück ins Rosenbeet.

Er war enttäuscht. Der Kopfschlag erleichterte ihn weniger als erhofft. Bei seiner Mutter hatte er sich für Tage befreit gefühlt. Als hätte er alle Gewichte abgeworfen.

Da war er der Erlösung nah gewesen.

Doch das Verlangen war zurückgekehrt. Also probierte er es nun mit dem Hund. Natürlich wäre Nina für ihn die einzig richtige Lösung gewesen. Tief in seinem Inneren wusste er das. Nina war seine große Liebe. Aber er war noch nicht für sie bereit.

Sie war schön und schlau.

Er selbst konnte sich kaum schön nennen. Okay, hässlich war er ebenso wenig. Die Frauen liefen nicht davon, wenn er einen Raum betrat. Er hatte ein markantes Gesicht und er war groß.

Aber die Paketbotenuniform musste er loswerden. Die machte ihn unsichtbar; weniger bei den Durchschnittsfrauen, aber bei denen, auf die es ihm ankam. Vor allem bei Nina.

Sven wuchtete das Paket wieder in den gelben Transporter. Außer dem Hund war niemand auf dem heruntergekommenen Fenske-Hof gewesen. Sven wendete den schweren Wagen und brachte ihn aus der unbefestigten Grundstückseinfahrt auf die Straße, zurück nach München. Sein Entschluss stand fest. Das mit dem Hund war ein Fehler gewesen. So was brachte nichts.

Um Nina ebenbürtig zu sein, würde er wieder zur Schule gehen. Er wollte schlau werden wie sie und seinen Trieb solange unter Kontrolle behalten. Seine Mutter hatte ihm eingeredet, er sei dumm und krank. Er würde nie Frau und Kinder haben. Er solle zum Arzt gehen und sich helfen lassen.

Dabei war sie dumm und krank gewesen und nervte endlos. Bis er *ihr* geholfen hatte.

Erster Teil

Es gibt Schmerz, der dich schwächt und es gibt Schmerz, der dich stärkt.

Kapitel 1

Wenn alle Zukunft vor ihnen liegt und die Welt dazu. Und beide darauf warten, entdeckt zu werden.

Wenn keine Sorgen da sind, aber Jugend und Schönheit und die bewundernden Blicke.

Dann sprechen Freundinnen auch über ihre Schwestern. Lästern sogar über sie. Weil es dazu gehört und nicht böse gemeint ist, sondern Übermut. So sprechen auch Nina und Alexandra, beste Freundinnen, über Saskia, Ninas Schwester.

Saskia hatte sich nämlich einen Lackbodysuit zugelegt.

„Mit *Slip ouvert*", flüsterte Nina laut und deutlich und dann lachten die zwei Freundinnen und erklärten sich gegenseitig, wie so ein Schlitzreißverschluss funktionierte und vor allem, was man damit anstellen könne.

Schwestern, Schlitze, Reißverschlüsse wurden aber zur Nebensache, wenn Theo erschien. Theo, Alexandras heimlicher Schwarm, lehnte Brezn knabbernd an der Holzwand eines geschlossenen Verkaufsstandes kurz vor dem Ausgang der Wiesn. Es wirkte, als habe er auf Alexandra gewartet.

„Passt du uns etwa ab?", fragte Alexandra.

„Wie kommst du darauf?"

„Es macht den Eindruck auf mich."

„Das ist schön, dass ich Eindruck auf dich mache."

„Fragt sich nur welchen." Alexandra schaute spöttisch.

Theo grinste. — So ging es seit Wochen. Die zwei neckten sich. Ansonsten passierte nichts zwischen ihnen. Was Alexandra, so dachte Nina, wenig ähnlich sah. Normalerweise fackelte die spontane, rothaarige Alexandra nicht lang, wenn ihr einer gefiel.

Vielleicht gefiel ihr Theo besonders? Deswegen sparte Alexandra ihn sich auf oder legte ihn sich zurecht wie einen Fußball auf dem Elfmeterpunkt.

„Aber ich habe heute keine Zeit für dich", sagte Alexandra.

„Dann machen wir einen Quickie."

Alexandra lachte. Es klang wie ein Gurren.

„Nicht frech werden", und betonte es so, dass es auch „Mach nur weiter so, Theo" hätte heißen können.

Alexandras Vater winkte genervt herüber. Er wollte nach Hause fahren.

„Sonst bekommst du es mit ihm zu tun", ergänzte Alexandra, „meinem Vater."

Theo hatte keine einfallsreiche Erwiderung parat und biss in die Brezn. Alexandra tänzelte davon:

„Komm, Nina."

„Ach was, die Tram kommt gleich."

„Ist kein Problem, ehrlich. Können wir noch quatschen."

„Dein Vater soll keinen Umweg fahren wegen mir." — Um nicht weiter mit der Freundin diskutieren zu müssen, Alexandra war ihr da überlegen, verlangsamte Nina die Schritte, ließ sich zurückfallen. Alexandra winkte noch mit ihrer Handtasche, Nina winkte zurück:

„Wir sehen uns morgen!"

Dann schaute Nina sich nach Theo um.

Wo war er geblieben? Eben noch hatte er zwischen Bude und Laterne gestanden, jetzt war er weg.

Während Wiesnbesucher zum Ausgang schlenderten, ging Nina gegen den Strom und hoffte, Theo zu erspähen. Theo war groß, er würde die meisten um Kopfeslänge überragen. Aber er blieb für Nina unauffindbar. Auch zwischen die Buden schaute sie; vielleicht machte Theo sich einen Spaß, verbarg sich dort. — Was voraussetzte, dass Theo sie wirklich wahrgenommen hatte. Na ja, dass er hatte er wohl, so klein sollte sie sich selbst nicht machen. Aber er musste mit ihr ein Spiel spielen wollen, ähnlich wie er es bei Alexandra mit den Wortwechseln trieb. — Nina blieb stehen. Was dachte sie darüber nach, was Theo über sie denken könnte? Was wollte sie überhaupt von ihm?

Gar nichts wollte sie.

Also kehrte sie um. Irgendwie war sie unzufrieden. Aber warum, fragte sie sich, der Abend war schön gewesen.

Natürlich war die Tram weg. Nina würde die paar Minuten bis zur nächsten Tram warten, statt durch die mitternächtliche Kälte zu laufen. Als aber eine feiernde Meute um die Ecke kam, entschied sich Nina weiter zu gehen.

„Schöne Frau, schöne Figur. Willste küssen?", rief einer der Männer. Nina ging schneller, traute sich schließlich, sich umzuschauen — sie sah niemanden, der ihr folgte. Sie atmete auf.

„Ich beschütze dich, Nina. Keine Angst."

Nina zuckte zusammen.

Die Stimme aus dem Dunkeln sagte: „Du bist anständig. Du hast Manieren. Wir unterstützen uns gegenseitig, nicht wahr?" Ein Mann trat in den Lichtkegel der Laterne.

„Ach du bist es!" Konnte er sie nicht in Ruhe lassen?! „Hast du mich aber erschrocken." Es war Sven.

„Sehe ich so schlimm aus?"

„Nein, nein, so meinte ich das nicht." Der Typ mit den ungepflegten Zähnen entwickelte sich zum Stalker. Bestimmt hatte er ihr aufgelauert. Womöglich war er die ganze Zeit auf der Wiesn in ihrer Nähe gewesen. Die Vorstellung war ihr unheimlich.

„Wie meinst du es denn?", fragte Sven.

„Ich … ich weiß nicht."

„Du weißt es nicht."

„Genau."

„Was weißt du denn?"

„Keine Ahnung."

„Du weißt aber wenig. Ich meine, für dein Alter. Vielleicht brauchst du Nachhilfe."

„Nachhilfe? … Ja, vielleicht."

„Ernsthaft?! Du willst mich verarschen?"

„Nein, nein."

„Du hast Abitur. Hältst mich wohl für dumm. Nimmst mich nicht ernst. Weil ich Paketbote bin. Aber ich werde mal was Großes, mir ist da heute eine Idee gekommen."

„Du bist Paketbote?"

„Das habe ich dir erzählt. Beim letzten Mal. Hörst du mir nicht zu?"

„Doch, doch."

„Also hast du es gehört und wieder vergessen? Weil es dir nicht wichtig war."

„Doch, doch."

„Was doch, doch? Dir war es wichtig?"

„Ich … ich weiß es nicht."

„Nina, du kannst es wieder gut machen, dass du es vergessen hast." Er fasste sie an die Schulter. Nina schüttelte die Hand ab.

„Werd nicht zickig. Du hast keinen Grund, zickig zu werden. Ich bin hilfsbereit und bringe dich nach Hause, und du hast keine Manieren. Soll ich sie dir beibringen?"

Sie rannte los. Sie war jung und schnell.

Sven aber war schneller. Nina hörte seine Schritte, sein Keuchen. Sie bildete sich ein, schon seinen Atem im Nacken zu spüren. Gleich hätte er sie.

„Hilfe! Hilfe!"

Von hinten warf Sven sich auf sie, und seine 80 Kilogramm rissen sie nach unten. Mit Knien und Kiefer knallte Nina auf die Bürgersteigplatten. Es knirschte, sie bekam Steinchen in den Mund und spuckte sie aus und schmeckte Blut. Doch es waren keine Steinchen, es waren Zähne, die sie ausspuckte, und statt Protestgeheul brachte sie nur ein Gurgeln hervor, und der Mund öffnete sich dazu nicht mehr richtig, irgendwie war der Unterkiefer verrutscht. Sven zerrte an ihr, er hatte erstaunliche Kräfte. Sie schliff über die Platten, sie fühlte Nässe und Matsch, Blätter, Gras, griff in Weiches, das Hundekot war, Zweige ratschten ihr durchs Gesicht. Undenkbares würde passieren …

Sven ordnete seine Botenuniform. Er war ein ordentlicher Mann.

Er war auch ein guter Mann, hatte er doch seiner Nina Manieren beigebracht. Das war nötig gewesen, und Sven wunderte sich über Ninas Eltern, die ihre Tochter derart nachlässig erzogen hatten. Sie hatten ihr zu viel durchgehen lassen, jetzt musste er das ausbügeln. Aber das machte er gern für seine Nina. Er liebte sie, und auch deswegen würde er nie irgendwelche Vorwürfe gegenüber Ninas Eltern laut werden lassen. Sie hatten eine herrliche Tochter gemacht. Ein schönes Mädchen, in das er sich einfach hatte Verlieben müssen, und er würde alles geben, um sie glücklich zu machen — und er würde sich hüten, Nina zu verärgern, indem er einen Streit mit ihren Eltern anfinge über Fehler in der Vergangenheit. Er würde - das war nun, da sie so innig miteinander verbunden gewesen waren, seine geradezu heilige Pflicht - weiter auf Nina aufpassen, damit ihr nichts zustieße.

Oh … er musste darauf achten, dass er sich nicht in einer Traumwelt verlor. Manchmal passierte ihm das, das hatte er schon bemerkt. Nina lag im Gebüsch und wimmerte. Vielleicht fror sie. Er musste sich um sie kümmern. War sie etwa verletzt? … Das allerdings wäre ihre eigene Schuld. — Aber wer Schuld hatte … darauf kam es nicht an. Er liebte sie schließlich. Natürlich würde er helfen.

Warum aber schlug sie seine Hand weg? Und kroch noch weiter unter das Gestrüpp?

Er bekam ihren Knöchel zu fassen.

„Aua — du Biest."

Aber er würde sie nicht schlagen. — Da hatte er schon wieder ihren Fußknöchel und zog … huch, nur den Schuh hatte er noch in der Hand, ein wahrhaft geschmackloses Ding mit zu hohem Absatz.

Er brach den Absatz ab.

„Nina, ich will dir helfen."

Jedoch unterließ er es, seine Freundin weiter zu bedrängen. Er wusste, wann er aufzuhören hatte. Frauen konnten hysterisch werden. Die begehrenswertesten Frauen … die, um die zu bemühen es sich wirklich lohnte, wie Nina oder auch ihre jüngere Schwester Saskia: Sie hatten ein kompliziertes Seelenleben. Vielleicht faszinierten sie ihn genau deswegen.

Nina entkäme sowieso nicht aus dem Gebüsch, es wucherte nach hinten dichter und vorn, am Ausgang, da stand er: hübsch trocken auf dem Bürgersteig. Er machte jetzt den Reißverschluss zu; er wollte nicht aussehen wie ein Stadtstreicher, er war ein korrekter Paketbote.

„Alles wird gut, Nina."

Würde er ihr in diesem Moment weiter seine Hilfe aufdrängen, nähme noch ihre Seele Schaden, und das wollte er nicht. Er würde externe Hilfe holen für Nina, und bis die Hilfe eintraf, bliebe er auf seinem Posten, damit sie nicht davonliefe, bevor der Arzt einträfe. Das könnte er nicht verantworten. Man stelle sich vor: Nina, in ihrem jetzigen Zustand, liefe auf die Straße und würde überfahren. Er würde sein Leben lang nicht mehr froh werden.

Sven tippte 112

„Hallo ...?" Es dauerte einen Moment, dann meldete sich die Notrufzentrale.

Er nannte seinen Standort und es ginge um ein Mädchen. „Sie ist, glaube ich, verletzt. Sie liegt da und ... ja, bei Bewusstsein. Aber sie braucht schnell einen Arzt." Er bekam ein Gespür für die Frau am anderen Ende. Es war eine Abwieglerin, mürrisch, vielleicht faul, unzufrieden mit dem Leben. Sie brauchte es farbig, er drehte auf, machte es dringend, schilderte Verletzungen im Unterleib und im Gesicht. — Die Frau in der Zentrale lebte auf, der Notarzt wäre in wenigen Minuten da, versicherte sie und fragte nach seinem Namen.

„Sven."

Sein Nachname? Was tat der zur Sache? Der Notarzt sollte schnell kommen, um Nina zu helfen. — Aber Diskussionen bedeuteten Verzögerung, also sagte er:

„Mehnert, Sven Mehnert. Schicken Sie schnell den Arzt los. Bitte."

Der wäre schon unterwegs, sagte die Frau.

„Danke, meine Dame." Freundlich sein. Hilfe erwarten dürfen, Hilfe geben, Manieren haben. So einfach konnte die

Welt am Funktionieren gehalten werden, wenn man guten Willens war.

Er sah einen Nachtschwärmer näherkommen. Bestimmt kam der von der Wiesn. Fast alle gingen da vorn über die Ampel, aber der Kerl nicht, er blieb auf dieser Seite. Seine Schritte waren unsicher, er mochte zwei oder drei Maß getrunken haben.

Sven kroch zu Nina unter das Gebüsch. Sie atmete ruhiger. Aus ihrem Mund war Blut gelaufen, das hatte er übersehen gehabt, und ein Auge war ihr zugeschwollen. Nina sah nicht mehr so schön aus. Aber das würde wieder. Sven war Optimist.

Er schmiegte sich an sie. Er könnte das Blut mit einem Papiertaschentuch abtupfen. Ob er das dürfte?

„Warum zitterst du, Nina?" — Ach natürlich, ihr war kalt. Er umarmte sie fester, drückte sie. Das wärmte seine Freundin. Sie duftete immer noch lieblich, trotz all ihrer Angst. Er schnupperte in ihrem Haar.

„Ich liebe dich, weißt du das? Natürlich weißt du das."

Sven strich ihr durch das Haar und bekam ein Ohrläppchen zu fassen. Es war weich und warm. Am liebsten hätte er daran geknabbert. Was Verliebte eben so tun. Nina drehte sich auch nicht mehr weg. Sie mochte ihn also, und deswegen lächelte er nun und sprach sanft.

„Warum hast du Angst gehabt? Es war unnötig, das weißt du jetzt."

Er war glücklich.

Zu selten erlebte er diese Momente, in denen er glücklich sein durfte, und genau jetzt war so ein Moment, und er wollte ihn festhalten und schloss die Augen.

„Da kommt gleich ein Mann", sprach er in ihr Ohr und drückte sie fester, als wäre sie sein fleischgewordener Glücksmoment, und in gewisser Weise war sie es auch, „wir haben nun zwei Möglichkeiten."

Trotz aller Verliebtheit: Er hatte der Vernünftige zu bleiben, der rationale Mann. So gehörte es sich, so war die natürliche Ordnung. Nina durfte hysterisch werden, weinen und sich von ihren Gefühlen treiben lassen; aber er musste kühlen Kopf bewahren, wenn es darauf ankam. Er analysierte für sie beide die Situation, damit er Nina sagen konnte, was sie zu tun hatte, was für sie beide das Beste war. Schließlich waren sie nun ein Paar. Seine Hand umschloss ihre Kehle, die Finger ertasteten den Knorpel.

„Du bist ruhig, wenn er hier vorbeigeht. Sonst …"

„Das hast du sehr gut gemacht."

Er küsste sie.

„Dann kannst du mich loslassen?"

„Magst du mich nicht?"

„Doch, doch. Aber du drückst so fest. Mir bleibt kaum Luft zum Atmen."

Sie hatte recht. Er sollte mehr auf die Bedürfnisse seiner Freundin achten. Er lockerte den Druck der Daumen auf Ninas Kehlkopf. Nina holte so heftig Atem, dass es pfiff.

Sie waren schnell ein echtes Paar geworden, fand Sven. Und er war guten Willens dazuzulernen. Er wollte ihr ein perfekter Partner werden.

„Ich habe einen Arzt für dich gerufen", sagte er.

Da konnte sie sehen, wie er sich um sie kümmerte.

„Ich weiß." Sie hatte sich beruhigt — gut so. „Das habe ich gehört."

Sven gab ihren Hals endgültig frei, stützte sich auf, um seine Freundin betrachten zu können. Die Straßenbeleuchtung drang nur schwach herüber, dennoch war unverkennbar, dass Nina — trotz verschwollenem Auge und Blutmund — eine schöne Frau war.

„Was hättest du gemacht, wenn er uns entdeckt hätte? Ich meine, obwohl ich mich still verhalten habe. Wenn er trotzdem … das wäre doch möglich gewesen?"

„Gut möglich wäre das gewesen."

„Was hättest du … getan?"

„Ich … ich weiß es nicht." Solche Gedanken machte er sich nicht. Trotzdem gruben seine Finger in der Hosentasche nach dem Dietrich. Der wäre klein gewesen — und der Passant groß. Obwohl … richtig eingesetztes Metall … „Mir wäre etwas eingefallen", sagte Sven, und Nina fragte nicht weiter nach.

Er hörte ein Martinshorn. Das würde der Krankenwagen sein. „Wurde aber auch Zeit — ey, was machst du?!"

Nina vollführte eine Rolle und entwich nach vorn aus dem Gebüsch.

Sven krabbelte hinterher. Aber Nina war schon über den Bürgersteig hinweg und auf der Fahrbahn.

Was für ein Wahnsinn, mitten in der Nacht auf die Straße zu laufen.

„Nina!" Er musste sie retten. Erneut.

Also lief er hinterher — und kam keinen Moment zu spät, denn Nina strauchelte. Ob sie sich ein Steinchen in die Fußsohle gelaufen hatte oder umgeknickt war? Ein Scheinwerferpaar flog auf sie beide zu, Sven hörte das Hupen und das herzflattermachende Schleifgeräusch, welches blockierende Reifen verursachen, die über Asphalt rutschten. Das Heck des alten Kombis brach aus …

Sven riss Nina an sich und hechtete mit ihr in den Armen zum Bürgersteig — stieß dabei aber mit der Vorderkante seines

Schuhs gegen den Bordstein, drehte sich - wie er das schaffte, blieb ihm ein Rätsel - im Fallen auf den Rücken, um seine Nina vor dem Aufprall zu schützen und landete hart auf den Gehwegplatten. Schwer fiel Nina auf ihn, er hielt sie weiter fest, spürte ihre Brüste durch seine Jacke. Ihr Atem streifte sein Gesicht, und ihn überlief eine Gänsehaut. Die Lust erwachte erneut.

Der Kombi fing sich und — fuhr einfach weiter.

Zwar hatten sie sich eben erst geliebt … Aber Nina erschien ihm so begehrenswert wie keine Frau zuvor. Außerdem waren das besondere Umstände: Der weithin einsehbare Bürgersteig, auf dem sie beim Sex entdeckt werden könnten … Das Gefühl der Gefahr steigerte sein Begehren. Es war eine neue Erfahrung für ihn.

Er flüsterte Nina ins Ohr: „Ich habe dir das Leben gerettet." Gleichzeitig drückte er die Lenden gegen ihren Schoß. Nur Stoff trennte sie beide.

Nina wand sich, versuchte sich von ihm freizumachen, hieb mit Fäusten auf ihn ein. Das machte ihn an. Ihre Hiebe waren Streicheleinheiten für ihn.

Der Klang des Martinshorns verwehte. Es war also nicht der Krankenwagen für Nina gewesen.

Sven packte Nina fester. Sie sollte nicht aufhören mit dem Faustgetrommel. Er fand es gut, dass seine Freundin nicht anfing zu weinen unter seinem harten Griff. Seiner Meinung nach fingen Frauen zu schnell an zu flennen, wenn sie etwas nicht erreichten, was sie unbedingt wollten. Und dass Nina nicht erreichen würde, was sie wollte, das war offensichtlich für Sven, der sich nun unten frei machte.

Oder war alles ganz anders?

Während Ninas Schläge auf Sven prasselten, kamen ihm Zweifel … glaubte er zu begreifen, was gespielt wurde — und er lachte auf.

Gerade ging er seiner neuen Freundin auf den Leim!

Das hatte Witz. So eine clevere Freundin gewonnen zu haben. Er konnte kaum aufhören zu lachen. Für Außenstehende mochte das Lachen irre klingen, aber es war einfach ein verdammt guter Witz von ihr.

Sie spielte mit ihm. Sie war scharf auf ihn, wie er auf sie, aber sie kleidete es in ein Frauenspiel; das alles machte sie noch schärfer, und gleichzeitig konnte sie vor dem eigenen Gewissen behaupten, sie wäre ein reinliches Mädchen, das eigentlich nicht wollte, obwohl es sogar mehr wollte als er.

„Ich werde dich ins Gefängnis bringen!", sagte sie und spuckte ihn an.

Er atmete tief. Sie baute das Spiel aus. Er fand es herrlich. Sie verstanden sich, und er würde darauf eingehen. Seine Lust platzte nun fast, und er fasste Nina in die Hose, um ihrem dringlichsten Wunsch nachzukommen und seiner Geilheit das Ziel freizulegen. Das Ziel, das erreicht werden wollte. Auch ein zweites Mal noch, erst recht ein zweites Mal, damit er wahre Erlösung erlangte: Nach der schnellen Eroberung vorhin, die ihm bereits schal vorkam, weil Nina schon da mit ihm gespielt haben mochte. Also würde er den Triumph erneuern, ihren gemeinsamen Lusttriumph, den nur zwei wahrhaft Liebende so innig und zugleich geil feiern können.

Während er also vollendete, hörte er ein neues Martinshorn. Blaulicht flackerte am Ende der Straße und eilte heran.

Das war perfekt. Die Befürchtung, jeden Moment entdeckt zu werden, steigerte seine Geilheit noch. Selten schenkt das Leben solche Momente, da alles zusammenpasst, und Sven wollte diesen Moment mit allen Sinnen auskosten. Ninas junge Haut war weich und straff. Ihr Körper drehte und wandte sich. Vom Park her wehte der Duft von gefallenem Laub herüber.

All die Eindrücke nahm er auf, sodass er sich in den kommenden Jahren, egal wie es ihm erginge, daran erinnern konnte. Erinnerung konnte in womöglich kalter Zukunft wärmen. Jeder Mensch brauchte Erinnerungen, die ihn wärmten, denn nicht immer mochten die Zeiten gut sein. Sven sammelte in guten Zeiten für die schlechten, um über den Winter zu kommen und den nächsten Frühling zu erleben.

Der Krankenwagen wurde langsamer, sie suchten.

Nina, die bisher so tapfer gewesen war und dafür auch wirklich ihren Spaß bekommen hatte, nun wimmerte sie doch. So waren sie, die Frauen. Auch die besten. Hatten sie ihren Spaß gehabt, kamen die Gewissensbisse und sie wollten dem Mann die Schuld geben und spielten das Opfer.

„Du hältst die Klappe", herrschte Sven seine Freundin an, „Ich regel das."

„Dafür bring' ich dich ins Gefängnis." Sie sprach undeutlich und hustete, drehte ihren Kopf zum Blaulicht.

„Gar nichts wirst du."

„Du wirst im Knast verschimmeln"

„Aber wir lieben uns!"

Sie wollte ihn wieder anspucken. Ihre Kehle war zu trocken dafür.

„Benimm dich. Auch wegen deiner Schwester, was soll sie denken?"

„Was hat meine Schwester damit zu tun?"

„Sie beobachtet uns. Von da drüben. In dem Wagen da, auf der anderen Seite."

„Hä?"

„Der Paketwagen da, siehst du ihn?“

Sein gelber Transporter parkte tatsächlich dort.

„Ich konnte Saskia nicht abhalten. Sie findet mich toll. Sie wirft sich mir an den Hals.“ Nina guckte überrascht. Er beruhigte sie gleich: „Natürlich werde ich sie nicht anrühren. Schließlich liebe ich dich. Aber wenn du so mit mir umspringst, dann mache ich vielleicht doch ein bisschen mit Saskia rum ... Obwohl, sie ist wirklich nur die zweitbeste Lösung.“

Mit großgewordenen Augen schaute Nina ihn an. Es war der Blick einer verschreckten Maus, und er war der Kater, der ihr mit der Tatze durch das hübsche Gesicht wischte.

„Du lügst, du kennst sie überhaupt nicht.“

„Sie hat mir ihren Lackbodysuit vorgeführt.“

„Was?!“

„Mit *Slip ouvert*, also Reißverschluss unten. Im Schritt.“

Der Tatzenhieb hatte gesessen. Seine Nina war sprachlos. Er hatte klar gemacht, wer in der Ehe - sie würden heiraten, das war klar - die Oberhand hatte.

„Sie sitzt nicht in dem Wagen“, beharrte Nina wie ein trotziges Kind. „Sie würde davonlaufen. Jeder würde vor dir davonlaufen.“

„Deswegen habe ich sie festgebunden.“

„Was?! ... Mein Gott -“

„Der bin ich und deswegen parierst du besser. Keinen Mucks zu den Sanitätern, sonst rammel ich deine Schwester gleich drüben auf der Pritsche, bis sie blutig ist.“

Er winkte dem Krankenwagen. Zwar hätte der Fahrer sie beide auf dem Bürgersteig sowieso gesehen, aber er wollte sichergehen.

Nina sagte: „Einen Scheiß wirst du. Ich verrate alles, und die befreien Saskia.“

Sven schlug Nina gegen die Schläfe, und Nina wurde ohnmächtig.

„Gar nichts wirst du."

Der Krankenwagen hielt am Bordstein. Die Sanitäter stiegen aus, erkundigten sich, holten die Trage, betteten Nina und deckten sie zu.

Sven konnte auch nicht sagen, wie die Frau hieß. Er hatte sie gefunden und sogleich den Rettungswagen alarmiert.

9 Jahre später dachte Nina plötzlich wieder an ihre beste Freundin Alexandra.

Nina saß in der Maske und die Haare wurden von einer Visagistin toupiert, als Moderatorin Amiri mit entschlossenen Schritten hereinkam. Amiri hatte eine rote Haarmähne wie damals Alexandra. Die Moderatorin begutachtete sich vor dem größten Spiegel der Maske und nebelte dann die Mähne mit langen Stößen aus einer Spraydose ein.

„Was machen Sie da in Ihre Haare?", fragte Nina.

„Goldstaub."

„Das ist nicht ihr Ernst?"

Amiri warf die Mähne nach hinten und lachte. Ihre Schneidezähne waren zu breit und ließen ihr schönes Gesicht zusätzlich interessant werden.

„Ist kein echter Goldstaub, keine Ahnung was das ist. Irgendein Flitter, das ist ein Tipp meiner Friseurin. Die bringt die Dosen aus Amerika mit. Dort nutzen es die Stars, Ich meine die wirklichen Stars."

Amiri ließ die Dose in ihre übergroße Handtasche plumpsen und marschierte hinaus, auf der Schwelle hielt sie inne: „Bereit für den großen Auftritt?"

„Ich glaube schon … Wollen wir die Fragen vorher durchgehen?"

„Das lassen wir. Ich liebe es spontan. Aber egal, was Sie sagen, Nina, ich werde Sie wählen."

„Oh, danke."

„Wir sehen uns."

Hoffentlich hatte sie vor der Kamera keine Aussetzer, dachte Nina. Sonst wäre Amiri nach der Talkshow die Einzige, die sie noch wählte.

Die Visagistin mattierte Nina die Stirn.

„Ich glaube, es ist genug jetzt", meinte Nina, „sonst werde ich zu schön."

„Je schöner, je mehr Wählerstimmen", sagte die Visagistin.

„Woher haben Sie das?"

„Ist meine persönliche Erfahrung."

„Dann machen Sie mir auch von dem Goldglitter drauf."

„Oh, so was nehme ich nicht in die Hand. Das haben Sie auch nicht nötig."

„Dann muss ich es ohne Feenstaub schaffen." Nina federte aus dem Schminksessel. Die neuen Pumps zwickten gleich wieder in den Hacken.

Die Visagistin war in Grau gekleidet. Wie eine graue Maus. Aber dumm war die Frau nicht. Sie hatte eigene Standpunkte, sie wollte damit nur nicht auffallen. So kamen viele durchs Leben, und das war in Ordnung; Nina jedoch wollte es anders machen. Sie wollte etwas erreichen. Mit ihren Standpunkten. Wegen ihrer Standpunkte.

„Moment … sonst werden Sie gleich ausgelacht", die Visagistin nahm Nina den weißen Schminkschutzlatz von den Schultern.

„Ich drücke Ihnen die Daumen, Nina. Zeigen Sie es den Sparkommissaren."

Nina spürte das Lampenfieber, es drängte sie ins Studio. Eine Regieassistentin mit raspelkurzen Haaren hielt sie am Arm fest.

„Lassen Sie Amiri erst ihren Aufsager machen."

„Äh … ja." Nina machte sich frei von der Frau, die sie ungern loszulassen schien.

Ninas Wartezeit in der Kulisse dehnte sich aus. Länger als Nina es sich vorgestellt hatte. Nach Amiris Aufsager wurde Werbung eingespielt. Da es eine Livesendung war, musste die Pause abgewartet werden. In den drei Minuten des Nichtstuns stieg Ninas Lampenfieber weiter an. Nina stellte sich die Zehntausende, vielleicht Hunderttausende von Zuschauern vor, die zu Hause vor den Bildschirmen saßen und sie gleich nach ihrem Auftritt beurteilen würden. Fünf Jahre Arbeit, ein Studium, ein Umzug, eine - auch wegen des Umzugs - in die Brüche gegangene Ehe: Alles lief auf diese 45 Minuten zu, die gleich kamen und die über ihren weiteren Lebensweg entschieden.

Sie wollte Senatorin werden und jetzt kam der entscheidende Moment. Ihre Nervosität wurde stärker und war mit Willenskraft nicht niederzuzwingen. Die Stirn wurde feucht. Im Fernsehen würde das katastrophal aussehen. Auf *Youtube* würde das verschwitzte Gesicht sie für Monate und Jahre verfolgen.

„Nina, halten sie einen Moment still", sagte die Visagistin. Unbemerkt war sie herangekommen und mattierte Ninas Stirn abermals. „So einfach wollen wir es den Sparkommissaren nicht machen, Nina. Ich wähle Sie. Nun viel Glück."

„Danke. Sie retten mich."

Auf der Studiobühne gab Amiri vor der Kamera einen knappen Überblick über Ninas Werdegang und schwenkte die Mähne dabei effektvoll hin und her.

Die kurzhaarige Regieassistentin zupfte Nina am Ärmel. „Auftritt, Nina."

Jetzt, auf einmal, so schnell? Nina zögerte. Glänzte die Stirn? Verbarg der Blazer ihre verschwitzten Achseln?

Die Regieassistentin strich Nina über den Rücken und schob sie aus der Kulisse — und Nina kam prompt auf ihren Pumps ins Rutschen. Der Studioboden war glatter, als er aussah. Er schluckte Schall und Reflexionen der Scheinwerfer, war weich wie eine Tartanbahn und dabei rutschig, als wäre er mit Schmierseife abgerieben.

„Uiih!", entfuhr es Nina und sie legte eine akrobatische Schrittfolge hin, mit welcher sie immerhin einen Sturz vermied.

Unbefangen lachte Amiri auf, zeigte der Kamera ihre breiten, gesunden Zähne. Es war die richtige Reaktion, um Ninas Slapstickeinlage die Peinlichkeit zu nehmen.

„Was für ein Auftritt. Nina Schmidt weiß, wie man Aufmerksamkeit erregt."

„Ohne Aufmerksamkeit kann man seine Ziele kaum durchsetzen", nahm Nina das Zuspiel auf. Ihre Nervosität war vergessen. Nina fühlte sich wach und schlagfertig. Mochten Amiris Fragen kommen und auch mit dem Überraschungsgast würde sie fertig werden.

Zumal Ninas Büroleiterin Keira herausgefunden hatte, wer der Überraschungsgast sein würde: Innensenator Abendroth, ein harter Hund — jedoch alt geworden und berechenbar, Nina hatte sich präpariert und würde Abendroth in den Griff bekommen.

Während Nina auf einem der drei freien Studiohocker Platz nahm und feststellte, dass das Gestühl so konstruiert war, dass man darauf nur unvorteilhaft halb sitzen und halb stehen konnte, stellte Amiri ihre erste Frage.

„Senatorin Khan wird allgemein attestiert, in den letzten vier Jahren gute Arbeit geleistet zu haben. Was können Sie besser?"

Die Kamera fuhr heran.

Saß man auf diesem verdammten Hocker besser oder stellt man sich davor? Nina setzte sich mit einer Pobacke drauf und hoffte, nicht wieder mit den Pumps auf dem Studioboden abzurutschen … Das gäbe nach dem Stolperer beim Hereinkommen die finalen Lacher ihrer Kampagne. Die Bewerberin, die weder laufen noch sitzen konnte.

„Ich … äh …" Guter Anfang, Mädchen. Reiß dich zusammen. „Kostenlose Kindergartenplätze." Wollte sie erst als ultimativen Wahlkampfschlager zum Schluss bringen. Egal. „Die Mietpreisbremse braucht neue Bremsbeläge, die besser packen. Parallel müssen wir ans Wohngeld, da hat sich Frau Khan nie herangetraut."

Sie hatte noch einige Punkte, wollte aber nicht gleich alles sagen. Der Kommunikationstrainer hatte ihr gesagt, dass mehr als drei Argumente beim Zuschauer nicht wahrgenommen würden, also verschenkt wären. Besser wäre es, neue Argumente zu bringen, wenn man auf eine Frage keine Antwort wüsste. Dann solle man sagen: „So ist die Frage falsch gestellt", um dann eine neue soziale Wohltat zu versprechen. Man geriete dadurch gar nicht erst in eine Verteidigungshaltung, sondern wirke konstruktiv.

„Sehr interessant", stellte Amiri fest und legte ihre Haare von der rechten Kopfseite auf die linke Seite. Vielleicht hatte sie einen

Werbevertrag mit einem Hamburger Edelfriseur und tauchte auf Bannerwerbungen im Internet auf. „Wir hätten gern Senatorin Khan dazu befragt. Aber sie ist auf Dienstreise in Stockholm."

Dienstreise, natürlich. Nina wusste, was Ida Khan nach Stockholm fliegen ließ. Niemand sprach darüber öffentlich, aber in den Behördenfluren zerriss man sich das Maul darüber. Es war die Liebe, die Liebe zu einer Frau.

„Aber wir haben Ersatz gefunden", erklärte Amiri den Zuschauern, „mehr als Ersatz. Zwei sehr kompetente Gäste ..." Sie machte eine Kunstpause, drehte sich zur zweiten Kamera. „Ich begrüße zunächst Adalbert von Gerte." Der Vorklatschter klatschte los, sogleich folgte das Studiopublikum, welches in zwei Reihen dicht an der Bühne saß.

Nina hatte von dem Hamburger Anwalt Adalbert von Gerte gehört, war ihm jedoch während vier Jahren in der Hansestadt nie begegnet. Er war eine lokale Berühmtheit, wurde aber wohl mehr auf Partys gesichtet als in Gerichtssälen. Trotzdem - oder gerade deswegen - verstand er es, sich in die Medien zu bringen. Nina vermutete, er benötigte das, um sein Geschäft am Laufen zu halten.

„Adalbert von Gerte ist einer unserer renommiertesten Anwälte", verkündete Amiri, „und ich bin stolz, dass er sich bereit erklärt hat, uns seine Expertise im *Talk am Wasser* zur Verfügung zu stellen."

„Aber sagen Sie Bertie zu mir!"

Mit diesen Worten und ausgestrecktem Händeschüttelarm stürmte der Anwalt und Tatendrangdarsteller Adalbert von Gerte aus der Kulisse vor die Kamera. Im wahrsten Sinne des Wortes.

Denn er lief geradewegs in die Aufnahmelinse und zeigte dabei ein Lächeln, das von einem Ohrläppchen zum anderen reichte. Erschrocken wich die Kamerafrau mit ihrer 12.500-Euro-Elektronik-Preziose zurück. Im letzten Moment kurvte Bertie herum zu Amiri und herzte die Rothaarige mit vollem Körpereinsatz. Goldflitter rieselte auf sein Kaschmirjackett.

„Bertie! Nehmen Sie doch Platz … Bertie, bitte." Amiri befreite sich.

Frappierend war für Nina die schnelle Wandlung Berties. Als er Amiri losließ, wurden seine Bewegungen plötzlich gemessen und damit passend zu seinem maßgeschneiderten Anzug. Mit geradem Rücken deutete er gegenüber Nina eine zackige Verbeugung an:

„Canditatus Nina Schmidt, habe die Ehre." Seine Stimme war nun tiefer, ein Bariton, der sich in einem Gerichtssaal Gehör verschaffen konnte.

Bertie ließ sich auf dem zweiten Hocker nieder. Auf elegantere Weise als Nina es geschafft hatte, das musste sie zugeben und fragte sich, wie Bertie das machte. Die Hosenbeine rutschten ihm hoch. Zu Mokassins trug er keine Socken, verzichtete auch auf Füßlinge. Dadurch brachte er seine Fesseln zur Geltung, die genauso urlaubsgebräunt waren wie sein Gesicht.

Nina entspannte sich. Bertie war also ein Beau und intellektuelles Leichtgewicht. Er würde ihr Wahlprogramm nicht erschüttern, geschweige denn sie während der Sendung in die Enge treiben können.

„Darf ich eine Frage an Sie richten?", beugte sich Bertie herüber und berührte Nina am Kostümärmel.

„Dafür sind wir hier", erwiderte sie.

„Wir leben in einem Rechtsstaat. Ich meine, Sie treten doch für den Rechtsstaat ein und stehen auf dem Boden des Grundgesetzes."

„Natürlich."

Glaubte er, in die Rolle eines Westentaschenstaatsanwalts schlüpfen zu müssen und sie und die Zuschauer mit Begriffen zu beeindrucken, die in ein Seminar der Universität gehörten?

Bertie fuhr fort: „Die Grundrechte … unsere Grundrechte sind Abwehrrechte."

Er sah zu ihr hinüber, und sie wusste nicht, ob sie auf Berties Theorieschmonzes etwas erwidern sollte. Ihr fiel auch nichts Intelligentes ein. Also hielt sie besser den Mund.

Bertie dozierte: „Wir sind Bürger des Staates. Der Titel *Bürger* ist ein erkämpfter Ehrentitel. Dem Bürger sind durch das Gesetz die Abwehrrechte gerade gegenüber dem Staat zuerkannt worden."

„Aha", machte Nina, und Amiri mischte sich ein:

„Und was hat das für uns zu bedeuten?"

„Dagegen steht der Sozialstaat", sagte Bertie, und Nina sah die Gelegenheit hineinzugrätschen:

„Der Sozialstaat! Wir müssen ihn ausbauen. All die armen Menschen und Kinder …" Nina holte Luft, dachte an ihre Tochter Olivia — und sah Bertie den Mund spitzen, als hätte er sie genau dort, wo er sie haben wollte.

„Bürger", meinte Bertie.

„Bürger?"

„Sie sagten Menschen. Aber es sind Bürger. Bürger haben Rechte gegenüber dem Staat. Sagen Sie *Menschen*, erkennen Sie ihnen die Bürgerrechte ab. Menschen sind Verfügungsmasse für den Staat. Verfügungsmasse waren sie vor 200 Jahren, heute sind wir weiter."

„Menschen und Kinder", wiederholte Nina. „Es geht um Wohngeld und Kindergartenplätze, um eine Qualifizierungsoffensive und Gleichstellung. Letztlich geht es um Geld, was wir den Benachteiligten zur Verfügung stellen müssen. Sie haben in unserer Gesellschaft zu lange abseitsgestanden."

„Sie sprechen vom Sozialstaat, Frau Schmidt. Ich spreche vom Rechtsstaat. Natürlich habe ich die schwierigere Position. Der Sozialstaat kommt warm und mütterlich herüber. Zumindest zunächst. Der Rechtsstaat dagegen erscheint kalt, er setzt Normen."

„Bertie, ich muss Ihre hochinteressanten Ausführungen unterbrechen", schritt Amiri ein. „Wir laufen auf die Werbung zu. — Nur ein Spot, wir sind gleich wieder für Sie da."

Das rote Aufnahmelicht über der Studiotür erlosch, die graue Visagistin sprang herbei und mattierte Amiri die Stirn. Bertie rutschte von der Sitzfläche und streckte sich.

„Verdammte Hocker. Ich werd' zu alt für den Kram. Hat Boltow kein Geld mehr für vernünftige Sessel?" Boltow war ein Hamburger Versandhändler und Hauptanteilseigner des Senders. Bertie brachte einen perlmuttbelegten Taschenspiegel hervor und fingerte an seinen grauen Schläfen.

Sie würden mehr als eine Spotlänge Pause haben. Es wurden diverse Sponsoren präsentiert, ein Gewinnspiel abgefahren, eine NGO hatte einen Spendeneinspieler, dann erst kam die Werbung für den Achselrasierer.

„Sie sollten nicht zu theoretisch werden, Bertie", meinte Amiri.

Nina war das egal, sie verschwand in die Kulisse und rief Daryna an, die Tagesmutter von Olivia. — Nina ließ es klingeln. Keiner ging ran.

„Es geht weiter, Frau Schmidt", kam der Hinweis von der Regieassistentin mit den raspelkurzen Haaren.

„Okay."

Es war komisch. Was könnte Daryna davon abhalten, ans Telefon zu gehen? Hoffentlich ging es Olivia gut. Sie hatte einen Infekt, aber das war eigentlich nichts Ernstes.

Das rote Licht leuchtete wieder auf, und Bertie machte genau dort weiter, wo er aufgehört hatte, als habe es weder die Werbeunterbrechung noch Amiris Anmerkung gegeben.

„In Ihrem Sozialstaat, Frau Schmidt, werden Normen zu Werten."

Ob Daryna mit Olivia auf dem Weg ins Krankenhaus war? Aber das war Unsinn, warum gleich an das Schlimmste denken. Sie war im Fernsehen, darauf sollte sie sich konzentrieren.

Bertie sagte: „Werte wie Menschenrechte oder Gleichstellung oder Antidiskriminierung scheinen wertvoller zu sein als Normen, die so kalt herüberkommen. Aber wenn wir Werte, wie Sie es tun, Frau Schmidt", Berties Zeigefinger stieß in Ninas Richtung, „wenn wir Werte über Normen stellen, dann hebeln wir die Bürgerrechte aus. Denn Werte sind wandelbar. Heute verlangen Sie Geld von den arbeitenden Bürgern, um es den Armen zu geben. Morgen ändern sich womöglich die Werte, Ihr Nachfolger braucht das Geld der Bürger, um das Klima zu retten oder was auch immer. Nur Normen helfen gegen einen solchen übergriffigen Staat. Einen Staat, der so tut, als wolle er unser Bestes und darunter doch immer nur unser Geld versteht."

„Es geht mir nicht um hohe Werte wie Gleichstellung und Diskriminierung. Ich verstehe davon auch zu wenig." Stopp! Nicht die eigene Kompetenz in Frage stellen, würde ihr Kommunikationstrainer mahnen. „Es geht mir um konkrete Missstände wie zu hohe Mieten und fehlende Kindergartenplätze."

Einige aus dem Publikum klatschten, und auch Nina fand sich gut. Vielleicht nicht brillant, aber vorzeigbar. Die Wähler würden ihre konkreten Forderungen eher verstehen als Berties abstrakte Begriffe.

Es folgte eine zweite Werbepause. Diesmal wollte die Visagistin Nina abpudern; aber Nina lehnte ab, ging hinter die nächste Kulissenstellwand und griff zum Smartphone, um die Tagesmutter Daryna zu erreichen. Bevor Nina jedoch die Kurzwahl tippen konnte, kam Amiri um die Ecke:

„Entspannen Sie sich. Es läuft gut für Sie."

„Wirklich … woher wollen Sie das wissen?"

„Das Publikum klatscht stärker bei Ihnen."

Nina hatte sich so sehr auf Bertie konzentriert — oder war sie in Gedanken eher bei Olivia gewesen? Jedenfalls hatte sie Kamera und Publikum ausgeblendet gehabt.

Amiri bekräftigte: „Das Saalpublikum ist ein guter Gradmesser dafür, welcher Gast draußen bei den Zuschauern ankommt." Sie ging hinüber zu Bertie, schaute aber noch mal zurück: „Locker in die Kamera gucken. Lieben Sie die Kamera, dann liebt Sie das Publikum. Den zweiten Gast schaffen Sie auch." Amiri tippte sich an die Stirn. „Bitten Sie noch mal um Puder, statt auf dem Handy zu wischen. Wenn die Haut glänzt, denken die Zuschauer, Sie hätten Stress."

Amiri hatte recht. Der Fernsehauftritt war der Dreh- und Angelpunkt ihrer Kampagne. Der Bürgermeister kalkulierte auf seine Wiederwahl und setzte dafür auch auf Nina, hatte ihr, die als Parteilose antrat, dennoch die Position der *Senatorin für Arbeit, Soziales, Familie und Integration* angeboten, weil er an Ninas Kompetenz und ihre Zugkraft bei den Wählern glaubte. Jetzt war nicht die Zeit, sich ablenken zu lassen, und Olivia konnte noch einen Moment zurückstehen. Letztlich kämpfte Nina auch für Olivias Zukunft, oder? Was sollte Olivia schon passiert sein. Daryna war zuverlässig. Und nach der Werbepause waren noch 10 Minuten zu absolvieren, wenn überhaupt. Bertie schien ihre Wahlchancen nicht gefährdet zu haben. Nach dem nächsten Gast, wenn sie sich darauf konzentrierte und sich keinen Schnitzer erlaubte, hatte sie beste Chancen, Ida Khan zu beerben und Senatorin zu werden.

Die Regieassistentin rief, es ging weiter.

„Wir begrüßen unseren letzten Studiogast", nahm Amiri den Faden auf. Ja, sie liebte die Kamera. Sie kroch hinein, der Blick ging auf das Objektiv, und Amiri lächelte es an und Nina konnte sich vorstellen, dass Amiri im Fernsehkasten wirkte wie die Freundin, die man gern bei sich im Wohnzimmer begrüßte.

So wollte Nina es auch machen: freundlich gucken, den Blick in die Kamera, als wäre sie eine gute Freundin.

Was hatte Amiri gesagt, wie hieß der Gast? Abendroth war es scheinbar doch nicht, warum auch immer. Nina schaute zu Amiri und bekam noch mit, wie Amiri sagte:

„… hat mit dem Fenske-Hof in München für Furore gesorgt, wo er benachteiligten Jugendlichen und Kindern mit Migrationshintergrund durch ein revolutionäres Konzept hilft, sich in die Gesellschaft einzugliedern. Begrüßen wir den ungewöhnlichen Mann mit einem großen Applaus …"

Mit den Schritten eines Erfolgsunternehmers trat der frühere Paketfahrer und Vergewaltiger Sven Mehnert vor die Kamera.

Obwohl er in feinem Zwirn und mit geputzten weißen Zähnen auftrat, erkannte Nina ihn sofort. Wie hätte sie auch den Mann vergessen können, der sich an ihr vergangen hatte. Den Mann, der ihr den Kiefer gebrochen und sie ohnmächtig geschlagen hatte.

Nina war entsetzt. Ihr entgleisten die Gesichtszüge. Zum Glück blieb das unsichtbar für die Zuschauer, da die Kamera auf Sven gerichtet blieb.

Sven Mehnert aber schien keine Scham und kein Unrechtsbewusstsein zu kennen. Er gab der Kamera ein Schwiegersohnnicken, als sei er bei fast jedem Zuschauer schon mal zu Kaffee und Butterkeksen eingeladen gewesen; dann begrüßte er Moderatorin Amiri und Anwalt Bertie, ließ sich seinen Hocker zuweisen, um sich von dort gleich an Nina zu wenden:

„Ganz besonders freue ich mich, die künftige Senatorin Nina Schmidt neben mir zu haben."

Was erdreistete er sich. Nina stand davor, ihm eine Ohrfeige zu geben. Aber die Kamera … — Nach der Sendung würde sie ihn anzeigen. Sofort nach der Sendung.

Aber müsste sie dann jetzt nicht aufstehen und gehen? — Oder ihre Anschuldigung hier und jetzt in die Kamera sprechen … oder wäre das Rufmord … aber was er ihr angetan hatte, er hatte es verdient, bestraft zu werden.

Allerdings … würde man sagen … warum hat sie nicht gleich damals gesprochen, damals vor 9 Jahren.

Während bei Nina die Gedanken wirbelten, machte Sven ihr Komplimente.

„Nina Schmidt habe ich schon in München als durchsetzungsstarke Persönlichkeit kennenlernen dürfen. Sie vereint auf außergewöhnliche Weise Kompetenz mit Charme, und ich kann mir vorstellen, dass sie als Senatorin für die Hansestadt ein absoluter Gewinn ist."

Dieses Schmierlappenlächeln, dieser angedeutete Wiener Schmäh: Er widerte sie an. Nina hatte Schwierigkeiten, bei klarem Verstand zu bleiben. Ihr fehlten die Worte. Sie blieb stumm. Sie bemerkte die Kamera nicht, die auf sie gerichtet war.

Amiri sagte irgendwas. — Was hatte sie gesagt? Nina überlegte.

„Ich darf Sie korrigieren, Amiri“, erwiderte Sven. „Ich werde hier im Norden kein seltener Gast bleiben. Im Gegenteil, ich werde zukünftig sogar häufig hier sein.“

Er erhob sich. „Ich möchte hier bekanntgeben, dass ich auch einen Fenske-Hof in Hamburg eröffnen werde. Wir werden dafür auf der Elbinsel Wilhelmsburg vier Millionen Euro von privaten Spendern investieren. Und ich hoffe, dass Frau Nina Schmidt sich als Senatorin dafür einsetzen wird. Sie werden doch?”

„Das sind fantastische Nachrichten”, sagte Amiri und strahlte bezähnt.

Das Studiopublikum jubelte.

Nina brauchte nur Ja zu sagen zu Svens Angebot, dann würde sie die Wahl gewinnen. Eine schnelle Baugenehmigung, vielleicht ein paar Gelder aus dem Sozialhaushalt für einen Wilhelmsburger Fenske-Hof waren ein billiger Preis für ihr Senatorengehalt, die Publicity, ihren Schnellstart in eine Politikerkarriere, welche sie keineswegs auf Hamburg beschränken wollte.

„Ja”, krächzte Nina in die Kamera, zwang sich ein Lächeln ins Gesicht. Dann sackte sie bewusstlos vom Hocker. Ein Raunen ging durch das Publikum.

Amiri machte der Regieassistentin ein Zeichen, und sogleich schwenkte die Kamera zur Moderatorin:

„Es folgt die Werbung.”

Kapitel 2

Nina schlug die Augen auf. Sie sah die breiten Schneidezähne von Amiri, dann Amiris besorgten Gesichtsausdruck.

„Geht es Ihnen gut?"

„Alles in Ordnung", sollte Nina sagen. Obwohl natürlich Unordnung war. Sonst läge sie nicht auf dem Studioboden. Nina hustete.

„Bleiben Sie unten, ruhen Sie sich aus."

Die am Boden liegende Wahlkämpferin schluckte den Husten weg und wollte sich hochstemmen.

Amiri drückte sie zurück: „Ein Arzt ist verständigt."

„Aber ich habe keine Zeit. Mir geht es gut."

Nina dachte an Olivia. Unwichtig war, ob die Tausende von Zuschauern gesehen hatte, wie sie vom Stuhlhocker gesunken war. Die Wahl war nebensächlich. Das unglaubliche Wiedersehen mit ihrem Peiniger Sven war irgendwo im Nebel. Nur Olivia zählte. Sie war das Einzige, was übriggeblieben war von der Liebe zu Theo. Nicht nur das Einzige, sondern das Wichtigste. Ein Kind war wichtiger als die größte Liebe, das wurde klarer, je mehr Jahre sich zwischen das Ende der Liebe und die Gegenwart schoben. Die Frucht der Liebe war das Geschenk. Allein die Frucht barg die Zukunft.

„Olivia."

„Was meinen Sie?"

Das Studio hatte sich geleert. Amiri und die raspelkurzhaarige Regieassistentin beugten sich über Nina.

„Ich habe alle hinausgeschickt", erklärte Amiri, die Ninas schweifenden Blick sah.

Nina rappelte sich hoch, diesmal hinderte sie keine der Frauen.

„Die Zuschauer haben nichts mitbekommen", sagte die Regieassistentin, „Wir haben sofort auf Werbung geschaltet."

Wenn die Frau wüsste, wie egal Nina das war.

Die Regieassistentin stützte Nina am Ellbogen und an der Taille.

„Wie heißen Sie?", fragte Nina.

Die Assistentin hatte einen festen und zugleich einfühlsamen Griff und schaute Nina unverwandt an aus dunklen Augen, in denen etwas war, das Ninas Neugier weckte.

„Lady Lack."

„Lady Lack?"

„Lady Lack." Der Lady Hände stützten weniger … streichelten sie?

„Ungewöhnlicher Name." Ungewöhnliche Frau.

„Ich wähle dich, Nina", sagte Lady Lack und ließ plötzlich ab von Nina, „Meine Freundinnen auch."

Der Arzt kam. Mit Bart und geöltem Undercut war er eine Mischung aus Barber-Shopbetreiber und Instagram-Model. Er stellte sich vor, schob ihr ein mitgebrachtes Kissen unter den Hinterkopf. — Das war viel bequemer so. Keiner hatte bisher an ein Kissen gedacht. — Dann erfühlte er ihren Puls.

Heute fingerten alle an ihr herum. Alle außer Sven Mehnert.

Während arzterfahrene Männerfinger sie berührten, spürte Nina ein Kribbeln. Nach Jahren erstmals … das überraschte sie. — Wie hieß der Mann? Sie hatte vorhin nicht zugehört.

Der Arzt fragte in die Runde: „Haben wir keinen vernünftigen Sessel?"

„Äh …" Amiri sah sich um.

„Im Schminkraum“, antwortete Lady Lack.

Dort wurde Nina platziert, der Arzt maß auch den Blutdruck. Sah Nina in die Augen, unterhielt sich mit ihr über Gott und die Welt und sprach mit einer warmen Stimme. Mit genau solcher Stimme sollte ein *Toyboy* zu ihr sprechen ... — Hatte sie das gerade wirklich gedacht?! Wie verrückt war das denn.

Aber sie wollte es nicht bestreiten; einen Mann wie diesen Arzt, solch einen Kerl würde sie zurzeit nicht von der Bettkante stoßen.

Seit dem Ende der Beziehung zu Theo - Jahre war das her! - hatte sie nicht mehr mit einem Mann geschlafen.

Manchmal kam sie sich ausgehungert vor wie eine Hyäne in der Prärie. Und daher kamen die überspannten Gedanken. Andererseits, das war merkwürdig, konnte sie gut ohne Sex leben. Sie spürte kein Verlangen, und sie wusste auch, woran das lag. Es gab da einen, der ihr den Appetit verdorben hatte. Appetit ... was für ein schwacher Ausdruck. Die Lebensfreude, den Spaß am Spaßvollsten, was die Natur dem Menschen geschenkt hatte: Genommen hatte es ihr Sven Mehnert, und nur Theo hatte es bisher vermocht, sie das vergessen zu lassen.

Aber es hatte wenig Zweck wieder anzufangen, Theo hinterherzutrauern. Das war vorbei, und das Leben ging weiter. Vielleicht war das der tiefere Grund, warum sie sich in die Politik gestürzt hatte. Die Reden, Gremien, Sitzungen übertünchten etwas, was ihr fehlte. — Genauso konnte es jedoch umgekehrt sein. Theo jedenfalls hatte das behauptet. Sie verbrächte mehr Abende bei Sitzungen als bei ihm und Olivia.

Olivia!

„Ich muss los.“

Sie sprang auf — die verflixten Pumps. Nina schleuderte die Hackenzwicker von den Füßen und lief barfuß aus dem

Schminkraum, einen protestierenden Arzt ohne Namen, Moderatorin Amiri und Lady Lack zurücklassend. Der billig bestuhlte Gästeraum des Senders roch nach Fußballerumkleidekabine. Aus dem Spind holte Nina ihre große Tasche, in welcher die bequemen Schuhe bereitlagen.

Draußen, beim Winken nach dem Taxi, fragte Nina sich, wieso sie die Pumps weggeschleudert hatte, statt sie mitzunehmen.

Das war der Schock. Sven Mehnert zu sehen hatte sie schockiert. Jede Frau wäre schockiert, ihrem Vergewaltiger nach 9 Jahren wieder zu begegnen. Nina hatte sich vorgestellt, Sven würde in irgendeinem Gefängnis versauern. Dazu hätte sie ihn natürlich anzeigen müssen …

Sie dachte an Olivia. Das Kind war wichtig, Nina würde nicht zulassen, dass Sven und seine Verbrechen sie ablenkten, von dem, was wichtig war. Nina tippte eine Nachricht an Amiri, ob sie ihre Pumps aufbewahren könne?

Im Taxi bat sie den Fahrer: „Bringen Sie mich bitte in die Sierichstraße."

Nina versuchte, Daryna anzutelefonieren, aber niemand nahm ab.

„Fahren Sie schneller."

Nina reichte Euroscheine nach vorn.

„Noch schneller. Bitte."

Nina stürmte hinein.

„Olivia?!" Nina warf die Tasche unter die Garderobe. „Daryna! Wo seid ihr?"

Unbekannte Stimmen drangen durch die geschlossene Wohnzimmertür. Nina riss die Tür auf …

Da saß Olivia. Gott sei Dank. Da saßen auch Daryna und eine unbekannte Frau. Vor ihnen stand das Notebook aufgeklappt, und es lief die Aufzeichnung vom *Talk am Wasser*. Aus den Boxen der Surround-Anlage schallte der Ton.

Als Olivia ihre Mutter sah, rutschte sie vom Sessel und lief ihr in die Arme: „Mama, bist du ohnmächtig geworden?!"

„Warum seid ihr nicht ans Telefon?"

„Du bist ohnmächtig geworden, Mama!"

Nina hob Olivia in die Höhe und barg das Mädchen in den Armen. So quirlig, so lebendig war das Kind. Nina hielt ihr Glück.

Olivia drückte ihre Mutter, so gut es mit den Ärmchen ging.

„Wie kommst du darauf, dass ich ohnmächtig geworden wäre?"

„Weil du vom Hocker gekippt bist."

Daryna mischte sich ein: „Das konnten wir aber nicht sehen."

„Doch, konnten wir", beharrte Olivia.

„Wer sind Sie?", wandte sich Nina an die unbekannte Frau: eine Blondine von der Art, die einen Bischof an seiner Berufswahl zweifeln ließ. Unschuldige Augen, sündige Lippen, hohe Absätze.

„Ich bin Sophia, die Bloggerin."

Nina kannte keine Sophia, die Bloggerin wäre. Sie kannte überhaupt keine Bloggerinnen.

„Keira, ihre Büroleiterin, hat einen Termin gemacht."

„Einen Termin bei mir?"

„Eine Homestory bei Ihnen."

„Jetzt?"

„Gleich nach dem *Talk am Wasser*. Ich habe viele Follower, die neugierig auf Sie sind."

Nina tippte in ihren Kalender auf dem Smartphone. Da war der Termin. Sie erinnerte sich auch. Keira hatte den Auftrag, vor der Wahl so viele Pressetermine wie möglich zu arrangieren.

Aber mit einer Bloggerin? Nina hatte an Zeitungen, Radio, Fernsehen gedacht.

Daryna erkundigte sich, ob es falsch gewesen wäre, Sophia hereinzulassen. Nina beruhigte Daryna, sie habe nichts falsch gemacht. Sophia erklärte sie, es passe gerade nicht, sie fühle sich ausgelaugt. Ob Sophia ihre Karte dalassen könne?

Auf der Karte aus schwerem Papier stand in Schnörkelschrift:

Sophia
Drei Ehemänner. Drei Millionen.

„Drei Millionen Follower oder drei Millionen von den Scheidungen?", erkundigte sich Nina.

„Beides."

„Oh."

„Dann wollen wir doch jetzt reden? Ich erzähle Ihnen auch alles über meine Männer."

Bloß nicht. Nina dachte an Sven, an den sensiblen Arzt. Männer verwirrten sie. Im Moment zumindest. Sie wollte sich nicht mit Männern beschäftigen.

„Ein andermal. Vielleicht."

Nachdem Sophia zur Wohnungstür begleitet worden war, flegelte sich Nina mit einem Seufzer in ihren Lieblingssessel.

Von irgendwo aus der Wohnung rief Daryna: „Ich beaufsichtige noch, dass Olivia Zähne putzt, dann gehe ich."

„In Ordnung." Ein Glas Bordeaux würde sie entspannen. Auf keinen Fall wollte sie wieder an Sven denken, an die Nacht vor 9

Jahren. Aber Nina fühlte sich zu träge, um aufzustehen und zum Barschrank zu gehen.

Sie döste ein und erwachte erst, als Olivia ihr aufs Knie klopfte.

„Ich bin fertig, Mama. Liest du mir vor?"

Olivia sprach mit der Zahnbürste im Mund, Zahnpasta war auf den Lippen.

„Natürlich mache ich das. — Gib die Bürste her …" Sie putzte ihrer Tochter den Mund, dann gingen sie hinüber ins Kinderzimmer. Olivia war goldig, das Beste überhaupt. Sie war die Gegenwart und das Glück. Nina wollte nicht zurück in die Vergangenheit, die war abgeschlossen.

Während Olivia ins Bettchen krabbelte und das Buch vom Nachttisch hob, zog Nina die Kommodenschublade auf, um Olivias Kleidung für den morgigen Schultag auszusuchen.

„Was ist das?!"

Zuoberst lag ein Bodysuit.

Der gehörte dort nicht hin.

Nina wusste gleich, was das für ein Bodysuit war. In der Nacht auf der Wiesn hatten Alexandra und Nina über diesen Bodysuit von Saskia mit Schlitz im Schritt gelästert.

9 Jahre war das her, aber Nina war, als wäre es gestern gewesen. Denn Sven Mehnert hatte ebenfalls von dem Bodysuit gesprochen. Als er Nina in jener Nacht zweimal genommen hatte.

Sie vergewaltigt hatte.

Hatte der Bodysuit, der in Olivias Kommode lag, wirklich einen Schlitz?

Nina zögerte, brachte es schließlich fertig, das Kleidungsstück hochzunehmen.

Es hatte den Schlitz.

„War jemand hier, Daryna?"

Stille in der Wohnung.

„Daryna?"

„Mama, Daryna ist gegangen. Das hat sie doch gesagt."

Ach ja? — Vielleicht hatte sie das.

„Wir sind allein, Mama."

Nina lief es kalt über den Rücken. Allein.

Sie schaute den Bodysuit an, rammte die Schublade zu. Sie rannte zur Wohnungstür und drehte den Schlüssel zweimal herum.

„Ja, wir sind allein, Olivia."

Noch immer hielt Nina den Bodysuit in der Hand, so fest, dass die Knöchel weiß hervortraten. Wie war die Unterwäsche ihrer Schwester Saskia in die Schublade von Olivias Kommode gekommen?

Morgen am Vormittag würde Cordt Möller wieder die Binnenalster entlang spazieren.

Wie er es jeden Donnerstag tat. Egal, wie stark der Wind über die Alster jagte und Kraft sammelte, um ihm ins Gesicht zu blasen. Er freute sich auf das donnerstägliche Kräftemessen. Seitdem sie ihn zum Spaziergänger gemacht hatten.

Zum Pensionär, statt zum Polizeipräsidenten von Hamburg.

Die Hinterzimmerintriganten hatten sich durchgesetzt.

Einen Kugelschreiberträger mit Rosinengehirn hatten sie sich zum Polizeipräsidenten engagiert. Cordt Möller dafür abserviert, den Oberkommissar mit 30 Jahren Erfahrung auf dem Kiez und den Zuhältern. Die Absätze hatte er sich für Stadt und Bürger abgelaufen. Die Lippen fusselig geredet bei Huren und Hanseaten.

Egal, das war Schnee von gestern. Er wollte sich nicht in Rage denken.

Jedenfalls gäbe es morgen früh an der Alster mehr zu gucken als jetzt und hier aus dem dritten Stock in die Dämmerung hinein und mit dem ewig gleichen Ausblick auf die Fenster der gegenüberliegenden Seite; dort sah er Durchschnittsmenschen mit Durchschnittsleben. Sie langweilten ihn bis zur Verzweiflung. Vielleicht, da er mittlerweile ein ähnliches Leben führte.

Er bedauerte das Schicksal des Paares in der Parterrewohnung. Gleichzeitig ermüdete es ihn in seinem vorhersehbaren Ablauf. Die Endzwanzigerin entdeckte, dass ihr reales Leben eine andere Bahn nahm als die Zukunft, die sie sich ausgemalt hatte als Teilzeitheilpraktikerin und Vollzeitgattin eines Universitätsprofessors. Sie realisierte, dass ihr Freund nie Professor werden würde; nun versilberte sie ihre welkenden Reize eilig an einen *Sugar Daddy*, den sie empfing, während der ewig doktorierende Freund seine Vormittage im schlecht bezahlten Job als Fahrradkurier verstrampelte, um eine Doktorarbeit zu finanzieren, welche niemanden interessierte, am wenigsten den Doktorvater, der ihre Gedankendürftigkeit sah, sie gleichwohl durchwinken würde, um das Plansoll der Universitätsverwaltung zu erfüllen. Nie aber würde der betitelte und gehörnte Radfahrer eine Professur angeboten bekommen, auf die er in seiner selbstzugeschriebenen intellektuellen Brillanz Anspruch zu haben glaubte. Er würde ein betitelter, betrogener Kurierfahrer mit nicht existenter Anwartschaft bei der Rentenversicherung bleiben.

Der Druck im Leben der Doppelverdienerehe im Stockwerk darüber war für Möller offensichtlich. Denn Möller hatte in zu vielen solcher Ehen ermitteln müssen, *nachdem* in ihnen der

Druck zu stark geworden war und sich in einer Explosion entladen hatte. Jeden Werktagmorgen verschwand der Ehemann mit Aktenkoffer ausgerüstet im BMW in Richtung Innenstadt, während die Ehefrau eine halbe Stunde später mit Stressgesicht und die Tochter hinterherziehend aus dem Treppenhaus hetzte, um es noch zu Kindergarten- und Bürobeginn zu schaffen. Sie glaubten, viel Geld zu verdienen. Das taten sie, und hätten es auch verdient im wahren Sinn des Wortes. Jedoch nahm ihnen der Staat gleich wieder die Hälfte ab, und der Rest ging drauf für Kindergartengebühr, die nach Einkommen anstieg, sowie für Auto, Miete und Fern-Urlaub. Wie lang hielten die Eheleute dem Druck stand?

Möller richtete einzig die Haltung der Achtzigjährigen auf, die unter dem Dach wohnte, also ihm genau gegenüber. Jeden zweiten Tag unternahm die Dame einen Ausflug zum Hallenbad, welches einige Straßen weiter lag. Obwohl ihr Sohn, der in einer Nachbarstadt mit Frau und Kind wohnte, die Dachgeschossbewohnerin nie besuchte, kam sie mit unbeleidigtem, ja unternehmungslustigem Blick aus dem Haus und in Kleidung, die einer älteren Dame angemessen war: Gern mit einem Hut, was Möller sonst kaum noch bei flanierenden Frauen sah. Die Achtzigjährige zeigte Haltung gegenüber dem Leben. So würde er es auch gern machen.

Allerdings hatte Cordt Möller keine Familie und keinen Sohn. Dafür hatte er eine Karriere gehabt. Aber die war nun zu Ende.

Möller besaß keine Aufgabe mehr. Trotzdem beobachtete er weiter.

So war er - nach der Karriere erst - endlich zum Urgrund seines Berufes vorgedrungen. Er war zum Ermittler in seiner reinen Form geworden: zum Voyeur. Der Voyeur kam ohne besoldungsrechtliches Brimborium aus, ohne Aktenvermerke, die das Ermitteln und Ausforschen fremder Leben mit beamtenhafter Seriosität bemäntelten und bremsten.

Eigentlich war Möller sein Leben lang Voyeur gewesen. Nur ein guter Voyeur konnte ein guter Kommissar sein. Möller war ein leidenschaftlicher Beobachter der Menschen, und seine Leidenschaften legte man im Ruhestand nicht ab. Kein Mann mit Leidenschaften tat das.

Im Polizeipräsidium hatte niemand mehr seinen Rat gewollt, und mittlerweile gaben die neuen Herren vor, ihn nicht mal mehr zu kennen. Einzig Bertie, den er von Gerichtsverfahren als professionellen Vertreter der Gegenseite kannte, wimmelte ihn nicht ab. Deswegen hatte er Bertie den Tipp gegeben, sich bei Amiri zu melden als möglicher Studiogast bei *Talk am Wasser*. Bertie suchte immer nach Möglichkeiten für Publicity.

Als Cordt Möller dann vorhin Nina Schmidt beim *Talk am Wasser* gesehen hatte, war er beeindruckt von der jungen Frau gewesen. Nina erinnerte Möller an seine ehemalige Kollegin, die junge Kriminalkommissarin Jessica Nitsch. Nina hatte ein ähnlich aufgeschlossenes Wesen, gepaart mit einer raschen Auffassungsgabe und einer Portion Durchsetzungsvermögen.

— Er rief Bertie an.

„Du hast sie nicht kleingekriegt."

„Wen kleingekriegt?"

„Die Nina Schmidt."

„Wollte ich gar nicht."

„Du hast es versucht mit deinem Theoriekram. Aber es hat nicht gegriffen."

„Deswegen rufst du mich an?"

„Sie wohnt bei mir unten im Haus."

„Erzählst du mir jedes Mal. Mit wachsendem Stolz. Als ob du was dazu beigetragen hättest. Die hat doch gar nicht mitgekriegt, dass du über ihr wohnst."

„Ach was."

„Bist ein richtiger Fan von ihr geworden."

„Was geworden?"

„Ein Fan. Von ihr. Sie sieht auch gut aus. Hat so einen Charme, der auf ältere Herren wirkt. Die wird bestimmt gewählt. Die Rentner sind in der Mehrheit."

„Ach, vergiss es, Bertie. Mit dir kann man sich nicht vernünftig unterhalten."

„Weißt du, dass sie nur Soziologie studiert hat? Nie gearbeitet. Also Tische gebaut oder Autos repariert."

„Hast du auch nicht."

„Ich habe Leben gerettet."

„Brieftaschen von Gattinnen vielleicht." Möller spielte auf Berties lukrative Scheidungsmandate an.

„Warum rufst du an?", fragte Bertie.

„Ich mache es nicht." Möller stützte sich mit den Ellbogen auf das verblichene Kissen, welches auf der Fensterbank lag. Er schaute zur gegenüberliegenden Altbaufassade. Es war dunkel geworden. Aus den meisten Fenstern leuchtete warmes Licht.

Aus dem Hörer kam Berties Stimme: „Es ist aber das, was du kannst."

„Aber nicht, was ich will."

„Was willst du denn?"

„Vielleicht sollte ich anfangen zu trinken."

„Du hast nie getrunken."

„Das könnte ein Fehler gewesen sein."

„Was du willst, Cordt, das ist sterben."

Das war kernig. Aber Berties Ansage schockierte Möller in dem Augenblick nicht. Der pensionierte Oberkommissar dachte nach.

„Du hast recht", sagte er.

Statt aus dem Fenster zu gucken und acht Stunden zu warten, bis Nina das Haus verließ … er beobachtete sie nämlich, seit sie eingezogen war … Statt also zu warten, konnte er sich genauso gut hinunterstürzen. Es würde keinen großen Unterschied machen. Nur das Warten abkürzen.

Er stellte sich vor, wie er da unten lag. Sachlich tat er das und bemitleidete sich bei der Vorstellung seines Asphalttodes nicht, wie es ein Teenager getan hätte. Welche Eltern oder Freundinnen auch sollte er damit bestrafen, wen beeindrucken? Niemand würde ihn vermissen.

Irgendwie war das deprimierend.

Da war es doch besser, so sagte sich Möller, mit dem Trinken anzufangen. Es würde eine neue Erfahrung sein.

An dem Gedanken war etwas, das ihn belebte. Eine neue Erfahrung machen. — Nicht jeder hatte die Chance, mit 65 Jahren neue Erfahrungen zu sammeln.

„Hast du mich vergessen?", erkundigte sich Bertie.

„Überhaupt nicht. Du hast mir geholfen. Aber diese Bewachung von der Samenbankzentrale, das mache ich nicht. So tief bin ich nicht gesunken. Such dir einen anderen Rentner. Tschüss."

Er würde jetzt den Weinbrand leeren.

Möller öffnete den Schrank.

Da wartete die Flasche mit dem Weinbrand. Halb voll war sie seit sieben Monaten. Seit seiner Pensionierung. Sie war ein

Abschiedsgeschenk vom Kollegium gewesen, überreicht worden zusammen mit einer Packung Weinbrandbohnen und einer Armbanduhr mit Pistolenpiktogramm auf der Zwölf. Er hatte jedem eingeschenkt, angestoßen und getrunken und die halbvolle Flasche dann mit nach Hause genommen. Seitdem stand sie unbeachtet neben den Schwenkern.

Er goss sich ein und nippte.

„Iieh."

Der Weinbrand schmeckte nach Wasser.

Möller probierte erneut.

So schmeckte kein Weinbrand.

Möller legte sich auf die Couch. Er brauchte die Nachbarn nicht mehr beobachten, und er brauchte keinen Security-Job von Bertie. Samenbank bewachen. Ha, wie lächerlich war das denn.

Er war ein Menschenbeobachter, ein Voyeur. Aber das allein, so erinnerte er sich nun, machte noch keinen guten Ermittler. Man musste auch kombinieren können.

Möller schaute zum Stuck an der Decke. Trude, seine Aufwartefrau, war die Einzige, die an den Schrank mit dem Weinbrand kam.

Er würde sie verhören.

Ein zufriedenes Lächeln zeichnete sich auf Möllers Gesicht. Er hatte eine Aufgabe. Beobachten, kombinieren, verhören. Der *Dreiklang* war wieder da.

Es klingelte, und Möller schreckte auf. Vor Jahren hatte es das letzte Mal an seiner Wohnungstür geklingelt. Trude besaß einen Schlüssel. Außerdem kam sie erst morgen und grundsätzlich in aller Herrgottsfrühe. Er konnte es ihr nicht abgewöhnen.

Möller schaute durch den Spion.

Es war Nina Schmidt, seine Nachbarin von unten. Die Bertie vorhin im *Talk am Wasser* nicht kleingekriegt hatte.

„Ich heiße Cordt. Eigentlich Cordt Hubert", sagte er und bat sie herein.

„Oh, Hubert klingt bayrisch." Sie probierte es, „... Huuubert."

„Ja, und ein frisches Weißbier habe ich auch da." — Was für ein Quatsch. Warum sagte er das, setzte sein Hirn aus, nur weil sie etwas über dem Durchschnitt hübsch war?

Und nicht mal halb so alt.

Nina zögerte, über die Schwelle zu treten.

„Ich würde lieber ... wollen wir nach unten?"

„Zu Ihnen?" Es wurde immer besser.

„Ja ... ich wollte ... etwas zeigen wollte ich. Sie sind doch Kommissar?"

„Oberkommissar. Gewesen. Ich bin pensioniert."

„Ja, ich weiß." Das schmeichelte Möller. Sie hatte sich über ihn erkundigt, interessierte sich für ihn.

„Woher wissen Sie das?", fragte er.

„Sie gehen morgens nicht aus dem Haus."

Offensichtlich tat sie das auch nicht. Sonst könnte sie es nicht wissen. Die Schlussfolgerung behielt er für sich — das gehörte zum kleinen Einmaleins der Polizeiausbildung.

Auf der Treppe nach unten erkundigte sie sich: „Stammen Sie wirklich aus Bayern, Huuubert?" Sie sprach laut, trotz der fortgeschrittenen Stunde und der Nachbarn. - Es war eine andere Generation. Er sprach leise, es ging die Nachbarn ja auch nichts an:

„Nein, aus Hamburg. Mein Vater hat meine Mutter im Winterurlaub in Garmisch kennengelernt und überredet hier hochzukommen." — Wieso erzählte er der Frau das? Er hatte es seinen

Kollegen in 40 Dienstjahren nicht erzählt. Und Nina Schmidt kannte er seit 40 Sekunden. Schon ihre vormitternächtliche Plauderei als „Kennen" zu bezeichnen, war übertrieben.

„Vielleicht daher der Name ‚Huuubert'", meinte Nina.

„Wie meinen Sie das?"

„Als Erinnerung an Bayern."

Ihre Wohnung war größer als seine. Früher hatten hier Sundermanns gewohnt, bevor der Mann gestorben war und die zwei Söhne ihre Mutter ins Altersheim entsorgt hatten. Wenigstens das konnte ihm nicht passieren. Möller hatte keine Kinder.

„Ein pensionierter Kommissar ist genau richtig." Erstaunlicherweise sprach sie nun, in ihren eigenen vier Wänden, leiser als auf dem Flur.

„Wie meinen Sie das?"

Sie hatte Geschmack. Das, was er von der Wohnung sah, war im angesagten Danish-Design-Retro-Stil eingerichtet. Er mochte Menschen, die sich trauten, mit der aktuellen Mode zu gehen. Natürlich musste man dafür auch das nötige Kleingeld haben. Er hatte es nicht. Nun gut, er hatte auch nicht den Geschmack, den man brauchte, um das Geld Antiquitätenhändlern in die Hand zu drücken. So passte wieder alles zusammen.

Aber, so fragte er sich, woher hatte sie das Geld?

Senatoren-Kandidat zu sein war schließlich keine besonders einträgliche Position. Im Gegenteil, so was kostete.

„Mama, wer ist das?" — Das Gesicht eines kleinen Mädchens guckte durch den Spalt einer Zimmertür.

„Schatz, du solltest doch schlafen."

Die Kleine guckte Möller mit großen Augen an.

„Das ist ein Polizist, der will uns helfen."

„Wobei helfen?"

Nina schloss hinter ihm die Wohnungstür und schickte die Kleine zurück ins Bett. Das sei ihre Tochter Olivia und heute sei sie aufgekratzt, da *Mama* im Fernsehen gewesen sei. Vielleicht schliefe sie deswegen noch nicht und jetzt erscheine noch ein fremder Mann in der Wohnung, da frage sie eben.

„Kinder müssen neugierig sein", sagte er und überlegte, wie es gewesen wäre, wenn er und Jessica Nitsch … Aber das war Unsinn. Nie hatte sie ihm irgendwelchen Hoffnungen gemacht. Sie war eine gute Kollegin gewesen, viel zu jung für ihn, ihr Verhältnis zueinander war absolut professionell gewesen. Zumindest von ihrer Seite aus.

„Es war ein Fehler."

„Was war ein Fehler?"

„Sie hereinzubitten."

Ob er sie zu lang angesehen hatte? Unbewusst natürlich nur. Aber Frauen spürten sowas, wenn ein Mann … Interesse entwickelte.

„Machen wir es ganz professionell."

„Wie meinen Sie das?"

„Sie haben ein Problem."

„Nein, wie kommen Sie darauf?"

„Sie wohnen hier seit einem halben Jahr. Wir sind uns nie begegnet."

„Doch, zweimal im Treppenhaus."

„Stimmt, wir haben uns gegrüßt. Und jetzt klingeln Sie bei mir. Zehn Uhr abends."

„Ein bisschen komisch." Sie lächelte. „Das gebe ich zu."

„Sie sind aus Ihrer Komfortzone gekommen. Um zehn Uhr abends hat eine junge Frau wie Sie normalerweise Besseres zu tun, als bei einem … alten Knacker zu klingeln."

„Aber Sie sind doch kein alter Knacker."

„Ein pensionierter Beamter, dessen Traum nie wahr geworden ist."

„Ihr Traum? Was war Ihr Traum?"

Wie kam er dazu, dieser Nina Schmidt von seinen Hoffnungen zu erzählen. Wie unprofessionell. Was machte die Frau mit ihm, dass er sich so vergaß? Garantiert würde er ihr gegenüber nicht herumjammern, dass man ihn eine Woche, bevor er Polizeipräsident geworden wäre, abgesägt hatte.

Er schaute sie freundlich an. „Mein Traum ist *mein* Problem. Sie sind zuerst zu mir gekommen. Also dürfen Sie erwarten, dass wir zuerst *Ihr* Problem lösen."

Sie nahm einen Bodysuit vom Sideboard und hielt ihn ihm hin:

„Das ist mein Problem."

Kapitel 3

Zeigte sie ihm da etwas Schlüpfriges?

„Was ist das?", fragte Möller, der pensionierte Oberkommissar. Machte ihm Nina Schmidt, die Talkshow-Politeuse mit dem Sauberfrauenanstrich, gerade ein schmutziges Angebot?

„Das ist ein Bodysuit", sagte sie.

„Aha."

„Von meiner Schwester."

Zum Glück war Nina Schmidts Tochter wieder zu Bett gegangen und musste sich den absurden Dialog ihrer Mutter mit ihm nicht anhören.

„Warum zeigen Sie mir den?"

Es fühlte sich unanständig für ihn an, im Halbdunkel ihres Flurs zu stehen und den Bodysuit ihrer angeblichen Schwester zu betatschen.

Ob das Ding getragen war?

Meine Güte, was er für Gedanken hatte. Er war Polizist. Beamter.

Ex-Polizist, Ex-Beamter. Aber galten für die laxere Vorschriften? — Ach was, er sollte sich lockerer machen. Es war nicht verboten, mit einer kaum halb so alten Frau mitternächtliche Konversation zu machen. Immerhin war das besser, als die Nacht mit Weinbrand zu verbringen.

„Ich habe einen Fehler gemacht", sagte Nina, und ihr Gesicht klappte zu wie eine Auster.

Erahnte sie gerade seine schlüpfrigen Gedanken?

„Ach was", er griff nach dem Textil, aber sie war schneller und zog es weg.

„Es war ein Missverständnis", meinte sie und knuddelte den Bodysuit zusammen.

Als er eine halbe Stunde später oben in seinem Bett lag, fragte er sich, wo sein Einfühlungsvermögen geblieben war. Ob es zusammen mit ihm in Pension gegangen war. Er war der beste Verhörer in der Hamburger Polizei gewesen. Ein Meister der Gesprächsführung, bei dem sich Luden an der Theke um Kopf und Kragen geredet hatten, ohne es zu merken, beziehungsweise zu spät, nämlich dann, wenn er die Handschellen herausholte. Dessen Verhör dem selbstsicheren Steuerhinterzieher den Schweiß auf die Stirn trieb. Der aber auch einer Klofrau mit St.-Pauli-Slang die Scheu nahm, in einer Amtsstube mit lauter Uniformierten auszusagen.

Alles vorbei, verlernt innerhalb von sieben Monaten, die seit seiner Pensionsfeier vergangen waren? Vielleicht bildete sich das Gehirn zurück, wenn es nicht mehr gebraucht wurde. — So ungefähr sahen seine Gedanken aus, bevor sie in einem schwarzwattigen Schlaf steckenblieben, von dem Möller sich Erholung erhoffte, die solcher Schlaf aber selten gewährte.

Möller fühlte sich wie zerschlagen, als er die Augen öffnete und ins morgenhelle Schlafzimmer blinzelte. Immer wieder schrillte es an der Wohnungstür. Himmel, es war 9 Uhr, und er hatte verschlafen. Trude würde vor der Tür stehen.

Er schwang sich aus dem Bett:

„Komme schon."

„Bin bereits da", schallte es ihm entgegen.

Massig stand Trude in der Wohnungstür, Schlüssel in der Hand, Angriffsfrische im Gesicht. Trude war die letzte Frau, welcher er begegnen wollte, wenn das Gehirn sich noch im

Vorfrühstücksmodus befand, und er nur gerüstet war mit einem Schlafanzug, der die letzte Nutzungsphase erreicht hatte.

Trude fragte: „Sie sind nicht an der Alster?"

„Wenn ich nicht mein eigener Doppelgänger bin … wohl nicht."

„Was?"

„Einer spaziert an der Alster, einer schläft hier."

„Machen Sie sich lustig über mich? Glauben Sie, mir Ihre Morgenwitze erklären zu müssen? Weil Sie so dürftig sind?"

„Ich oder meine Witze?"

„Ihr Auftreten. In diesem … Ding da."

„Oh." Er verschwand ins Bad, um den Frotteefetzen auszuziehen, den er in grauer Vorzeit im Sonderangebot bei Aldi gekauft hatte. Er wusch sich knapp, schlüpfte in die Alsterjogginghose. Trude ärgerte ihn, er wollte zurückschlagen.

Als er hörte, wie Trude im Schlafzimmer die Fenster öffnete, schlich er zum Kühlschrank. Da lag die unangebrochene Pralinenschachtel mit den Weinbrandbohnen.

„Sind Sie in der Küche?", rief Trude.

„Darf ich nicht?"

„Doch, doch. Ich dachte nur, weil ich was hörte. Ich dachte, Sie wären im Bad."

Denken ist nicht deine Stärke, Trude.

„War ich auch", sagte er.

Er holte Cognacschwenker und Weinbrand aus dem Wohnzimmer.

„Trinken Sie ein Glas mit mir, Trude."

„Was?!" Sie walzte um die Ecke und sah ihn hantieren, „Ich würde lieber einen Kaffee -"

„Den nehmen Sie immer. Heute gönnen wir uns einen Weinbrand."

„Ach was, das ist nicht nötig, ich habe auch nicht so viel Zeit.

Sie wollte wieder verschwinden.

„Ich mache Ihnen einen Kaffee", lenkte er ein, „wenn Sie mir Gesellschaft leisten."

Sie willigte ein, er ließ den Kaffeeautomaten werkeln, Trude setzte sich an den Küchentisch und seufzte ein *ich-arbeite-hart-und-habe-Pause-verdient-Seufzen.*

Er sagte: „Und vorher gönnen wir uns einen Kleinen."

Wenn es so wäre, wie er dachte, könnte sie nicht widerstehen.

Doch er irrte, denn Trude stand wieder auf. Sein Ermittlerverstand schien doch mit ihm in Pension gegangen zu sein.

„Ich muss putzen." Sie staubte die Anrichte ab.

Er goss ein. Jetzt erst recht.

„Setzen Sie sich, Trude."

Sie putzte weiter.

„Ich will mich ranhalten, ich habe noch zwei Wohnungen. Da kommen heute Leute."

„Wieso kommen da Leute?"

„Die Mieter sind nicht da, haben es übers Internet untervermietet."

War so was erlaubt? Er ließ die Frage ungestellt. Sie würde Trude daran erinnern, dass er Polizist gewesen war. Das wollte er vermeiden.

„Jetzt lassen Sie mich nicht so lang warten. Prost." Er hob das Glas, sodass sie es sah.

„Ich komm ja schon."

„Und hinsetzen. So ist es gut."

Er trank einen Schluck, als er sah, wie auch sie ihr Glas zum Mund führte und seinem Blick auswich.

Er war gespannt, wie sie reagieren würde.

Gar nicht reagierte sie. Sie stellte Trude das Glas zurück, nachdem sie getrunken hatte.

„Wie schmeckt er Ihnen, Trude?"

„Ja", sie wischte mit dem Staubtuch auf dem Brotschrank herum, „ich bin nicht so der Weinbrandtyp."

„Ich finde, er schmeckt wässrig. Ich meine, für einen Weinbrand."

„Meinen Sie?"

„Ich meine auch, Sie sind ein Liebhaber von Weinbrand."

„Was wollen Sie damit sagen?!" Sie hatte ein feistes Gesicht und Schweinsäuglein.

Er hatte sie dort, wo er sie haben wollte. Sie hatte, während er um die Alster lief, aus der Flasche getrunken und sie mit Wasser aufgefüllt. Er sah es Trude an, und er sah, dass sie wusste, dass er es wusste.

Mehr wollte er nicht. Keinen Triumph zeigen. Er wollte sich schließlich nicht eine neue Putzfrau suchen müssen. Er brauchte Trude, mehr denn je. Sie hatte ihm gerade gezeigt, dass er, wenn er herausgefordert wurde, immer noch ein Fuchs sein konnte und nicht nur ein Nichts, dass die letzten Erdenjahre in einer Etagenwohnung verdämmerte beim Philosophieren auf Schmalspurniveau.

In ihm war Dankbarkeit gegenüber Trude, und er legte die Weinbrandbohnen auf den Tisch.

„Für Sie."

„Was ist denn das?"

„Weinbrandbohnen. Für Sie. Ein Geschenk. Weil sie Weinbrand mögen."

„Für mich von Ihnen? Oh wie nett. Auch wenn ich Weinbrand nicht mag." Ihre Mundwinkel hoben sich, und das ließ ihr Angriffsgesicht verschwinden, und Möller erahnte die apfelbäckige Schönheit, die Trude vor dreißig Jahren im Kehdinger Land gewesen war, wo sie Jungbauern und Schützenkönigen den Kopf verdreht hatte. Auch er wäre schwach geworden. Damals waren sie sich nicht begegnet, er lernte in Hiltrup auf der Polizeiführungsakademie.

„Sie bräuchten einen Tapetenwechsel, Herr Möller."

„Wie meinen Sie das?"

Sie zog das Cellophan von der Pralinenschachtel und berichtete, sie fahre als nächstes zu einem Künstler, der auf einem Hausboot auf der Elbe lebe. Das solle sie reinigen, da der Künstler für Monate nach Ungarn gehe.

„Das wäre doch was für Sie", sagte Trude.

„Ungarn? Was soll ich da?"

„Das Hausboot. Sie gucken gern aus dem Fenster."

„Eine Berufskrankheit."

„Sie gucken immer auf dieselben Fassaden. Da würde ich auch griesgrämig gucken wie Sie."

„Ich gucke nicht griesgrämig."

„Auf der Elbe fahren jede Stunde andere Schiffe vorbei. Das bringt Sie auf andere Gedanken."

Er stellte es sich vor. Die Kulisse wechselte. Genial.

Trude hielt ihm die Schachtel hin. „Nehmen Sie eine."

Er griff zu.

Auch Trude schob sich eine Praline in den Mund.

So ein Hausboot, dachte er, das wäre schön.

„Lecker", sagte Trude. „So was Leckeres." Wer das wohl erfunden habe? Das seien die tollsten Überraschungen, die auf einmal da seien, obwohl man alles zu kennen glaube in einer Wohnung.

Trudes Bemerkung brachte Möller auf einen Gedanken. — *Die tollsten Überraschungen sind jene, die plötzlich da sind, obwohl man schon alles in der Wohnung zu kennen glaubt.*

Das war es.

Der Bodysuit von Nina Schmidts Schwester. Der war für Nina so überraschend, weil er nicht in die Wohnung gehörte. Der Fund hatte Nina so sehr verstört, dass sie noch am späten Abend ein Stockwerk hinaufstieg, um bei ihm, einem pensionierten Polizisten, mit dem sie zuvor kaum ein Wort gesprochen hatte, anzuklingeln und um Hilfe zu bitten.

Er aber, der Hamburger Superermittler, der Kommissar mit dem legendären Einfühlungsvermögen, was tat er?

Er hatte als empathieloser Trampel neben ihr im Flur gestanden. Mehr hatte er nicht gemacht. Während Nina auf seine Hilfe wartete.

Tatsächlich brauchte Nina Hilfe.

Von dem alten Polizisten wäre die nicht zu erwarten.

Sie würde sich selbst helfen müssen. Niemand anderes nähme sich ihrer Probleme an. Das war eben kein Wahlkampf, wo man versprach, fremder Leute Probleme zu lösen, was man zwar nicht konnte, aber für das Versprechen die Stimme in der Wahlkabine kassierte.

Es war der nächste Morgen, und Nina hatte in der Nacht kaum ein Auge zugetan. Dennoch, so glaubte sie, sollte der Alltag weitergehen, deswegen skypte Nina mit ihrer Wahlkampfmanagerin Keira.

„Ruf Sophia an, Nina", riet Keira auf die Frage, wie Nina mit der Bloggerin verfahren sollte, „Sophia ist unkompliziert."

Keira war wenig begeistert darüber, dass Nina die Starbloggerin Sophia gestern hatte abblitzen lassen; Nina sollte das Verhältnis zu Sophia kitten. Sophia habe eine riesige Fangemeinde in der Kernzielgruppe der städtischen Wählerinnen, auf die Ninas Kampagne ziele.

Nina fühlte sich zu schwach, um Widerstand zu leisten und versprach, Sophia anzurufen.

Um 8 Uhr morgens saß Nina ohne Kaffee und Schminke, mit hastig hochgesteckten Haaren und Bademantel vor der Cam ihres Notebooks. Keira dagegen sah auch zu früher Stunde aus wie aus dem Ei gepellt. Hatte die PR-Lady kein Privatleben, keine Kinder? Nina hatte Keira bisher nicht danach gefragt, es gab immer andere, vermeintlich wichtigere Probleme, die gerade gelöst werden mussten: seit der letzten Nacht die Sache mit dem Bodysuit von Saskia.

Der Gedanke an das Kleidungsstück war in den letzten Stunden nie weg gewesen und drängte sich nun wieder in den Vordergrund. Keira würde merken, dass Nina nicht bei der Sache war. Nina guckte betont konzentriert in die Laptop-Cam.

„Nina, sollen wir später noch mal —"

„Wieso?"

„Du siehst … unkonzentriert aus."

„In einer Stunde ist der Wahlkampfauftritt bei den Jungs vom Elektro-Stahlwerk. Hast du das Taxi bestellt?"

„Es wird pünktlich bei dir sein."

„Du wirst dort sein?"

„Natürlich. Ich fahre gleich los, bereite alles vor."

Keiras Perfektion ging ihr auf die Nerven. Aber sie war Keiras Funktionieren angewiesen. Nina fühlte sich, als säße sie in einem Bollerwagen, der einen Abhang hinabschießt. Dass sie sich nicht überschlug und den Hals brach, lag vor allem daran, dass vorne Keira am Steuer saß.

Hatte ein Bollerwagen ein Steuerrad?

„Nina …?"

„Ja?"

„Ich leg jetzt auf. Trink erst mal einen Kaffee."

„Du oder ich?"

„Du sollst den Kaffee trinken. Und zu dir kommen."

Nina war bei sich; so sehr, wie sie es selten gewesen war. Ihre Gedanken schweiften von Kerlen an glutheißen Elektrohochöfen zu Steuerräder von Bollerwagen … nur um nicht an Saskia zu denken, an ihre ehemals beste Freundin Alexandra … an den Lackbodysuit.

Sie schaute ihn an. Zerknüllt lag er neben dem Laptop.

Nina nahm ihn. Kratzig fühlte er sich an. Auf der Haut musste sich das scheußlich tragen …

Oft denkt man an Nebensächlichkeiten, zum Beispiel den Tragekomfort von Kleidungsstücken, um dann - da die Gedankenassoziationen mit sich selbst beschäftigt sind - von hinten, da man sich ganz bei sich fühlt, unversehens zum Wichtigen vorzustoßen.

Sven hatte den Bodysuit von Saskia in die Kommode gelegt. In die Kommode von Olivia.

Es blieb keine andere Möglichkeit. Die Vorstellung war verrückt, aber absolut folgerichtig. Das bedeutete: Sven war in der Wohnung gewesen.

Unwillkürlich sah Nina sich um.

Bei mir in der Wohnung? Aber war das möglich? Der Mann, der sie vor 9 Jahren in München vergewaltigt hatte, sollte hier heraufkommen, ins 800 Kilometer entfernte Hamburg, in den ersten Stock steigen, unbemerkt hereinspazieren, ein Kleidungsstück in der Kommode im Kinderzimmer verstecken …

Das war Unsinn. Und warum sollte er das tun?

Die 800 Kilometer nach Hamburg hatte er schon zurückgelegt …

Nein, so war es nicht gewesen. So konnte es nicht gewesen sein. Der gesunde Menschenverstand sprach dagegen, dass Sven das getan hatte.

Aber das Gefühl siegt über den Verstand. Eigentlich immer.

Nina fühlte Gefahr. Für sich und das Wichtigste in ihrem Leben: für Olivia.

„Olivia?!"

Warum kam sie nicht aus ihrem Zimmer? Bestimmt trödelte das Kind, anstatt sich für die Schule anzuziehen.

Nina eilte zum Kinderzimmer. Olivia saß auf dem Bett.

Gott sei Dank. Aber die Zeit wurde knapp, auch weil Daryna fehlte.

„Olivia, du bist immer noch nicht angezogen! Gleich kommt Daryna."

Babysitterin Daryna hatte längst hier sein wollen. Sie sollte unterstützen, Olivia in die Grundschule bringen. Aber nichts funktionierte hier. Keira würde sich jetzt einen heißen Kaffee brühen und die Lippen nachziehen. Nina aber musste Brote schmieren fürs Kind und vor den Stahlwerkern ungeschminkt auftreten. Oder sich notdürftig im Taxi zurechtmachen.

Sie schluckte den Ärger hinunter und stampfte in die Küche.

„Du ziehst dich jetzt an, Olivia!"

„Mama, hast du mich lieb?"

Nina ließ das Messer mit der Butter an die Klinge sinken. „Natürlich habe ich dich lieb, Kind."

„Du hörst dich aber nicht so an, Mama."

Nina trabte zurück ins Kinderzimmer und ging vor ihrer Tochter auf die Knie.

„Ich habe dich sehr lieb, Olivia."

Mit Eifer zog sich die Kleine an. Ihre Augen leuchteten, Nina war glücklich. Olivia war das Beste, das Glück ihres Lebens.

„Mama, ich will aber kein Brot", sagte die Kleine, als sie in die Küche kam.

Nina blieb entspannt. Zunächst zumindest. Mit Lust verstrickte sie ihre Tochter in eine Diskussion über Vor- und Nachteile von Butterbroten. Man konnte nicht früh genug lernen, seine Ansichten zu verteidigen. Bald allerdings merkte Nina, dass ihre Tochter darin ziemlich gut war, auch nahezu unabwehrbare Tricks einzusetzen wusste wie das Fußstampfen und die vorgeschobene Unterlippe. Für Nina gestaltete sich das Gespräch bald ähnlich herausfordernd wie gestern der *Talk am Wasser*, und Nina war froh, als nun Daryna erschien.

„Wo bist du so lang geblieben?"

Daryna behauptete, sie habe keinen Parkplatz gefunden.

„Das weiß man doch vorher, dass es hier keine Parkplätze gibt."

Im Moment, da Nina den Vorwurf aussprach, wusste sie, dass er ungeschickt war.

Daryna presste die Lippen aufeinander, sie wurden hell dabei.

„Ich mein's nicht so, Daryna." Nina hatte es so gemeint. „Bitte entschuldige, ich bin nervös … wegen dem hier …"

Sie zeigte Daryna den Lackbodysuit von Saskia. — Aber warum? Daryna war keine Beichtmutter, sie war Babysitterin und kaum die Hellste. — Vielleicht deswegen. Oder weil Nina so weit war, die Wahrheit aussprechen zu wollen, ohne vorher nachzudenken, sich von Keira coachen zu lassen, sich von einem Anwaltsdarsteller vor laufender Fernsehkamera Nachhilfe in Staatslehre anzuhören.

„Was ist das?" erkundigte sich Daryna, früh in Gesicht und Gehirn gealtert.

Sie steckte den Finger durch den Schlitz im Schritt des Lackbodys.

Das machte Olivia aufmerksam. Darynas Finger zwischen den zwei glänzenden Zahnreihen des Reißverschlusses erschienen dem Grundschul-Mädchen interessanter als Mamas Brotdiskussion.

„Du gehst jetzt und ziehst dir die Jacke an", bestimmte Nina und nahm Daryna den Lackbody ab. „Der gehört mir nicht", erklärte sie Daryna. „Der lag hier plötzlich, und ich dachte, vielleicht hat Olivia ihn gestern -"

„Bestimmt nicht. Ich passe auf, wenn du nicht da bist, dass hier keiner irgendwas anrührt, geschweige denn … so was …", sie sprach mit spitzen Lippen, „… hier liegenlässt."

„Ist schon gut." Nina stopfte das Brot in den Schulranzen. „Ich dachte nur …" Sie reichte Daryna den Ranzen. — Daryna nahm den Ranzen nicht an.

„Ich denke auch", sagte Daryna, „dass es gut ist und genug ist es auch."

„Genug?"

„Gestern habe ich mir hier den Abend um die Ohren geschlagen. Kein Dankeschön von dir. Eben komme ich durch die Tür und zur Begrüßung fauchst du mich an."

„Aber ich habe dich nicht angefaucht."

„Gerade verdächtigst du mich, ich hätte mich gestern Abend ausgezogen und so ein … so ein Nutten-Ding hier vergessen. Als ob ich so was jemals getragen hätte."

„Aber nein, so ist es nicht." Garantiert nicht. Das Letzte, was Nina sich vorstellen konnte, war eine Daryna, die Reizwäsche an- oder auszog. Eher ginge der Papst in den Puff, als das sich Daryna mit einem *Slip ouvert* schmückte. — „Was tust du?!"

„Ich gehe."

„Daryna!"

„Mama, was macht Daryna?"

Nina blieb die Wahl zwischen Nervenzusammenbruch und Hinterherrennen. Wer sonst sollte Olivia zur Schule bringen, da die Stahlwerker warteten?

„Mama, wo läufst du hin?"

„Ich bin gleich wieder da, Schatz!"

Daryna war unten im Treppenhaus. Nina rief:

„Daryna, warte doch …!"

Immerhin schaute Daryna nach oben.

Nina rief: „War noch jemand anderes als Sophia gestern Abend in der Wohnung?"

„Ich dachte, du wolltest dich wenigstens jetzt noch bei mir entschuldigen. Dann hätte ich es mir noch überlegt. Weißt du was, Nina?! Fick dich!"

Unten knallte die Haustür. — Darynas Wahlstimme bekäme sie im Leben nicht mehr, dachte Nina, die hatte sie verprellt. Ach was, hätte sie sowieso nie bekommen. Sie hatte keinen deutschen Pass und hätte sowieso nicht wählen dürfen.

„Mama?"

„Was ist denn Schatz, hast du den Ranzen?"

„Was ist *ficken*?"

„Äh … äh … weiß ich jetzt nicht. Aber was ich weiß, *ich* bringe dich heute zur Schule." Nina griff zum Handy. „Keira … ich muss Olivia noch zur Schule bringen."

„Ich denke, das macht Daryna?", fragte Keira.

„Heute nicht. Du wirst mir eine halbe Stunde Luft verschaffen bei den Stahlwerkern."

„Wie soll ich das machen?!"

„Dafür bezahle ich dich, dass du solche Probleme löst."

„Aber die können den Ofen nicht länger auslassen.

„Dann ist er für dich auch bald aus."

„Was?!"

Nina ruderte zurück. Ein bisschen jedenfalls. So viel, dass sie nicht den zweiten Mitarbeiterabgang innerhalb von zehn Minuten produzierte. Nachdem sie Keira beruhigt hatte, sagte sie zu Olivia:

„So, jetzt müssen wir aber los." Sie würde ein Taxi besorgen.
— Olivia hielt den Schulranzen anders als sonst. Eigentlich interessierte sie der Ranzen kaum, es war nur das ungeliebte Brot darin; meist musste Daryna ihr den Ranzen hinterherbringen. Nun aber umklammerte Olivia den Schulranzen so fest, als berge sie einen Schatz darin, zum Beispiel zwei Tüten Gummibärchen.

Auf dem ersten Treppenabsatz sagte Nina: „Gib die mal her."

„Warum?"

Nina griff, Olivia wich aus.

„Gib sie her."

Es entstand eine Rangelei, Nina gewann und öffnete den Schulranzen.

Hinein war Saskias Bodysuit gestopft. Daneben quetschte das Butterbrot, umhüllt von der Knisterpapiertüte, die aufgerissen war, Butter und Wurst quollen heraus. — Ein Lackbodysuit mit *Slip ouvert*: Das gäbe ein Theater in der Schule. Natürlich würde Olivia das Kleidungsstück herumzeigen.

Nina stellte es sich vor.

Die Grundschul-Lehrer machten Augen, zerrissen sich das Maul in der Zigarettenpause, und irgendeiner hätte die famose Idee, mit der Geschichte bei Amiri vom *Talk am Wasser* anzurufen.

Nur nicht aus der Haut fahren, mahnte sich Nina auf dem Treppenabsatz. Olivia ist ein Kind. Mutter sein. Verständnis haben gegenüber der Kleinen.

Sie hielt inne.

Es wurde ihr klar. Was sie zu tun hatte. Was der nächste Schritt wäre. *Verständnis haben gegenüber der Kleinen.*

Saskia war die Kleine gewesen. War es immer gewesen, die kleine Schwester. Aber Saskia hatte kein Verständnis bekommen. Im Gegenteil, Alexandra und Nina hatten jede Gelegenheit genutzt, sich über sie lustig zu machen. Saskia war schräg gewesen, lebenslustig und sehr schräg, aber sie war auch Ninas Schwester, und Nina hatte sie geneckt und geärgert, wo sie konnte. Bis Saskia den Kontakt abgebrochen hatte. Das war ungefähr zu der Zeit gewesen, als Sven … diese alptraumhafte Nacht nach der Wiesn-Sause mit Alexandra und Theo. Sven hatte gesagt, in seinem gelben Transporter wäre Saskia …

Nie hatte sie mit Saskia darüber gesprochen. Sie hätte gestehen müssen, vergewaltigt worden zu sein. Diese Erfahrung, Erniedrigung … das alles hatte sie in sich eingeschlossen und den Schlüssel weit weggeworfen. Sie hatte ein Kind bekommen, eine Liebe versucht, war fortgezogen und probierte ein neues Leben.

Sie schaute auf den Bodysuit in ihrer Hand.

„Mama, ich muss zur Schule. Ich komme zu spät. Ich komme doch nicht zu spät? Ich will nicht zu spät kommen, Mama."

„Gleich, Olivia."

Wie vernünftig Olivia war, wenn es darauf ankam.

„Mama, ich will alleine zur Schule gehen. Ich kann das. Die anderen dürfen das auch."

„Später. Wir sprechen morgen darüber."

Sie würde groß werden, Verantwortung übernehmen für ihr eigenes Leben, und Nina wollte Olivia dabei helfen, sie begleiten. Sie wollte das Erwachsen-werden ihrer Tochter erleben.

Nina hatte zu tun, was sie längst hätte tun sollen. Sie wollte die Kontrolle über ihr Leben zurück; dazu musste sie wissen, was damals abgelaufen war: Ob Saskia in dem Lieferwagen gewesen war, ob sie sich — unvorstellbar für Nina — mit Sven eingelassen hatte.

Nina würde sich ihr Hamburger Leben nicht kaputt machen lassen. Dazu musste sie sich selbst helfen. Statt auf abgehalfterte Polizisten oder blitzblanke Beraterinnen zu setzen.

Sie hatte mit ihrer Schwester Saskia zu sprechen. Und ihre Nummer war im Handy.

Nina tippte auf den Eintrag und sogleich stand die Verbindung.

„Hallo Saskia, ich bin es, Nina, deine Schwester."

Es klingelte bei Saskia. Sie ging dran, lauschte kurz, hielt den Hörer dann weit weg.

Was für ein schräges Verhalten, dachte Niccolo und fragte Saskia: „Wer ist das?"

„Geht dich nichts an."

„Willst du mich verarschen?"

„Schwester."

Sie hatte eine Schwester? Davon hatte Saskia nie erzählt. Ob die Schwester weniger kaputt war wie Saskia? Okay, Saskia war eine Rakete im Bett, aber ansonsten … Mittlerweile ging sie ihm auf die Nerven.

Er räkelte sich auf ihrem Ausklappsofa, wollte näher ans Radio, den Wetterbericht mitkriegen. Saskia warf das Handy auf die Spüle mit dem ungewaschenen Geschirr und kam zu ihm herüber, legte sich neben ihn, schmiegte sich an.

„Hast du aufgelegt?"

„Warum?"

„Ohne mit deiner Schwester zu reden?"

„Willst du mich jetzt deswegen hassen?" Ihr Nasen-Piercing fand er immer noch gut, auch ihre stark geschminkten Augen. Die Figur sowieso. Wenn Saskia nur nicht so viel Unsinn reden würde.

„Wieso hassen?"

„Dachte nur."

Eigentlich sprach sie gar nicht viel und nur so in Halbsätzen. Aber sie schaffte es, ihn auch mit Halbsätzen zu nerven. Am Anfang war das nicht so gewesen. Vielleicht war es ihm da weniger aufgefallen. Könnte sein, dass Zeit für eine Veränderung war.

„Weil du mich nicht mehr fickst", sagte sie.

Sie hatten es vor acht Stunden getan. Er fand das in Ordnung. Morgens musste nicht sein. Im Radio laberte der Typ noch von einem Ausbrecher aus der JVA München, nach dem gefahndet wurde. Die sollten endlich verraten, wie das Wetter wird. Okay, in der ersten Zeit hatten Saskia und er gerammelt wie die Blöden, morgens, mittags, abends. — Aber es gab auch noch Anderes. Er dachte über Hass nach. Wieso quatschte sie von „hassen". Viele redeten seit einiger Zeit vom Hassen. Früher kam das Wort kaum vor und jetzt hassten sich alle gegenseitig oder warnten davor, jemanden zu hassen.

Saskia brauchte er seine Gedanken nicht mitteilen, die kapierte das nicht.

Sie machte an ihm herum. Das konnte sie. Was ja auch was wert war. Leider konnte sie nicht kochen. Obwohl … die elende Quatscherei wöge das auch nicht auf.

„Hast Du Lust?"

Die Braut ging ihm auf den Wecker. Klar würde er es ihr besorgen. Aber diesen Fesselkram, auf den sie stand, den ließe er weg, das hielte nur auf. Hart und schnell war die Devise. Und dann wäre es Zeit für was Neues.

„Wo wohnt deine Schwester?"

„Sag ich *dir* doch nicht, wo Nina wohnt."

Sie war kindisch. Damit konnte er mittlerweile umgehen. Dumm war sie auch. Hatte bei der Geburt zu wenig Sauerstoff gekriegt oder so. Ihm war das egal. Das konnten wunderbare Menschen sein. Dankbar und weich und lieb. Auch dauergeil, aber das kriegte man in den Griff.

„Ist dir schon mal in den Sinn gekommen, dass die Leute, die uns sagen, wir sollten nicht hassen, dass die uns selbst hassen?"

„Hä?"

„Sie tun so tolerant."

„Tolerant?"

„Aber sie hassen uns. Weil wir nicht ihrer Meinung sind." Sie kapierte das nicht. „Dieser ganze Hasskram ist Quatsch", beendete er das Thema. Es hatte keinen Zweck, sich mit Saskia zu unterhalten. So mit Niveau. Netflix und Spaß haben, das ging. Auf Dauer war ihm das zu wenig.

„Sag mir, wo sie wohnt." Er streichelte Saskia, wo sie es gernhatte, „dann mache ich es dir."

Sie meinte, irgendwo in Hamburg und mehr wüsste sie nicht.

Eigentlich war ihm Saskias Antwort egal. Er wollte nur wissen, ob es immer noch funktionierte, und es enttäuschte ihn, dass es das tat, dass Saskia spurte. Sie war wie ein Automat. Man warf was ein, irgendwas warf man ein und drückte drauf, und es kam das heraus, was man erwartete. Ein dummer Automat.

Er würde ihr Handy mitnehmen, da war die Nummer von der Schwester drin.

Hamburg war eigentlich gut. Fehlte ihm in der Sammlung. Mit München war er durch. In der Stadt war er bereits zu bekannt. Kam nun eben Hamburg dran.

„Mmmh, nicht so schnell", meinte Saskia. Aber er ließ sich jetzt nicht mehr bremsen.

Da kam das Kindermädchen aus der Haustür.

Hatte es sich doch gelohnt, so früh aufzustehen. Es war Sven schwergefallen, aber er hatte sich aufgerafft. Okay, mit Hilfe seiner Prinzessin. Sie hatte ihn angerufen und geweckt, motiviert mit Sauereien am Telefon, auch mit Drohungen. Er liebte ihre Drohungen. Mittlerweile mochte er es, wenn sie nicht kuschten, sondern Wiederstand leisteten. Angefangen hatte das damals bei Nina ... Es hatte ihn angetörnt. Am Ende war er stärker gewesen. Aber er war über das Ziel hinausgeschossen. Heute wusste er das. Der Schlag war übertrieben gewesen. Aber was hätte er tun sollen, sie hatte ihn in die Ecke gedrängt.

Es war jedoch unnütz, mit der Vergangenheit zu hadern. Ein Mann tat, was er tat. Er wurde, was er tat. Wie Nina gestern im

Studio geguckt hatte, als sie ihn nach 9 Jahren wiedersah. Göttlich war das gewesen.

Wenn sie wüsste.

Dann würde sie nicht gucken, sondern schreien.

Seine Vorfreude wuchs. Aber er riss sich los.

Jetzt hatte er sich konzentrieren. — Wo war die Kleine? Wo war Olivia?

Sollte er warten? Vielleicht tauchte sie noch auf. Sie musste schließlich zur Schule. Gestern war sie vom Kindermädchen gebracht worden.

Sven entschied, nicht länger zu warten, sondern dem Kindermädchen zu folgen. Ein Spatz in der Hand war besser als die Taube auf dem Dach.

Nein, er hatte bei seiner Prinzessin dazugelernt. So übertrieben wie bei Nina, das machte er nicht mehr. Wenn die Frauen nicht wollten, also ihn überzeugten, dass sie es wirklich nicht wollten, dann respektierte er das. Tat er bei seiner Prinzessin auch.

Respekt war wichtig. Das sagten jetzt alle überall, und es stimmte auch. Er hatte sich weiterentwickelt. Vom Paketbotenfahrer zum Heimbetreiber, vom Frauenklapser zum Frauenversteher. Fast jedenfalls, ganz verstand er Frauen noch nicht, aber er war dicht davor, das glaubte er.

Er ließ den Wagen anrollen … da war eine Lücke.

Sven kurvte hinein, stieß die Fahrertür auf. Das Kindermädchen lief fast davor.

„Würden Sie Nina wählen?", fragte er.

„Kenne ich Sie?" Olivias Kindermädchen wich aus und wollte weitergehen.

„Bestimmt."

Sein Tonfall bewog das Kindermädchen stehenzubleiben. Den Ton hatte er nun drauf, genau zwischen Klapser und Versteher. Das funktionierte oft. Die meisten waren neugierig auf Männer, die sie nicht gleich einschätzen konnten.

„Ich glaube nicht", sagte sie.

„Sie haben gestern *Talk am Wasser* gesehen."

„Warum sollte ich?"

„Weil Ihre Chefin dort aufgetreten ist."

Er sah in ihrem Gesicht, dass er bei ihr einen Punkt gemacht hatte. Immer wenn man Frauen überraschte, machte man einen Punkt.

Sven sagte: „Ich habe neben Ihrer Chefin gesessen. In der Sendung."

Er sprach wie ein Geschäftsmann, der Erfolg hatte: beim Auffüllen des Kontos und bei Frauen. Dazu kam der graue Anzug und der Wagen. Sie schaute Sven genauer an. Sven wiederholte die Frage, ob sie Nina wählen würde.

„Habe ich mir noch nicht überlegt."

Das fand Sven merkwürdig und fragte nach ihrem Namen und sagte, jeder Hamburger sei zur Wahl aufgerufen und das Recht zum Wählen hätten sich gerade die Frauen erkämpfen müssen.

„Ich soll wählen gehen?"

„Sie sind über 18, dann dürfen Sie."

„Habe ich nicht dran gedacht."

Sie war jung und unerfahren. Genau richtig.

„Ich könnte sowieso nichts ändern. Es sind so viele Menschen in der Stadt. Ich hätte nur eine Stimme."

„Sie könnten Ihrer Stimme mehr Gewicht geben."

„Wie das?"

„Ich zeige es Ihnen."

„Ach so." Bauernschläue schien bei ihr auf.

„Nicht wie Sie meinen", sagte er.

„Was meine ich denn?"

Er ging nicht darauf ein. Er schaute seriös und sagte: „Ich sehe etwas in Ihnen."

Das zog immer.

„Oh."

Er war der Erste, der etwas in ihr sah.

Was er sah, würde ihr kaum gefallen. Aber das musste sie nicht wissen.

Das war sein Kunststück. Über die Jahre hatte er es perfektioniert. Er sah etwas in Menschen, das andere nicht sahen. Und er wusste, es zu nutzen.

„Sie sind etwas Besonderes, Daryna."

Für eine Frau, deren Gesicht so durchschnittlich war wie das abgepackte Hack beim Discounter, ging die Sonne auf.

Er dürfe sie doch beim Vornamen nennen? — Aber natürlich dürfe er das, sagte sie.

„Wo haben Sie Ihre kleine Tochter, Daryna?"

„Ich habe keine Tochter."

„Ach so, ich dachte. Weil ich Sie mit der Kleinen gesehen habe."

„Beobachten Sie mich?"

„Als ich mich gestern Mittag mit Frau Kube in der Grundschule traf, sah ich Sie beide dort zufällig."

„Ach so, dann haben Sie mich mit Olivia gesehen. Ich bin ihre Tagesmutter. Ich hole sie mittags ab. Sie besprechen etwas mit der Direktorin?"

„Sie waren ein wunderbarer Anblick, Daryna. Wie Sie mit dem Kind umgegangen sind. Mit fester Hand und doch verständnisvoll."

„Meinen Sie?"

„Sie wären eine wunderbare Mutter ihrer eigenen Kinder."

Sie errötete.

Er hatte sie.

Kapitel 4

Das war weit genug.

Bisher war Niccolo gelaufen, in der Hochstraße fiel er in einen Trab, schließlich blieb er stehen. Puhh, er war aus der Übung. Der Atem pfiff, die Oberschenkel fühlten sich an, als wären sie mit Pudding gefüllt. Niccolo schaute sich um. Saskia war nicht zu sehen.

Ihn lockte die Tankstelle, die auf der anderen Straßenseite lag.

Seit Niccolo ein Kind gewesen war, zogen Tankstellen ihn an. Niccolo mochte den Geruch nach Benzin, er mochte das Kommen und Gehen der Reisenden, das Anspringen startender Motoren. Versprechen waren ihm das. Wofür … keine Ahnung. Dass es besser werden würde vielleicht.

Er überquerte die Straße.

Mit Saskia, der blöden Schnalle, war es zum Schluss jedenfalls hässlich geworden. Niccolo dachte, sie wäre in der Dusche und das wäre der richtige Moment für seinen Abgang. Aber irgendwie hatte sie sein Vorhaben mitbekommen oder zumindest etwas geahnt. Wie auch immer … da stand sie plötzlich, nackig und mit nassen Haaren im Flur und tropfte den Teppich nass und zeterte herum, und er riss - in Panik geradezu, weil er nur weg wollte - ihre Jacke vom Haken und stürmte hinaus.

Bestimmt wäre sie ihm hinterhergekommen; aber so nackig nun nicht, das brachte selbst Saskia nicht, da hatte er Glück gehabt.

Ach ja, ihre Jacke. Er hatte sie noch in der Hand — und da in der Seitentasche war ihr Handy und noch etwas … ein Ding. Sah aus wie der abgebrochene Absatz eines Damenschuhs.

„Alda! Wenn du mein Lack damit verkratzt, dein ist ab!"

„Hä?"

Ein Araber mit Bart, Baseball-Cap, breiten Schultern sprach ihn an, hatte Angst um den Perlmuttlack seines Coupés, welches vor der Waschanlage parkte.

„Das ist nur ein Absatz", sagte Niccolo.

„Ich mach dir Absatz in Nase, wenn du mein Auto anfasst."

Was für ein blöder Typ. Davon liefen in München immer mehr herum. Es war Zeit, nach Hamburg zu kommen. Bestimmt war es da besser, war höher im Norden, kalt, nass.

Niccolo steckte Handy und Absatz ein und betrat den Tankshop. Der Araber blieb hinter ihm. Niccolo stellten sich die Nackenhaare auf, aber er wollte sich nicht umsehen, sondern entspannt rüberkommen. Wäre ja noch schöner, wenn der Araber dächte, ein Niccolo ließe sich von solchem Machoauftritt einschüchtern.

„Lag neben der Zapfsäule." Niccolo hielt der gepiercten Kassenaushilfe die Jacke von Saskia über den Tresen. „Hat bestimmt wer verloren. Der kommt vorbei und holt sie ab."

Er würde Saskia eine *WhatsApp*-Nachricht schicken, wo sie ihre Jacke abholen könnte. Niccolo fand es gemein, Saskia die Jacke nicht zurückzugeben. Irgendwie war Saskia auch nett. Sie hatten eine schöne Zeit gehabt, anfangs zumindest.

Ach ja, eine *Nachricht* schicken ginge nicht. Er hatte ja ihr Handy.

Mmmh.

Der Araber schob Niccolo beiseite. „Alda! Ich brauch Tankkarte, volles Programm."

Dieser blöde Typ.

Niccolo schaute über die ausgelegten Zeitschriften hinaus zu den Zapfsäulen, als ob da die Lösung herumflöge, wie er Saskia zu ihrer Jacke verhelfen könnte. — Da fuhr die Lösung seiner Probleme vor.

Ein unauffälliger Kombi.

Eine Frau in weitem Gewand, farbenfroh bedruckt mit Blütenmotiven, kämpfte sich zwischen Steuer und Fahrersitz hervor, um zu tanken. Ihrer Figur sah man an, dass sie Liebhaberin leiblicher Genüsse war.

Niccolo erinnerte die Frau an seine Mutter. Für Mutter hatte Essen Glück bedeutet. Menschen, die wussten, wo sie ihr Glück fanden, waren Niccolo sympathisch. Je dicker seine Mutter wurde, je glücklicher wurde sie. So war zumindest seine Erinnerung.

Letztlich zählten nur Erinnerungen. Sie waren die Wahrheit, die blieb.

Als die Frau mit wallendem Gewand und Minischweißperlen auf der Stirn zum Bezahlen hereinschnaufte, wehte Niccolo ein Duft an, der ihn an einen scharf gerittenen Damensattel erinnerte.

Das gab den Ausschlag.

In dem Fahrersitz des Kombis über die Autobahnen nach Hamburg reiten, stundenlang umschmeichelt von dem weichledrigen Duft dieses massigen Weibes … Ihm wurde warm zumute. Vollgetankt hatte sie auch.

Er legte die Zeitschrift zurück, flutschte nach draußen, stieg ein. Der Schlüssel steckte, die Ahnungslose argumentierte drinnen mit der gepiercten Aushilfe.

Rasselnd startete der Motor, Niccolo ließ die Kupplung kommen und hörte von der Rückbank eine Mädchenstimme:

„Was machst du da, du Spast?!"

Da hatte doch gerade keiner gesessen?!

Er drehte sich um, würgte den Motor ab.

„Du Idiot!"

„Hast du da eben schon gesessen?!" Vielleicht hatte sie gelegen, geschlafen.

„Auaah, ey!" — Sie zog ihm an den Haaren, zog sie unterhalb der Kopfstütze hindurch. „Auaah!! Hör auf!"

„Mama! Der will mich entführen!"

Bloß raus hier.

Niccolo stieß die Tür mit der Stiefelspitze auf und ließ sich herausfallen. Adieu, ihr Haare. Da oben, wo es dünn zu werden begann, genau da rissen sie heraus.

„Du hast mir eine Glatze gemacht!", wimmerte Niccolo. Nie mehr wüchse das nach.

Die Walküre im Blütengewand rollte heran, stieß Verwünschungen zwischen bemalten Lippen hervor und fuchtelte mit fleischigen Fingern, welche die Tankquittung hielten.

„Ein Missverständnis. Tschuldigung", meinte Niccolo und wischte um die Ecke. Die Tochter der Dicken hatte ihm eine Halbglatze gemacht. O Gott, wie würde er aussehen.

Da stand das Coupé von dem Blödmann. Perlmutt, nun gewaschen und gewachst, abfahrbereit.

Wo war der Fahrer?

Der brachte das Luftdruckmessgerät zur Station zurück.

Die Gelegenheit beim Schopfe packen. So dachte Niccolo und fuhr sich über die gerupfte Stelle.

„Scheiße auch."

Er stieg ein.

Sven Mehnert, aus München zugereister Heimbetreiber und Investor, eilte um seinen gerade geparkten Wagen herum und öffnete mit angedeuteter Verbeugung die Beifahrertür, damit Olivias' Tagesmutter Daryna aussteigen konnte.

Daryna war solche Galanterie ungewohnt. Einen Wimpernschlag lang blickte sie unsicher zu Sven auf. Aber gleich gefiel es ihr, und sie stieg aus. Das ungleiche Paar war im Hamburger Stadtteil Wilhelmsburg angelangt.

„Hier können Sie etwas für mich tun?"

„Vertrauen Sie mir, Daryna. Sie werden in Deutschland bleiben können. Es ist nur eine Formalität. Ich regele das für Sie."

Sven Mehnert hatte einen weiten Weg zurückgelegt seit jener Nacht in München. Er bereute nichts. Auch wenn er heute anders vorgehen würde. Die Zeit machte den Unterschied, die Erfahrung, das Geld — und die Frauen, die er seitdem gehabt hatte. Mittlerweile waren Sven Mehnerts Gedankenbögen weiter geworden und seine Anzüge enger geschnitten. Auf Taille. Stylisch.

Vor Sven und Daryna reckte sich eine kühle Neubaufassade in den Hafenhimmel. In Wilhelmsburg waren Sven und Daryna auf der südlichen Seite der Elbe, also der „falschen" Seite, wie Hamburger Kaufleute vor einigen Jahren noch geurteilt hätten.

Dann, zur Bundesgartenschau, war der Stadtteil mit einem Mal angesagt gewesen. Für stillgelegte Hafenflächen voller Schrott und Altlasten überwiesen Investoren stolze Summen an die Stadt. Aber als Boom und Blumen im Gartenschauherbst verblühten, wurden aus Investoren Pleitiers, und Wilhelmsburg geriet für Jahre in Vergessenheit.

Sven ahnte, dass ein Comeback anstehen könnte. Bei *Talk am Wasser* hatte er darum angekündigt, in Wilhelmsburg einen Fenske-Hof zu eröffnen. Wenn Nina zur Senatorin für Arbeit, Soziales, Familie und Integration gewählt würde. Wenn der Senat ihm für seinen Hof Millionen zuschösse. Leichtfertig würde Sven sich nicht finanziell engagieren, sondern schrittweise und mit Überlegung.

Das Firmenschild vor der marmorverkleideten Fassade war aus dem Vollen gefräst.

NatalGen

stand darauf. Sven geleitete Daryna am Schild vorbei und die Granitstufen der breiten Protztreppe zum Eingang hinauf.

Auf der Herfahrt hatte Sven - seitdem sie die Elbbrücken überquert hatten - kaum noch Deutsche gesehen. Eigentlich gar keine. Stattdessen prägten Slawen, Araber, Afrikaner das Straßenbild. Harburger Finanzbeamte würden für Wilhelmsburg mehr Dönerbuden als Steuererklärungen zählen.

Hielt der Geburtenrückgang der Deutschen an, mutierte der Stadtteil zu Klein-Istanbul. Damit rechnete Sven. Politiker würden Geld der Steuerzahler in den Stadtteil fließen lassen, um ihn zu *stabilisieren*, so nannten sie das. Um einen Teil des Geldstroms aufzufangen, käme ein Fenske-Hof genau richtig.

Gelang die Stadtteilrettung oder verschwanden die Illegalen, da zwar kein Steuergeld floss, aber Gesetze durchgesetzt wurden, zögen Künstler, Maler und Musiker in die leerstehenden Wohnungen ein. Auch damit könnte Sven leben. Die Künstler machten aus abgerockten Flüchtlingswohnungen Ateliers, zugige Dachwohnungen hießen bei ihnen Lofts, das klang gleich besser. Künstler, Ateliers und Lofts lockten Studentinnen an. Tagsüber führten sie im ungeschminkten Feminismus-Look an der Uni Diskurse über Gender. In der Nacht, im Schutz der Dunkelheit, entkamen sie dem engen Zeitgeist, entschlüpften ihrer Wohlstandsbehütetheit und probierten ein Teilzeitkünstlerleben: vertrieben als Betthäschen den pinselschwingenden Koksern in ihren Ateliers und Lofts die Zeit. Alle waren glücklich, solange das Fleisch straff und Papas Brieftasche prall blieb.

Wie es auch kam, bei jeder Entwicklung würde ein Fenske-Hof mitten im Stadtteil prosperieren. Nach dem Steuergeldersturzbach erschienen die Mittelklassemieter, angezogen vom neu erwachten urbanen Leben, von angesagten Latte-Macchiato-Cafés und steigenden Mieten. Die bürgerlichen Mieter brachten Mittelklassekinder zurück in die Stadt. Um sich die Mieten leisten zu können, arbeiteten beide Elternteile, in der City oder bei *Airbus*. Ihre Kinder würde der Fenske-Hof betreuen.

In der Halle von NatalGen sagte Daryna: „Das sieht alles so neu aus hier."

„Ist auch neu." Sven zeigte ihr den Weg, er kannte sich aus.

Daryna bestaunte den polierten Steinfußboden, die Indoor-Palmen und das Glasdach, welches mehrere Stockwerke über ihnen schwebte: „Ich dachte, hier wäre alles verfallen."

Daryna beeindruckte die hochgebaute Architekturmelange aus Steinglanz und fugenlosem Protz. Wie sie viele beeindruckte, die mit übersichtlicher Verstandeskraft ausgestattet waren. Mindestens ebenso empfänglich für die Ausstrahlung solcher Bauten waren die Intelligenten. Nur die Mittelmäßigen schienen Sven immun. Als wenn sie keine Antenne für den Gestaltungswillen der Schöpfenden hätten, dachte Sven und bedauerte sie. Oder sollte er die Mittelmäßigen beneiden? Denn es war auch Vorteil, mit offenen Sinnen, ohne die Ablenkung, die Schönheit bedeutete, in eine Situation zu gehen. Auch wenn man dadurch, durch die fehlende Antenne, auf das Vergnügen verzichtete, welche Ästhetik geben konnte. Aber verzichtete man überhaupt? Wenn man doch nicht wusste, dass etwas existierte.

Die zweite Etage war komplett von NatalGen angemietet. Hier traten sie aus dem Aufzug.

Sven hielt die Glastür auf und sagte zu Daryna: „Die zahlen das Doppelte, bei halber Arbeitszeit."

Daryna schaute fragend.

Er vereinfachte. „Sie werden mehr verdienen, viel mehr."

„Aha."

Für ihn war es abgemacht, dass sie eine sehr gut bezahlte Arbeitsstelle annehmen würde, falls er sie ihr besorgen konnte. Aber vielleicht war er zu schnell oder zu rational. Vielleicht hing sie an ihrer bisherigen Arbeit mit Kindern. Er versuchte, sich in Daryna hinein zu versetzen. Es fiel ihm schwer. Sie war eine Naive, weniger stark, als der Typ, den er kannte und bevorzugte. — Hier würde Daryna ebenfalls mit Kindern zu tun haben, das müsste ihr gefallen, sagte er sich und beschloss, die weitere Entwicklung auf sich zukommen zu lassen. Ihm würde etwas einfallen. Bisher war es das immer — und sei es ein Faustschlag wie damals, als Nina auf den Bürgersteigplatten lag und die zwei Sanitäter …

Er verbannte die Gedanken. Ärgerlich, dass sie dorthin zurückflogen. Es gab keinen Grund dafür. Gar keinen. Die Zukunft zählte, die wollte er machen.

Eine Schwarzhaarige mit Pagenschnitt empfing Sven und Daryna.

Die Pagenschnittige war neu, und sie witterte gleich die Gefahr. Sie war ein Profi wie Sven. Sie hatte Antennen. Vielleicht nicht für Architektur; aber für Menschen. Sven spürte es sofort, und es gefiel ihm nicht.

Daher setzte er sich nur kurz mit ihr auseinander, stellte sich vor, ließ sich ankündigen, verfrachtete Daryna mit Erklärungen, die zumindest ihr einleuchteten, ins Wartezimmer, während die

Schnittige am weißen Haustelefon Professor Brinkhaus informierte. Das Meiste war weiß auf der Etage. Die schwarzen Einsprengsel - Füllhalter, Klemmbrett, Minilautsprecher mit Säusel-Klassik - dienten dazu, das Weiß zu betonen.

Professor Brinkhaus empfing Sven in seinem Eckbüro. Es war sauber und staubfrei wie der Reinraum einer Computerchipfabrikation.

Die Sicht aus den Eckfenstern ging auf den Wilhelmsburger Hafen. Keine Containerbrücken wie wenige Kilometer elbabwärts im Hamburger Hafen versperrten den Blick auf die Hafenbecken. Seit gefühlten Ewigkeiten vertäute Kähne schubberten ihre verrosteten Rümpfe an Kaimauern. Der Wilhelmsburger Hafen wartete darauf, vom Tourismus wachgeküsst zu werden.

Die Haare des Professors waren so perfekt frisiert wie seine Bilanzen. Der Bart war millimeterpenibel gestutzt.

„Sie haben die Falsche eingestellt", erklärte ihm Sven.

„Ach wo." Der Professor schob Einmalpappbecher ineinander und stellte sie zwischen Monitore. „Sie ist ideal. Regt die Fantasie an."

„Meine nicht."

„Sie können doch immer. Sie sind mein Bester. Und ich freue mich, dass Sie nun häufiger in der Stadt sind. Der Bedarf ist riesig."

„Sie verschreckt die Männer. Sie schüchtert sie ein."

Der Professor und Sven beobachteten die Schnittige auf einem der Monitore.

„Nehmen Sie meine Begleiterin stattdessen." Sven wies auf einen anderen Schirm. Dort saß Daryna im Wartezimmer.

„Das Trampel?" Der Professor strich sich den knappen Bart.

Ein Pärchen kam durch die Glastür und wurde von der Schnittigen begrüßt: „Hier ausfüllen." Sie reichte dem Mann Füllhalter und einen Fragebogen auf dem Klemmbrett, stöckelte anschließend quer durch die *NatalGen*-Lounge zum Wasserspender.

Die Frau zischelte: „Du sollst ausfüllen. Nicht hinterherglotzen."

„Tu ich gar nicht."

Im Eckbüro hörte man alles. Die Mikrofone waren gut.

Sven fragte den Professor: „Treiben Sie es mit ihr?"

„Wie kommen Sie darauf?"

„Weil Sie sie angucken."

Der Professor schaute auf dem Bildschirm zu, wie die Schnittige sich einschenkte.

Im Wartezimmer studierte Daryna die aufgehängten Babyfotos. Sven kannte die meisten. Schließlich war er beteiligt.

Die Frau betrat das Wartezimmer. Durch eine neue Kameraperspektive konnte Sven sie nun besser sehen. Das Leben begann, sich in ihrem Gesicht abzuzeichnen. Die Wangen wurden hager, der Mund bekam einen harten Zug.

Ihr Mann war mit dem Ausfüllen weiterer Papiere in der Lounge beschäftigt.

Im Wartezimmer sagte die Frau: „Deswegen sind wir wohl alle hier."

„Weswegen?" Daryna wandte sich ab von den Fotos.

„Weil's nicht klappt. Weil es Stress wird."

„Sind sie nicht süß?"

Da die Frau nicht gleich wusste, wem Darynas Begeisterung galt, sagte Daryna: „Die Kinderchen", und sie belegte die Bilder der Wonneproppen und Pausbackenbabys an den Wartezimmerwänden mit jenen Begeisterungsbegriffen, die Müttern instinktiv zur Verfügung stehen, die in den Ohren eines Zynikers jedoch nur verbraucht, süß und klebrig klingen. Von der naiven Daryna waren sie aber tief und rein empfunden, und sie wurden nun ebenso begriffen von dieser Frau, die dort in dem Wartezimmer neben Daryna die Fotos abschritt. Tausend Mal mochte die Frau Babyfotos gesehen haben. Jetzt, in diesem sauberen, weißen, verdrahteten Wartezimmer begriff sie Babyfotos zum ersten Mal. Sie sah sie mit dem Herzen. Das Gesicht der Frau wurde weicher.

„Ein Naturtalent", sagte Sven. „Daryna kann mit Frauen, und an die müssen Sie schließlich ran, Professor, die müssen Sie überzeugen."

„Meinen Sie?" Der Professor riss sich los von der Pagenschnittigen, dem Wasser, ihren benetzten Lippen.

Sven sagte: „Wenn Sie Daryna engagieren, lass ich gleich was da. Und dann muss ich los, habe noch einen Termin."

Der Professor zögerte. Jedoch nur kurz.

„Okay", sagte er und zog den obersten Pappbecher aus dem Becherstapel. „Aber in der Kabine, bitte. Bei mir gibt es keinen Schmierkram im Büro."

Kerle an glutheißen Elektrohochöfen.

Die hatte Nina sich vorgestellt. Nun saß sie im Taxi, nachdem sie die Kerle im Stahlwerk gesehen hatte.

Sie sahen aus … nun ja, in der Fußgängerzone hätte sie sich nicht nach ihnen umgedreht. Sie waren … so normal. Hockten in Freizeitkleidung an den Tischen der Kantine und hörten ihr artig zu.

Der Funke war nicht übergesprungen.

„Da vorn müssen Sie rechts", gab sie dem Taxifahrer einen Hinweis. Angeblich legten die Fahrer eine sauschwere Prüfung ab, in der sie nachwiesen, den Hamburger Straßenplan im Kopf zu haben. Sonst durften sie keine Fahrgäste befördern. Bei der Prüfung des Orientalen, der sie vom Stahlwerk in die Stadt chauffierte, mussten die Prüfer der Behörde alle Augen zugedrückt haben. Wenn sie den Mann nicht dirigierte, dann kreisten sie noch durch den Hafen, wenn die Schule längst zu Ende wäre.

Es hatte doch Nachteile, wenn Regeln, die eine Gesellschaft sich gegeben hatte, von ihr nicht mehr befolgt wurden. Aber wie, überlegte Nina, sollte sie das in konkrete Politik gießen?

Sie tippte eine Nachricht an Keira: „Was ist falsch gelaufen?"

Die Reifen des Diesels wummerten über die Dehnungsfugen der alten Elbbrücke. Nina schaute hinaus. Träge wälzte sich der Fluss.

„Im Stahlwerk, meine ich", tippte Nina an Keira. Zum Fahrer sagte sie: „Ordnen Sie sich rechts ein, bitte." Ob der überhaupt Deutsch verstand?

Keira rief an. Sie versuchte Nina zu beruhigen. Persönlich am Telefon. Gar nichts sei bei den Stahlwerkern schiefgelaufen, es sei ein normaler Auftritt gewesen, nicht super, aber okay.

„Das hast du bei *Talk im Wasser* auch gesagt. Das würde okay sein. Und was ist es gewesen? Eine Katastrophe!"

„Keine Katastrophe. Hast du mal auf die Blogs geschaut? Sensationell bist du angekommen."

„Ich bin vom Stuhl gefallen."

„Du hast sie vom Stuhl gerissen, du hast die Show gerockt."

„Keira, entschuldige, Moment." Sie musste dem Taxifahrer erklären, wo es lang geht; dann war sie wieder bei Keira, die sagte:

„Die Einzige, die deinen Erfolg noch torpedieren könnte, ist Sophia. Hast du sie angerufen?"

„Noch nicht."

„Du musst das machen, Nina. Ruf sie persönlich an. Sophia wird sich nach der Pleite bei dir gestern Abend nicht darauf einlassen, wenn ich sie als deine Sprecherin bitte, noch mal zu dir kommen."

Das mochte stimmen. Sophia schien einen eigenen Kopf zu haben.

„Okay, ich überleg's mir", lenkte Nina ein, war sich aber nicht sicher, ob sie die Bloggerin wirklich anrufen würde.

„Du wirst dich bei ihr entschuldigen, Nina."

„Das auch noch?!"

„Sophia kann dir die entscheidenden Prozent-Punkte bringen."

— Himmel, wo fuhr der Taxifahrer sie hin?

„Ich muss Schluss machen, Keira. Der Taxifahrer spinnt. Melde mich."

„Warte mal, Nina. Wieso fährst du Taxi? Das kostet doch viel zu viel Zeit. Wieso lässt du dir nicht einen Wagen von der Rathausflotte geben. Du hast darauf Anspruch als zukünftige Sozialsenatorin von Hamburg."

„Ich brauche das für die soziale Akzeptanz."

„Soziale Akzeptanz?", fragte Keira durchs Telefon.

„Irgendwann, so hoffe ich, wird dort ein Fotograf bei der Schule stehen und Fotos von mir machen, wie ich als alleinerziehende Mutter neben meinem Job auch noch mein Kind persönlich von der Schule abhole. Und es kommt nicht gut an, wenn ich als Privilegierte mit einer dunklen Limousine samt Chauffeur vor der Schule antanze. Auf diese Schlagzeile kann ich verzichten. — Soziale Akzeptanz eben."

Dann dirigierte Nina das Taxi und irgendwann kamen sie doch noch bei der Schule an.

Früher waren Taxifahrten Inseln der Entspannung gewesen zwischen den Terminen. Nun strengten die Fahrten Nina an. Nach dem Stress des Wahlkampfauftritts kam die Anspannung im Taxi. Gutes Leben war anders, gesund war es kaum, wenn sie ständig unter Anspannung stand. Olivia würde sie auf andere Gedanken bringen.

„Olivia?"

Die Halle erschien leer. Es war ein Uhr, Nina kam eine halbe Stunde zu spät. — Vielleicht war Olivia von der Vorschule mitgenommen worden; die machten einen Ausflug zu einer Tischlerei, so glaubte sich Nina zu erinnern. Sie hörte Stimmen aus dem Büro der Rektorin Eva-Maria Kube.

„Frau Kube, wissen —" Nina brach ab.

Sie hatte geklopft, war hineingegangen, sie sah Olivia am Katzentisch malen, hinter dem Schreibtisch saß Eva-Maria Kube. Die Rektorin trug Rüschenbluse, Rock und ein Gesicht aus dem Adelskatalog.

Auf dem Besucherstuhl fläzte sich Sven, die Hände auf den Armlehnen und die Beine übereinandergeschlagen. Es war ein Schock für Nina.

Eva-Maria Kube sagte: „Ah, Nina, sind Sie doch gekommen."

„Mama!" Kurz sah Olivia von ihrem Werk auf.

„Guten Tag, Nina", sagte Sven und streckte ihr die Hand entgegen.

„Sie kennen sich von gestern vom *Talk am Wasser*", sagte Eva-Maria.

„Äh ..." — Hand nehmen ... von dem Scheusal, ihrem Vergewaltiger?

„Genau", sagte Sven, „wir kennen uns sogar länger, schon aus München." Immer noch hielt er ihr die Hand hin. Olivia schaute zu. Ihr hatte Nina beigebracht, dass man die Hand gab, „bitte" und „danke" sagte, alles was eben zur Erziehung gehörte.

Olivia schaute. Noch immer.

Nina schüttelte die Hand. Er widerte sie an.

„Sven Mehnert hat mir ein sehr schönes Angebot gemacht", sagte Eva-Maria.

Es interessierte Nina nicht im Mindesten. Sie wollte Olivia hier raushaben, weg von Sven.

„Olivia, komm."

Eva-Maria redete irgendwas von Investitionen, die Sven für ihr Haus in Aussicht stellte.

„Aber Mama, ich muss noch —"

„Gar nichts musst du. Komm jetzt."

Eva-Maria fragte: „Nina, ist etwas?"

„Lassen Sie nur. Politiker sind immer im Stress." Sven schleimte sich bei Eva-Maria ein. Nina spürte das Verlangen, ihn zu ohrfeigen. Aber wie lächerlich wäre eine Ohrfeige für das, was er getan hatte. Und was dächte Eva-Maria, was dächte Olivia über ihre Mama?

Sie hatte einen Fehler gemacht. Sie hätte ihn anzeigen sollen, damals. Jetzt war es zu spät.

War es zu spät?

Als Nina die Halle betrat, Olivia hinter sich herziehend, da kam Sophia, die Bloggerin, durch den Eingang:

„Da sind Sie ja!" Sie hatte ein pinkfarbenes Handy, eine pinke Handtasche, pinkes Getue.

„Was machen Sie hier?" Nina war überrascht.

„Ich filme Sie!"

„Nichts werden Sie —" Nina verstummte. Ihr Kommunikationstrainer würde ihr raten — es war klar, was er raten würde.

Sie fragte Sophia, die weiter mit dem pinken Handy auf sie zielte: „Hat Keira Ihnen die Adresse der Schule gegeben?"

So war es gewesen.

Sophia hatte es nicht rechtzeitig zum Stahlwerk geschafft, aber nun sei sie ja hier und im Stahlwerk, so habe Keira ihr berichtet, sei alles toll gewesen.

„Sie machen so einen tollen Wahlkampf, Nina. Ich bin ein Fan!"

„Ja, sie ist toll, nicht wahr?" Sven kam von hinten und legte einen Arm um Ninas Taille. Sophia filmte.

Mit Ninas Beherrschung aber war es vorbei. Sie fühlte Ekel, da Sven sie berührte, und sie machte einen heftigen Schritt zur Seite, um seine Hand abzuschütteln.

„Auaiieh …!", quiekte Olivia.

„Olivia!" Sie hatte ihre Tochter getreten. „Oh, Olivia!"

Ninas Ausfallschritt war gegen das Schienbein der Tochter gegangen, und die Kleine war gestürzt.

Sophia filmte.

Vielleicht war das Schienbein gebrochen oder das Knie lädiert?

Olivia lag am Boden und schrie. Vor Schmerzen oder Schreck.

Sven war über ihr.

„Lassen Sie mein Kind!" Nina warf sich von hinten auf Sven, aber der Mann wankte nicht mal und stellte Olivia auf die Füße:

„Das war ein Schreck, Olivia, aber es ist nichts passiert."

Er strich Olivia das flachsblonde Haar aus der Stirn. Olivia schaute ihn dankbar an.

Cordt Möller, der verhinderte Polizeipräsident, schaute ebenfalls dankbar. Aus nichtigerem Anlass als der Rettung oder Tröstung nach einem Sturz. Für ein Mädchen aus der Grundschule war solch eine Aktion vielleicht eine große Sache, und man durfte sie nicht ins Lächerliche ziehen. Ein Mann in seinen Sechzigern wie er aber hatte mehrere Stürze überlebt. Sonst wäre er nicht so alt geworden. Er war getröstet worden, untröstlich geblieben: und hatte aus alldem gelernt, schon für wenig dankbar zu sein. Für zwei Stücke Schwarzwälder Kirschtorte vom Konditor zum Beispiel, die papierverpackt auf einem Papptablett neben ihm auf Enthüllung warteten.

Möller saß auf der Treppenstufe vor Ninas Wohnung. Das Tortentablett hatte er auf die Fußmatte gestellt. Die Tortenstücke sollten eine Versöhnungsgabe werden.

Nina war aus dem Haus. Möller hatte gedacht, sie wäre da. Eigentlich blieb sie vormittags in der Wohnung, nachdem die Tagesmutter Olivia abgeholt hatte.

Er hörte, wie unten die Tür aufgeschlossen wurde und sah Nina und Olivia die Treppenstufen hinauf laufen. Beide sahen gehetzt aus. Möller erhob sich - mühsamer als gedacht - und streckte Nina die Hand entgegen.

Abrupt blieb Nina auf der letzten Stufe stehen. Als führe er einen Dolch gegen sie.

Möller ließ die Hand sinken:

„Was haben Sie?"

„Nichts, nichts."

„Vorsicht, da steht Torte auf Ihrer Matte." — Fast wäre sie darauf getreten. Er beeilte sich, das Tablett hochzuheben.

„Es sollte meine Versöhnungsgabe an Sie sein." Mit einem verrutschten Lächeln suchte er, ihren Blick einzufangen.

„Wir haben doch nicht gestritten."

„Weil ich Ihnen nicht geholfen habe. Da dürfen Sie ärgerlich auf mich sein. Ich war … ein Trampel war ich."

Immer noch wirkte sie auf ihn gehetzt. Als wäre sie auf der Flucht, als fühle sie sich von jemandem in Besitz genommen und wolle ihm entfliehen. Vielleicht war das Eigentum so auf die Welt gekommen. Ein Mann erhob Anspruch auf eine Frau. Er machte Jagd auf sie, fing sie, besaß sie. Das Besitzen wollen, das Kaufen und Verkaufen, all das entstand erst mit dem Eigentum. — Nina nahm das Tortentablett und bat ihn hinein.

Sie kochte Kaffee, jonglierte die Kuchenstücke auf dunkelbraunes Porzellan. Es sah sehr modern aus.

„Habe ich meiner Mutter abgeschwatzt", sagte Nina, da er eine Bemerkung dazu machte, „sie hat es als Mokka-Service in den Siebzigern gekauft. War damals total angesagt."

Der Henkel der Mokkatasse war derart filigran, dass Möller Schwierigkeiten hatte, die Tasse sicher zu fassen und zum Mund zu führen.

Die Tortenstücke waren nicht länger sein Eigentum. Er hatte sie weggegeben. Aus seiner Verfügungsgewalt entlassen. Dafür hatte er etwas bekommen. Was genau das war, konnte er nicht sagen. Auf jeden Fall war es etwas, das ihn zufriedener machte, als er es in den vergangenen Monaten gewesen war.

„Wie kann ich Ihnen helfen?", fragte er.

Sie schluckte ihren Bissen herunter, trank einen Schluck und sagte: „Sie kennen sich mit Bloggern aus?"

„Überhaupt nicht."

Was waren noch mal Blogger … er kramte im Gedächtnis. Das waren Menschen, die im Internet Texte veröffentlichten.

Sie sagte: „Blogger schreiben über ihren Tag, über Dinge, die sie gut finden und über Sachen, die passieren."

Er besaß keinen Computer. In seinem Wohnzimmer stand ein Fernseher, den er immer seltener einschaltete. Das Programm langweilte ihn.

„Aha", er trennte mit der Gabel ein Tortenstückchen ab, „dann sind Blogger so was wie Historiker?"

Sie lesen Bücher? — Er konnte sehen, dass sie sich die Frage verkniff. Ein Ex-Polizist, der Gedanken hatte für Historiker oder Bücher, das passte nur schwer in ihr Weltbild.

Er sagte: „Ich sehe, was sie denken." Sie schaute ertappt, und er war zufrieden, er kam in Form. „Ich lagere meine Bücher im Keller", sagte er.

„Warum das? Frauen stehen auf Männer mit Büchern."

„Vielleicht stehe ich nicht auf Frauen?"

„Das glaube ich nicht."

„Bücherwände machen mich depressiv. Wenn ich sie ansehe und denke, dass ich die Bücher tatsächlich alle gelesen habe –"

„Das ist doch toll."

„– dann denke ich an die Zeit, die ich mit den Büchern verbracht habe, statt mit Menschen aus Fleisch und Blut."

Sie aß, schlürfte ihren Kaffee und wägte seinen Gedanken ab.

Er beherrschte sie noch, die Kunst der kriminalistischen Gesprächsführung. Er hatte Nina, wo er sie haben wollte, und sie merkte es nicht. Sie würde auspacken. Er war sicher. Danach konnte er ihr helfen.

„Fleisch und Blut", wiederholte er, „Historiker wittern das Fleisch und das Blut, und wo es ist, da versammeln sie sich. Da gibt es was zu erzählen." Er schob sich das letzte Tortenstück in den Mund, kaute, schluckte. „Bei Bloggern wird es genauso funktionieren."

Nina berichtete von Sophia. Wie sie vorgestern Sophia vor die Tür gesetzt hatte, statt ihr ein Interview zu geben. Sie war zu abgespannt gewesen nach der Talkshow, sie hatte Angst um Olivia gehabt. Und heute hatte sie Olivia getreten. Unabsichtlich nur, aber Sophia hatte es gefilmt. Wenn das auf Sophias Blog erschiene …

„Ihre Sophia scheint ein Näschen zu haben", sagte Möller. „Genau im richtigen Moment vor Ort zu sein, das ist ein Talent. Sie wird eine gute Bloggerin sein."

„Das glaube ich. Sie hat drei Millionen Follower."

Er hatte keine Ahnung, was das ist.

„Und drei geschiedene Ehemänner."

„Damit kenne ich mich aus", sagte er, „ich meine, rein beruflich." Er unterließ es, das Thema zu vertiefen.

Auch Nina hatte ihr Kuchenstück aufgegessen. Keiner der beiden machte Anstalten, das Zusammensitzen zu beenden.

„Sie sollten sich an Bertie wenden. Er kann versuchen Ihnen zu helfen", sagte er.

„Den Anwalt, der sich schön findet? Nie im Leben."

Mit ihrer Reaktion hatte Möller gerechnet. Er sagte: „Viel Auswahl haben Sie nicht."

„Ich dachte, Sie wollen mir helfen?"

„Nur zu gern. Bei kriminalistischen Sachen bin ich Experte. Aber darum scheint es nicht mehr zu gehen, ich meine, um dieses … dieses Kleidungsstück geht es nicht mehr." Er beobachtete ihre Reaktion.

„Doch, doch", sagte sie.

„Eben ging es Ihnen um Ihre Wirkung in der Öffentlichkeit. Jetzt geht es doch um das Kleidungsstück? Worum geht es Ihnen wirklich?"

„Um Sven", sagte sie.

Während Nina dem pensionierten Kommissar stockend von Sven berichtete, es endlich über sich brachte, über die Vergewaltigung zu sprechen, da steckte 800 Kilometer entfernt Niccolo im Berufsverkehr fest. Dieser begann in der Münchener Innenstadt freitags schon nach der Mittagszeit.

Niccolo schlug auf das Lenkrad. „So ein Mist."

Er war noch auf der Hochstraße, knapp vor der Brücke Gebsattelstraße, und es ging nicht mehr weiter. Im Rückspiegel entdeckte Niccolo den Araber. Der Mann hatte die Verfolgung aufgenommen, lief auf dem Bürgersteig am Stau vorbei, kam immer näher. Auf dem Seitenstreifen parkende Autos verdeckten ihn, aber zwischendurch konnte Niccolo ihn sehen. Der Araber schrie, ruderte mit den Armen. Definitiv war er sauer.

Niccolo drückte die Hupe. Oahh, ein mächtiges Horn, Niccolo zuckte zusammen. Der Fahrer des Vorderwagens zuckt ebenfalls zusammen, guckte in den Spiegel, zeigte Niccolo einen Vogel und bewegte seinen Wagen keinen Zentimeter vorwärts. Konnte er auch nicht, musste Niccolo zugeben. Davor stand der nächste Wagen. Niccolo schaute hinauf zum dunkelsteinigen Christus, der mittig an die Brückenkonstruktion gedübelt war und die Arme ausbreitete.

Niccolo sagte: „Hör auf zu segnen, schick mir ein Wunder."

Im Radio erzählten sie ihm, dass er im Stau stecke. Das wusste er und knipste zum nächsten Sender. Der erzählte ihm von der Fahndung. Die kannte er von heute Morgen. Er wollte Musik, am besten etwas Entspannendes. Die nächste Station plärrte ihm Volksmusik entgegen. Niccolo drehte das Radio aus.

Der Araber war im Rückspiegel nicht länger zu entdecken.

„Mist." — Ob er schon um den Wagen schlich …

Niccolo drückte die Zentralverriegelung.

Zentimeterweise ging es voran.

Kaum hatte Niccolo ein Ziel, baute ihm das Leben Hindernisse davor.

Er war es leid. Er wollte auch mal Glück haben. Freie Fahrt haben für sich. Er wollte nicht dieses unerbittliche Leben. Er wollte ein demokratisches Leben. Demokratie bedeutete Hoffnung, alle vier Jahre konnte man den Mist abwählen und auf Besserung hoffen. Das Mistleben abwählen, nach Hamburg brausen.

Er drückte die Hupe.

Nichts tat sich, natürlich.

„Kacke."

Scheißleben.

Saskias Jacke lag auf dem Beifahrersitz. Er hatte sie bei ihr in den Postkasten stopfen wollen, bevor er auf die Autobahn fuhr. Ob er das noch machen würde? Wenn es bloß vorwärts ginge. — Da, endlich, die Schlange setzte sich in Bewegung, Niccolo löste die Bremse.

Die Augen auf der Straße langte er ins Handschuhfach, fühlte kühles Metall, darunter Papier.

Eine Pistole. Ein Bündel Fünfziger.

„Alda", schnaufte Niccolo, „Bingo! Au —"

Hart trat Niccolo das Pedal. Fast wäre er dem bremsenden Vordermann reingefahren.

Das Coupé stand, der Motor war abgewürgt. Kein Unfall, alles gut.

Christus war nicht länger über ihm. Aber sein Wunder hielt Niccolo in den Händen.

Irgendwas klopfte.

Hatte der Araber ihn also erreicht, klopfte aufs Blech? Aber es klang dumpfer, der Araber würde an den Griffen reißen, gegen die Scheibe bollern.

Niccolo sah sich um, niemand war zu sehen. Das Geräusch kam aber unzweifelhaft von hinten.

„Ruhig jetzt", sagte Niccolo.

Das Klopfen hörte auf.

Jemand war im Kofferraum.

Nun, da störte er nicht, sagte sich Niccolo. Konnte bis Hamburg drinbleiben.

Niccolo besah sich Pistole und Geld und legte beides zurück ins Handschuhfach.

Das Klopfen begann wieder, wütender nun.

Oder er ließe den Eingesperrten unterwegs raus. An einer Raststätte oder so.

Der Stau auf der Hochstraße, das war doch kein normaler Feierabendverkehrsstau … Niccolo reckte den Hals … er ahnte Ungemach. Über den Autodächern vor ihm war eine Uniformmütze zu sehen. Schon war sie wieder weg.

Aber das erklärte, warum es nur schubweise voranging. Sie kontrollierten die Autos.

Auf der einen Seite floss ein Seitenarm der Isar, auf der anderen Seite reihten sich Stadthäuser und keine Querstraße bot einen Ausweg. Die Hochstraße war eine Falle.

Ob der Araber die Polizei alarmiert hatte?

Niccolo verwarf den Gedanken. Pistole und Geld sprachen dagegen. Auch wäre die Polizei nicht so fix, und dass sie wegen eines *ausgeliehenen* Autos eine Straßensperre errichteten, davon hatte Niccolo noch nie gehört.

Warum auch immer sie kontrollierten, sie waren ein frontales Problem. Und von hinten käme der aufgebrachte Araber.

Nein, Niccolo wollte dieses unerbittliche Leben nicht. Er war es leid. Er hätte bei Saskia bleiben sollen, statt von ihrer Schwester zu träumen, die er nie gesehen hatte.

Er hätte schreien können vor Wut. So würde es Saskia machen, ihn damit auf die Palme bringen. Er wollte nicht sein wie sie. Niccolo schluckte. Er schluckte noch mal. Er sagte:

„Da vorn ist die Polizei."

Mal gucken, wie der Klopfer reagierte.

Hörte kurz auf zu klopfen. Fing aber wieder an.

Niccolo sagte: „Die suchen dich."

Konnte schließlich sein.

Wenn sie den Kerl im Kofferraum fanden, würde Niccolo sagen, er habe den Wagen nur gestohlen. Was im Kofferraum war, hätte er nicht gewusst.

Okay, so clever war das nicht.

Aber auf die Schnelle fiel ihm nichts Besseres ein. Er hatte auch nie behauptet, ein Cleverer zu sein.

Er könnte aussteigen. Hier und jetzt.

Aber das schöne Geld im Handschuhfach …

Mitnehmen täte er das natürlich. Die Knarre ebenso.

Aber sie würden seine Fingerabdrücke finden.

Niccolo wischte mit den Ärmeln am Lenkrad herum.

Hinter ihm hupte jemand.

Oh, vorn waren schon zehn Meter Platz. Wenn man einen Stau brauchte, war er nicht da. Niccolo wollte nicht vorfahren. Da vorn war die Polizei.

Wieder hupte der Hintermann.

Es war ein Scheißleben.

Niccolo drehte den Zündschlüssel, der Anlasser schnurrte, aber der Motor weigerte sich anzuspringen.

Niccolo probierte es weiter.

Und richtig, wie er es sich dachte, natürlich, einer der Polizisten schaute herüber, hatte ja sonst nichts zu tun.

Der Motor war abgesoffen.

Niccolo machte dem Polizisten Zeichen. Sie sollten bedeuten: alles klar, ich weiß Bescheid, kein Problem. Oder was auch immer.

Der Polizist jedenfalls kam forsch herbei. Statt sich um seinen Kram zu kümmern.

Es war alles ein großer Mist.

Niccolo sagte: „Hör zu, wir machen einen Deal. Ich bringe dich durch die Sperre, und du klopfst die nächste Minute nicht." Es war ein Versuch. „Da kommt nämlich gleich ein Polizist." Könnte sein, dass der Kofferraumtyp derjenige war, nach dem gefahndet wurde. Ab und zu musste man volles Risiko gehen. Gerade wenn das Leben so scheiße zu einem war. Wenn man freie Bahn brauchte.

Vielleicht schickte der Brücken-Jesus auch ein zweites Wunder.

Der Polizist tippte an die Seitenscheibe. Engstehende Augen, Hände wie Bratpfannen.

Verflixt, wie ging das Fenster runter … Zündschlüssel halb drehen. Niccolo bekam es schließlich hin, aber einen guten Eindruck machte das nicht.

„Darf ich Ihren Führerschein sehen?"

Als ob er ablehnen könnte.

Er gab dem Beamten das Kärtchen, wurde gefragt, ob er Alkohol getrunken habe.

„Ne."

„Steigen Sie bitte aus und öffnen Sie den Kofferraum."

War das eine Fangfrage? Der war hinten nicht zu öffnen.

„Muss ich erst innen entriegeln." Verdammt, aber wo? — Dann fiel ihm ein: „Dürfen Sie das überhaupt?"

„Was?"

„In den Kofferraum gucken?"

„Bei *Gefahr im Verzug* darf ich das."

„Gefahr im Verzug?"

„Wir fahnden nach einem Ausbrecher. Steigen Sie bitte aus und öffnen Sie den Kofferraum, Herr Garibaldi." Behielt den Führerschein in der Pranke.

„Ach der, von dem im Radio gesprochen wird", sagte Niccolo. „Den habe ich hinten bei der Tankstelle gesehen. Glaube ich. Hat Geld geboten, wenn ich ihn mitnehme."

„Was?!"

„Habe ihn natürlich nicht mitgenommen. Ich bin ein rechtschaffener Bürger. - Sehen Sie dahinten, wo der Blödma-, der Araber winkt. Das ist er."

Der Polizist lief los, rief seinem Kollegen zu.

„Heinz komm! Da isser!"

Scheiß auf den Führerschein, dachte Niccolo. Er würde sich in die Büsche schlagen.

Kapitel 5

In die Büsche geschlagen hatte Sven sich mit Sophia nicht. Er hatte sie in die Döner-Bude gegenüber der Schule eingeladen. Was Besseres war nicht in Reichweite gewesen. Obwohl er Sophia so einschätzte, dass ihr eine hippe Café-Lounge lieber gewesen wäre. Auch in einer Cocktailbar hätte sie sich wohlgefühlt. Aber man musste nehmen, was greifbar war. Jedenfalls konnte sie von hier gut seinen teuren Wagen sehen, das war auch etwas wert.

„Ich bin so froh, Sie getroffen zu haben." Ihr Pferdeschwanz wippte aufgeregt. „Sie müssen mir alles über Ihre Karriere erzählen.

„Ach, *ich* bin doch unwichtig", kokettierte er.

Sie war so quirlig und stark. Sie interessierte ihn.

Gern ließ er sich daher von ihr zum Reden bringen und erzählte davon, wie er den ersten Fenske-Hof für benachteiligte Jugendliche und Kinder mit Migrationshintergrund gegründet hatte und wie es zu dem Namen gekommen war.

„Es war eine heruntergekommene Hofstelle bei München. Sie gehörte seit Jahrhunderten einer Familie Fenske. Die letzte Generation hat den Hof dann heruntergewirtschaftet. Dazu kamen Probleme mit dem Tierschutz. Sie quälten ihre Hunde oder so, und Nachbarn haben das Veterinäramt informiert, glaube ich. Jedenfalls wollten die Fenskes verkaufen."

Wie er an das Geld für den Kauf gekommen war, überging er. Ebenso, dass er damals als Paketfahrer gearbeitet hatte, sich über Abendkurse an die *Mittlere Reife* heranpirschte. Bei einer Daryna wäre das angekommen, bei dieser Sophia würde er kaum Punkte damit machen.

Sophia erinnerte ihn an die frühe Nina. Nur … irgendwie … auch anders. Lebendiger, blinkender, wie ein Strass-Stein. Sie war jung und aufregend, aber auf eine Art, über die man nicht zu viel nachdenken durfte, sondern die man nahm als die Aufregung des Moments. Und was war das Leben anderes als eine Folge von Momenten bis zu dem leider letzen? Es ging Sven darum, die schönsten Momente zu ergattern. Die dunklen überließ man den anderen.

Nun fand der Imbisshandwerker Zeit, hinter seiner Schnellspeisenauslage hervorzukommen. Er bot lebhaft seine Döner-Kreationen an. Die wären lecker, der Cheffe vom Tattoo-Studio nebenan würde die auch immer ordern. — Sven hatte wenig Hunger und noch weniger Zutrauen zu den irgendwie bleich wirkenden, angeblich essbaren Dönern. Er wählte eine *Coke*. Sophia tat es ihm nach: eine *Coke light*.

Genau so hatte er sie eingeschätzt.

Draußen ging eine Frau in einem wadenlangen Ledermantel vorbei. Sie hatte raspelkurze Haare. Ihr Styling, ihre Ausstrahlung erregten Svens Aufmerksamkeit, und einen Moment glaubte er, die Frau zu kennen, aber er konnte sie nicht einordnen.

Die Brauseflaschen wurden gebracht. Sophia begann sogleich, mit ihren rotgeschminkten Lippen an ihrem veganen Strohhalm zu lutschen und zu saugen. Sven kamen unanständige Gedanken.

Unvermittelt schob Sophia die *Coke light* von sich und fragte: „Nina hat Olivia an die Tagesmutter gegeben?"

„Ähh …" Er brauchte einen Augenblick, um seine Fantasie einzufangen … Mit der feschen Sophia über Daryna, das ukrainische Trampel, zu sprechen … da gäbe es doch bessere Themen, fand er. Aber klar, Sophia wollte mehr über Nina und Ninas Leben erfahren; Sophia hatte ihm auf dem Weg von der Schule hierher erzählt, sie arbeite für ihren Blog an einer Geschichte über Nina als Senatskandidatin. Die Story solle noch vor der Wahl erscheinen, also in den nächsten drei Tagen.

Er sagte: „Ja, ja. Nina hat die Tagesmutter herbeitelefoniert. Was schwierig war, da sie sich gerade vorher verkracht hatten."

„Sie hatten sich verkracht?"

„Schon, aber das ist unwichtig."

„Ich darf Sie doch filmen? Für meinen Blog."

„Natürlich. Der neue Fenske-Hof in Wilhelmsburg kann jede Publicity brauchen."

Sophia zauberte aus ihrer pinken Handtasche ein Säckchen, welches sie in Form knetete und das die geknetete Kontur behielt, sodass Sophia ihr Handy, dessen Linse auf Sven gerichtet war, darauf abstellen konnte.

Sven fragte: „Den Tritt von Nina in der Schule, den haben Sie auch gefilmt?"

Ja, das habe sie. Auch wie ihre Tochter am Boden gelegen und geschrien habe. — Sophia räumte die *Coke*-Flaschen auf den Nachbartisch. Das Geräusch der in ihnen aufsteigenden Kohlensäure würde die Tonqualität mindern, meinte sie.

Sophia schien etwas von ihrem Handwerk zu verstehen, dachte Sven.

„Witziges Säckchen", sagte er.

„Ja, habe ich neu. Von einem Vermarkter. Wenn ich was Gutes darüber sage im Blog, darf ich es behalten."

„Ist das nicht Bestechung?"

„Nennt man das so?" Einen reizenden Augenaufschlag hatte sie. Sie gefiel ihm.

Er könnte sie, so überlegte er, gleich auf der Imbisstoilette nehmen. Wenn sie sich wehrte, umso besser. Hinterher steckte er ihr Handy ein, dann hatte er alles beisammen. Zur Polizei gehen würde sie sowieso nicht. Entweder das Toilettenerlebnis würde ihr Spaß machen oder es wäre ihr peinlich. Und wenn sie wirklich hinterher Ärger machen wollte ... Mit Geld löste er jedes Problem. Seit er Geld hatte, war es geradezu langweilig: Denn es gab sozusagen keine Probleme mehr. Die Frauen waren käuflich, hatte er festgestellt, und das bremste den Spaß durchaus. Aber er brauchte ja nicht an die Zukunft zu denken, um sich jetzt den Spaß zu vermiesen. Man entschied aus der Situation. Erst mal würde er es gütlich versuchen. Vielleicht konnte er sogar was Längeres mit ihr anfangen.

„Das Video ist auch auf dem Handy?", erkundigte er sich.

„Welches?"

„Das von Nina und Olivia."

Das zarte Band ersten Vertrauens zwischen ihnen riss, als er die Frage stellte. Sven hatte ein Gespür dafür.

„Wieso interessiert Sie das?", fragte Sophia.

„Ach, es ist unwichtig." Obwohl er sofort diesen Rückzieher machte, hatte sie Witterung aufgenommen. Sie war blond und doch schlauer, als er gedacht hatte. Vielleicht hatte es in ihren Ohren zu vertraulich geklungen, als er von „Olivia" sprach? Besser wäre gewesen, er hätte neutraler von „Nina und Tochter" gesprochen?

Er würde nun die komplett seriöse Tour fahren.

Das Video wäre zwar schön in seiner Hand gewesen. Auch die Toilettennummer hätte Charme gehabt. Aber das quicke Abenteuer würde er sich verkneifen. Er wusste, dass er das konnte: Seinen Trieb beherrschen, wenn er es wollte. Schließlich würde eine Bloggerin, die ihm gewogen war, eine gute Sache sein. Für den neuen Fenske-Hof und für seine Pläne mit Nina.

Er ließ Sophia weiter das Video mit ihm machen.

Am Ende, sie hatten ihre Colaflaschen zurückgeholt und ausgetrunken, bot er ihr sogar seine Visitenkarte an. Die mit seiner echten Adresse. Nicht die der Prinzessin. Vielleicht überlegte Sophia es sich. Mit ihr würde er Spaß haben.

Als sie die Treppen hinuntergingen, wurde Nina unauffällig von Cordt Möller beobachtet.

Sie hatte ihm alles erzählt. Der ausgelassene Abend auf der Wiesn mit Freundinnen, der in dem Alptraum einer Vergewaltigung endete. Die schwierigen Stunden danach. Die noch schwierigeren Jahre, die folgten. Alles hatte sie erzählt — oder glaubte zumindest alles erzählt zu haben.

Man sieht es ihr nicht an, dachte er.

30 Jahren lang hatte es zu Möllers täglicher Routine gehört, Menschen einzuschätzen. Nach Jahren, in denen er Erfahrungen auf der Straße, in Hinterzimmern, Bars, Bordellen und Vorstandsbüros gesammelt hatte, konnte er manchen Menschen auf den Kopf zusagen, dass sie Dreck am Stecken hatten. Bei manchen irrte er, und es war gut, dass andere, Staatsanwälte und Richter, anzuklagen hatten und um die Urteile ringen mussten, und nicht seine Vorurteile den Ausschlag gaben, erst gar nicht gehört wurden. Sondern nur die Beweise angenommen wurden, die Möller vorlegte. Aber: An die meisten Beweise wäre er nie gelangt, hätte er nicht die Gabe und die Erfahrung gehabt, Menschen intuitiv einzuschätzen, also seine begründeten Vorurteile für den Fortgang der Ermittlungen zu nutzen.

Bei einigen Verdächtigen, bei vielen sogar, war er sicher, dass sie unschuldig in die Mühlen der Justiz geraten waren, und er bemühte sich, dafür Beweise zu finden. Ihm verschaffte es genauso Genugtuung, dabei zu helfen, einen unschuldig verdächtigten Bürger zu rehabilitieren wie einen Gauner vor Gericht zu bringen.

Und dann gab es da die wenigen, die er überhaupt nicht einschätzen konnte. Die er … gar falsch einschätzte? Die tief in sich etwas vergraben hatten, das sie selbst kaum noch hervorhieven konnten — wenn sie es überhaupt wollten. Wie erst sollte dann ein Außenstehender, ein einfacher Hamburger Kriminalbeamter wie Cordt Möller, es heben können.

Solch eine Person war Nina, so kam es ihm vor, und da sie nun vor ihm die Treppe hinabstieg, mit den immer noch leichten Schritten einer Frau in den Zwanzigern, da wusste er, dass er diese Frau auf ihrem Weg unterstützen wollte. Nicht auf dem Weg nach unten, das hatte sie nicht verdient, sondern auf ihrem Weg nach oben. Irgendetwas war an ihr, das ihn an eine gute Zukunft glauben ließ.

Es war genau die Herausforderung, die er brauchte. Auf jeden Fall war ein Engagement für Nina sinnvoller, als um die Alster dem Herzinfarkt entgegenzuschnaufen oder mit den Ellbogen auf die Fensterbank gestützt Vormittage lang zu den Fassaden gegenüber zu glotzen und auf Trudes Putzeinsatz zu warten.

Nina brauchte Hilfe. Sie hatte eine Vergewaltigung erdulden müssen und sie nicht angezeigt. Wer konnte wissen, wie er selbst in einer solchen Ausnahmesituation reagieren würde. Nina ließ sich nicht unterkriegen, sie hatte neu zu lieben gelernt und eine Tochter geboren.

Jetzt tauchte der Peiniger erneut in ihrem Leben auf. Da war es erklärlich, dass sie aus der Fassung geriet und von einem Slip fabulierte, den ihr der Vergewaltiger in die Wohnung geschmuggelt haben sollte, um Psychoterror auszuüben.

Obwohl das, objektiv gesehen, schwer nachzuvollziehen war. Welches Motiv sollte Sven Mehnert haben? Sein größtes Bestreben müsste sein, seinem Opfer Nina Schmidt nie mehr zu begegnen. Schließlich könnte sie ihn immer noch anzeigen.

Genauso möglich wäre es, dass Nina sich bloß einbildete, der Slip wäre in ihre Wohnung geschmuggelt worden. Wenn man nach Jahren seinem Vergewaltiger in einem Fernsehstudio gegenübersitzt, kann einem die Psyche Streiche spielen. Auch noch nach Stunden und Tagen, wenn sie das Geschehene verarbeitete.

Ebenfalls eine Möglichkeit wäre, dass Nina nie von Sven Mehnert vergewaltigt worden war. Vielleicht war sie labil oder hegte einen Groll gegen den Erfolgsunternehmer … sie kannten sich aus München, irgendwer hatte das in der Talkshow erwähnt.

Möller würde offen an die Sache herangehen, sich von seiner Sympathie für Nina nicht die Sinne vernebeln lassen.

„Es könnte sein, dass wir nicht rechtzeitig zurück sind", sagte Möller auf dem Bürgersteig.

„Rechtzeitig? Wofür rechtzeitig?"

„Für Ihre Tochter."

„Ich habe sie an Daryna gegeben, die Tagesmutter." Sie würde dem alten Mann nicht auf die Nase binden, dass sie sich erst heute Morgen mit Daryna verkracht hatte — um Olivia dann Stunden später doch wieder Daryna anzuvertrauen.

Männer verstanden so etwas nicht. Womöglich dächte Möller, sie wäre psychisch angeschlagen. Das wäre der letzte Eindruck, den sie bei ihm erwecken wollte. Sie war eine kompetente Politikerin, Kandidatin für den Hamburger Senat und in drei Tagen war die Wahl. Da brauchte sie keine Gerüchte, dass sie emotional reagiere und ihr Leben nicht im Griff habe.

„Dann können wir die U-Bahn nehmen", entschied Möller, „wenn wir ja Zeit haben. Dann laufen wir das Stück bis da vorn zur Station."

„Die U-Bahn?" — Sie hasste die U-Bahn.

Möller blieb stehen. „Ist das ein Problem?"

„Nein, nein."

„Ich fahre immer mit der U-Bahn", meinte er.

„Ja, ja … aber …"

Was sollte sie sagen? Dass sie ungern mit dem Zug fuhr, niemals Bus, niemals U-Bahn? — Sie wollte Senatorin werden und benutzte keine öffentlichen Verkehrsmittel, auf welche ein Großteil der Menschen, denen ihre Bemühungen gelten sollten, angewiesen waren?

Möllers Augen schienen Nina geradewegs ins Gehirn zu röntgen.

Das ist Einbildung, sagte sie sich und brachte es nicht über sich, zu erklären, warum sie in keine U-Bahn steigen wollte.

Sie mied Haltestellen, fuhr keine Rolltreppen hinab ins Dunkle, nahm keine Treppen hinunter in Bahnstationen, auch nicht in die große Station *Jungfernstieg* direkt vor dem Rathaus. Ebenso wich sie Migrantengruppen aus, ob sie sich vor Busstationen sammelten, vor Burger-Filialen oder vor der Europa-Passage. Seit damals war das so. Als sie von der Wiesn kam und um die arabischen Jugendlichen an der Haltestelle einen Bogen machte. „Schöne Frau, schöne Figur. Willste küssen?", " riefen sie ihr hinterher und dann … dann passierte es. Die Araber, die an der Haltestelle gestanden hatten, waren nicht schuld gewesen an dem, was Sven ihr angetan hatte. Aber in ihrem Inneren hatte sich alles mit allem verknotet, und sie konnte sich schließlich nicht selbst anklagen dafür, dass ihre Seele so reagierte. — Wenn sie das täte, sich selbst beschuldigen für ihre Gedanken und Reaktionen … dann, das wusste sie, dann zerbräche sie daran. Dagegen war es eine erträgliche Einschränkung, Busse und U-Bahnen zu meiden, die Schutzreaktionen von Körper und Seele zu akzeptieren und nicht weiter daran zu rühren.

Sie sagte: „Wir können doch ein Taxi nehmen."

„Natürlich."

„Ich zahle das."

„Nein, nein, lassen Sie nur."

Was er von ihr denken mochte?

Nach fünfzehn Minuten Taxifahrt kam die Binnenalster in Sicht, verschwand aber gleich wieder hinter Villen, Konsulaten, Trauerweiden.

Die Straßen wurden enger, die Hecken höher. Und akkurater geschnitten.

„Dort hinein, bitte", sagte Möller.

Die Taxiräder knirschten in eine üppig gekieste Stadtvillenvorfahrt.

Kein Moos wuchs auf den Kieseln, kein bröselndes Laub vom letzten Herbst versteckte sich zwischen ihnen. Jeder Kiesel war vom Gärtner poliert worden. So jedenfalls kam es Nina vor.

Sie stiegen vor einer Treppe aus, die gefühlt zwei Kilometer breit war. Begrenzt wurde sie von Amphoren, aus denen teuer aussehendes Grün wucherte.

Die Villa oberhalb der Stufen unterschied sich von den Villen auf den benachbarten Millionärsgrundstücken. Nina erinnerte die Villa an Schuhkartons: Als wären zwei davon effektvoll versetzt übereinandergestapelt worden. Die Außenwände des Baus leuchteten in makellosem Weiß. Wahrscheinlich kam der Maler montags bis freitags morgens mit einem Topf Farbe vorbei.

„Wir sind da", erklärte Möller.

„Sicher? Nirgendwo ist ein Schild. Anwalt oder so."

„Das hat Bertie nicht nötig."

Prominenz zahlte sich also aus. Selbst Pseudoprominenz reichte für einen gehobenen Lebensstil, glaubte Nina feststellen zu können. Mehr als eine gehypte Lokalberühmtheit war dieser Anwaltsdarsteller für sie nicht. Hauptsache man kam ins Fernsehen. Der Rest ergab sich offensichtlich von selbst.

Möller hatte den Klingelknopf noch nicht berührt, da wurde ihnen schon von einer Dame geöffnet.

Sie war von schwer bestimmbarem Alter, trug einen blonden Dutt und dazu ein gewinnendes Lächeln. Umstandslos stellte sie sich als Sandra, Berties Sekretärin, vor und bat herein.

Es roch nach Kaffee.

Nicht nach dem *to go* Kaffee amerikanischer Pappbecherfilialisten, die sich in der Innenstadt breitgemacht hatten, sondern nach dem Kaffee von Ninas Oma. Kindheitserinnerungen stiegen in Nina auf. An Besuche in Blankenese, wo die Oma im Treppenviertel mit Elbblick residiert hatte. Bei ihr wurde der Kaffee in verschnörkelten Tassen gereicht; man saß unter einem mächtigen Ölgemälde, das Wilhelm II. in Uniform zeigte. Nina krabbelte unter Tisch und Stühlen, während die Erwachsenen plauderten. Irgendwie war die Oma in den Jahren danach aus Ninas Leben verschwunden. Später erfuhr Nina, dass die Oma nach Australien ausgewandert war, dort einige Jahre später an gebrochenem Herzen starb. Es war eine merkwürdige Geschichte. —

„Woran denken Sie?"

Nina tauchte aus den Erinnerungen auf, schaute sich um. Da stand Bertie: mit offenem Blick, im weißen Hemd und mit Weste.

„Ach, an nichts", sagte Nina.

„Das sind die wertvollsten Gedanken, die aus dem Nichts entstehen. Folgen Sie Ihnen, Sie bringen Glück."

Komisch, sie war entschlossen, Bertie unsympathisch zu finden. Er war ein Gockel mit geschwollenem Kamm.

Äußerlich mochte das hinkommen. — Aber es wurde ihm wohl nicht ganz gerecht, und Nina versuchte zu ergründen, was die Ursache war. Bertie nahm sie gegen ihren Willen ein und das lag nicht, zumindest nicht nur, an seinem warmen Bariton.

Bertie bat seinen Besuch in den Salon. Sie nahmen Platz. Bertie wählte das *Louis XVI*-Sofa. Der Raum war karg eingerichtet, einzige Dekoration war ein kühles Frauenportrait in Öl, welches goldgerahmt an der Wand hing.

„Ihr Kaffee riecht gut. Wie bei meiner Oma aus Blankenese."

„Ach, Sie kommen von hier?", erkundigte sich Bertie, „Ich dachte, Sie wären aus München."

„Meine Mutter stammt aus Blankenese. Sie zog wegen meines Vaters nach München."

Bertie beugte sich vor. „Ich mache Ihnen ein Geständnis, meine liebe Nina." Der Anwalt brachte eine Hand auf Ninas Unterarm. Sie ließ es geschehen. An seinem Mittelfinger steckte ein Siegelring. „Es ist auch kein Kaffee von hier, den wir trinken. Obwohl ich der Sohn eines Hamburger *Pfeffersacks* bin. Es ist *Schümli*. Aber erzählen Sie es nicht weiter."

Da Nina *Schümli* unbekannt war, erläuterte Bertie, es sei eine schweizerische Kaffeespezialität. Die werde Nina damals bei ihrer Oma kaum gerochen haben. Aber, so führte Bertie aus, die Nase des Menschen sei ein ungenaues Sinnesorgan.

„Viel ungenauer als die Nase eines Hundes zum Beispiel", meinte Bertie und ließ sich durch das Auftauchen der Sekretärin unterbrechen. Sandra brachte eine Vase mit stark stielgekürzten Nelken.

„Ein zweites Schälchen Sahne wäre wunderbar", regte Bertie an und zupfte die ansehnlichste Nelke aus dem Strauß. Er schnupperte an der Blüte. „Unser Geruchssinn funktioniert wie ein Puzzle. Passt ein Geruchspuzzleteil zu einem anderen, dann rastet es dort ein. Egal, ob das aufgedruckte Motiv stimmig ist."

Er erhob sich, beugte sich zu Nina herab und bat um Erlaubnis, ihr die Nelke an die Jacke heften zu dürfen.

Nina wusste kaum, wie ihr geschah, und sie reagierte anders, als sie gedacht hätte, wie eine moderne Frau wie sie reagieren würde: Sie fühlte sich geschmeichelt.

„Insofern ist es völlig erklärlich, dass der *Schümli*-Geruch Sie an die Kaffeetafel bei Ihrer Oma in Blankenese erinnert." Fingerfertig, Nina hatte seine Berührung kaum gespürt, hatte der Anwalt die Blume an ihrem Jackenaufschlag befestigt — und mit übereinandergeschlagenen Beinen saß Bertie schon wieder an seinem Platz auf dem *Louis XVI*. Nina fiel erst jetzt auf, das rund um die straffe Polsterung des Sofas eine vergoldete Holzrahmung angebracht war. Das barocke Möbelstück passte so gar nicht zum sonstigen unterkühlten *Bauhaus*-Stil des Hauses. Oder es passte genau, da es im Gegensatz stand. Bertie brauchte nur noch die Arme ausbreiten und auf das Gold legen, und er wäre der Sonnenkönig auf einem Thron. Aber was waren sie dann, Nina und Möller?

„Kann man übrigens auch auf den Kaffee tun", Bertie zupfte einige Blütenblätter ab und ließ sie über die Sahnehaube rieseln, mit welcher er seinen Schümli bereits gekrönt hatte.

„Ist das nicht giftig?"

„Ach was. Regt an." Er nahm eine dritte Nelke, beschnitt auch diesen Stiel mit der Schere vom Schreibtisch und steckte sich die Blüte ins eigene Knopfloch. „Ist ein Spleen, das gebe ich zu. Aber es hebt meine Laune. Eine bessere Begründung kann es nicht geben, etwas zu tun. Oder?"

Nina lachte.

Der Ex-Kommissar hatte bisher kein Wort zur Unterhaltung beigetragen. Nun sagte er: „Wir sind nicht wegen des Kaffees hier."

„Dir ist sowieso egal ob Schümli oder Blankeneser Kaffee —"

„*Ristretto* wäre mir am liebsten."

„Deinen *Ristretto* kenne ich. Die Automatenplörre aus dem Präsidium", sagte Bertie.

„So schlecht war sie gar nicht."

Wieder legte Bertie die Hand auf Ninas Unterarm. Ihr kam das nicht übergriffig vor, es war echt. Bertie sagte: „Erzählen Sie mir, Nina, was Sie herführt."

„Was soll ich erzählen?"

„Bisher kenne ich lediglich Andeutungen. Der alte Glatzkopf" - Bertie nickte mit dem Kopf Richtung Möller - „war sehr diskret, er verriet nur, Sie bräuchten Hilfe. Alles, was Sie hier erzählen, bleibt unter uns."

Nina berichtete von der Vergewaltigung durch Sven und von dem Slip in Olivias Kommode. Sie erzählte – und ihre Sätze wurden kurzatmiger – davon, wie Sven heute Mittag die Gelegenheit genutzt und sich an Olivia herangemacht hatte, ihr über das Haar gestrichen hatte.

Die Männer hörten Nina zu und unterbrachen nicht. Als Nina geendet hatte, blieb es still im Salon.

Lautlos blies Bertie das Sahnekrönchen in seiner Tasse beiseite und nippte einen Schluck.

Die Stille dauerte an.

Endlich sagte Bertie: „Sie haben einen Fehler gemacht."

Sven Mehnert hatte bisher keinen Fehler gemacht, und so wollte er es weiterhin halten. Jedoch lief es nicht so glatt, wie Sven es sich dachte.

Sophia war aus dem Imbiss gerauscht und hatte ihn

allein zurückgelassen. Ihn erst angefüttert, die Lust geweckt … jetzt saß er da mit zwei leeren Flaschen.

Seine Prinzessin rief an. Wann er zurück nach Travemünde komme? Wie es ihm gehe? Ob er an sie denke? Solche Sachen, Frauensachen. Er sagte, er habe noch zu tun, Geschäfte und so weiter und:

„Hast du den Schwangerschaftstest gemacht?"

Stille in der digitalen Leitung. Er hatte sie, also seine Prinzessin, geerdet. Manchmal war das nötig, auch wenn er ihr damit weh tat. Er bereitete seiner Prinzessin ungern Schmerzen. Es war mit ihr anders als mit Nina, besser konnte er es sich selbst nicht erklären. Die Prinzessin war großzügig und klug. Sie setzte auf ihn, liebte ihn vielleicht sogar. Komisch, dass er es damals nicht gleich so wahrgenommen hatte.

Er merkte, dass er mit der Frage nach dem Test auch sich geerdet hatte. Denn da sie berichtete, der Test sei negativ gewesen, da gab es ihm einen Stich.

Das Telefongespräch war danach schnell zu Ende. Er bezahlte die beiden Cokes und sortierte sich, nun keine Unbedachtsamkeit zu begehen, da er nach draußen trat.

Da waren zwei Pole. Die Lust auf Sophia. Und seine unbefruchtete Prinzessin in Travemünde. Beide waren im Moment unerreichbar. Aber in ihm drängte es nach …

Zu viel stand jedoch auf dem Spiel. Sven sah hinüber zu seinem teuren Wagen. Er war kein kleiner Paketfahrer mehr. Er hatte etwas aufgebaut, das er nicht durch eine Dummheit einreißen würde.

Aber wie sollte er sich beherrschen. Er wollte diese eine Macht, alles in ihm gierte gerade danach. Das Sagen in einem Unternehmen zu haben, das war schon ein gutes Gefühl. Aber solche Macht war abstrakt, zumindest kam ihm das jetzt so vor, da er Sophia mit dem wippenden Pferdeschwanz hatte davonziehen lassen müssen.

Sven spähte durch das zugestaubte Fenster des Tattoo-Studios. Nur Schemen waren für ihn zu erkennen. Zu kurz war Sven in Hamburg, um die Einstiegspunkte in die Szene zu kennen, welche Getriebene aufsuchten, die schärfere Würzungen brauchten, als sie in Kaschemmen, Clubs und Stundenhotels von St. Pauli geboten wurden. Zu sehr hatte er geglaubt und gehofft, seine Lust mittlerweile - auch dank seiner Prinzessin - unter Kontrolle zu haben.

Er betrat das Studio und sogleich nahm ihn der Geruch ein, modrig-räudig, als wäre ein gut gerittenes Ledersofa über Torfqualm geduldig geröstet worden. Es erinnerte ihn an den Fenske-Hof, damals, als er ihn das erste Mal angefahren hatte, um das Paket eines Leverkusener Logistikers für Tierpharmaka abzuliefern. Fenske persönlich noch hatte ihm die Hoftür geöffnet, mit irrem Blick und umwabert von diesem modrigen Geruch, und der Dobermann sauste hinaus ins Rosenbeet.

Niemand hielt sich in dem Tattoo-Studio auf, das geräumiger war, als es von außen den Eindruck gemacht hatte. Farbfläschchen paradierten im Regal hinter dem Tresen, eine Tätowiermaschine wartete neben einem Friseurstuhl, der zuerst abschreckend aussah, beim näheren Hinsehen aber gebraucht und gemütlich. Es erinnerte ihn an einen Gebärstuhl, der sich zügig umrüsten ließ für ein lustvolles Empfängnismartyrium.

Ein Vorhang klackerte, als ein schwerer Mann mit den Händen voran hindurchstieß. Hinter den wackelnden Vorhangelementen erahnte Sven eine Treppe mit ölgestrichenem Holzgeländer, die in den ersten Stock führte. Der Hundertzwanzig-Kilo-Kerl mit Stiernacken und poliertem Kugelkopf musterte Sven.

Sven kannte solche Typen. Sie sahen aus, als hätten sie einen Arsch in der Hose. Dabei trugen sie ihn bloß im Gesicht. Bei ihnen löste ein Geldschein neunzig Prozent aller Probleme, die sie glaubten, einem machen zu können.

„Ich suche etwas", sagte Sven.

„Katalog?" — Bevor Sven antworten konnte, hatte der Kerl sein Angebot hervorgezogen: Zettel aus dem Tintenstrahldrucker in fingerfettig gewordener Prospektfolie, abgeheftet in einem Ordner. Sven überlegte, wer sich solche heute schon gestrigen Motive auf die Haut stechen ließ, um morgen Freundin oder Freund zu beeindrucken und die nächsten Jahre den Spott zu ertragen, wenn Muskeln und Haare ab- und der Bauch zunahm. In späteren Jahren, nach dem Spott, bliebe nur noch Fremdschämen.

„Ich bin Cheffe." Eine unbestimmte Handbewegung ging zur Tätowiermaschine. „Mache alles selbst."

Sven blätterte zur letzten Seite.

„Hast du härtere Sachen?", fragte er.

„Härter?" Cheffe fixierte Sven.

Sven strich einen Fünfziger glatt und legte ihn zwischen dem Ordner und einen kleinen Holzblock, in welchem dekorativ antike Tätowiernadeln steckten. Das Holz des Blocks war alt, hineingeschnitzt waren fernöstliche Ornamente und Schriftzeichen.

Cheffe ließ den Geldschein verschwinden:

„Was hast du dir vorgestellt?"

„Spaß. Ein Mädel, das Spaß versteht. Jeden Spaß." Ein Mädel, keine Frau.

Frauen hatten empfangen, getragen, gekreißt und gestillt, hatten den Lebensernst erfahren und waren für seine Gelüste verloren. Ideal für ihn waren die erfahrenen Unerfahrenen. Die immer wieder den Spaß der ersten Erfahrung wiederholen wollten, ihn immer schriller gestalteten, um die unwiederholbare erste Erfahrung vermeintlich zu wiederholen, bis sie auch zu ihrer letzten wurde.

„Jeden Spaß", wiederholte Cheffe den Wunsch. Er bekam dabei den leeren Blick eines Mannes, der verbotene Erinnerungen entstaubte.

Sven fragte mit rauer Stimme: „Kriegst du das hin?"

„Halt die Klappe. Setz dich hinten rein."

Es war ein Schuss ins Blaue gewesen. Aber er fand, es ließ sich gut an. Sven hatte Zeit, die Konferenzschaltung mit München war erst für heute Abend angesetzt. Außerdem mochte er den Geruch.

Im Hinterzimmer gab es Sitzgelegenheiten, eine zweite Tätowiermaschine, die wenig vertrauenerweckend aussah, zerlesene Zeitschriften und einen Fensterblick auf die Straße.

Gerade klemmte ein Polizist ein Knöllchen unter das Scheibenwischergummi von Svens Wagen.

„Scheiße", entfuhr es Sven.

Von vorn rief Cheffe: „Klappe halten."

Nach einigen Minuten begann Sven, sich zu fragen, ob das Warten in der Abstellkammer eines Tätowier-Ladens gut investierte Zeit war. Vielleicht hielt Cheffe ihn zum Besten, sah nicht nur aus wie ein Arsch, sondern war auch einer. Andererseits, in Svens Apartment war zurzeit auch nicht mehr los, dort verpasste er nichts.

Mit Hingabe sortierte Cheffe, hinterm Tresen stehend, Prospekthüllen in seinem Katalog um. Er variierte mehrfach. Immer schloss er zwischendurch die Metallbügel des Ordners, dachte nach und blätterte dann und sortierte wieder anders. — Gerade beschloss Sven, dass er genug davon gesehen hatte und wollte gehen, als es auf der Holzgeländertreppe knarrte. Sven verharrte.

Die Frau mit den kurzen Haaren und dem langen Mantel aus schwarzem Leder kam herunter. Er hatte sie vorhin am Falafel-Imbiss vorbeihuschen sehen. Jetzt erkannte er sie.

Es war die kessknusprige Regiassistentin vom *Talk am Wasser*-Aufnahmeteam. Cheffe ließ das Umsortieren und tuschelte mit ihr; sie warf einen Blick durch den Vorhang auf Sven, nickte Cheffe knapp zu und verließ ohne weitere Worte den Laden.

Cheffe stellte seinen Ordner weg und rief Sven nach vorn:

„Kannst gehen."

„Willst du mich auf den Arm nehmen?" Sven baute sich vor der Theke auf.

Cheffe schaute arschig.

Sven erinnerte: „Ich habe dir fünfzig Euro gegeben." Schade, dass er keinen Dietrich mehr zur Hand hatte. Früher als Paketfahrer hatte er immer einen Dietrich in der Uniformtasche gehabt. Ein Dietrich löste Schlösser und andere Probleme. Erlöste seine Mutter, die zu lange gelitten hatte. Als er ihr den Dietrich durch den Kehlkopf stach, pfiff sie vor Freude. Neuartig pfiff sie: zur Seite weg, aus dem Loch heraus, dass er gestochen hatte. Der Hausarzt übersah es bei der Leichenschau. Zu ungewöhnlich war die kleine Wunde, Sven hatte damals richtig kalkuliert.

„Bleib ruhig. Ich geb dir was", ruderte Cheffe zurück. Er hatte wirklich keinen Arsch in der Hose. Als er sich umdrehte, um einen Zettelkasten aus dem Regal zu nehmen, zog Sven eine der alten Tätowiernadeln aus dem verzierten Holzblock und verbarg sie in der Hand.

Cheffe schrieb auf einen Zettel und gab ihn Sven. „Lady Lack hilft dir weiter", sagte Cheffe, „vielleicht."

Sven las die Nummer auf dem Zettel und war unschlüssig, ob er sich damit zufriedengeben sollte. Es konnte irgendeine Nummer sein.

„Du gehst jetzt besser", sagte Cheffe, trat von einem Bein aufs andere, als habe er ein dringendes Geschäft zu erledigen. Plötzlich also wollte er ihn loswerden. Vorhin hatte er alle Zeit der Welt gehabt, sortierte seinen Katalog. Dann erschien diese „Lady Lack" und nun hatte Cheffe es eilig, Sven loszuwerden.

Das war interessant.

Instinktiv entschied sich Sven: Anstatt Cheffe Angst zu machen und zu hoffen, dabei zu klären, ob die aufgeschriebene Nummer zu einem Ziel führte, für welches er bezahlt hatte, verließ er, ohne weitere Umstände zu machen, den Laden und ging um die Ecke. Einen Moment wartete Sven, wechselte die Bürgersteigseite.

Von dort ging er zurück, öffnete geschmeidig die Beifahrertür und ließ sich tief in den Sitz gleiten. Das Knöllchen blieb an seinem Platz.

Sven hätte gern das Radio angedreht. Aber das ließe er besser, die Batterie war schwach. Geduldig und ohne Musikbegleitung beobachtete er den Tattoo-Laden.

Als sich die Ladentür öffnete, wusste Sven, dass er definitiv keinen Fehler gemacht hatte, als er in das unbekannte Studio gegangen war. Die dort abgesessene Zeit war nicht verschwendet gewesen: Denn nun konnte er beobachten, wie die Direktorin der Grundschule, die stolze Eva-Maria Kube, sich über die Schwelle auf den Bürgersteig traute, sich verhuscht umsah, um dann mit wehendem Rock und eingezogenen Schultern - was der hochgewachsenen Frau gar nicht stand - davonzueilen.

Sven heftete sich an ihre Fersen. Er war in Hochstimmung.

In Berties Salon fragte Nina: „Wer hat einen Fehler gemacht? Ich … oder die anderen?"

„Welche Anderen?", fragte Bertie.

„Sven, Amiri, die Moderatorin, was weiß ich?" Hauptsache nicht sie selbst.

Bertie sah sie an. Möller sah sie an. Sie schienen die Antwort zu kennen. Nina wollte sie auch wissen.

Eigentlich wusste sie die Antwort. Aber sie mochte sie nicht.

Nina setzte zu einer Erklärung an: „Natürlich, damals habe ich einen Fehler gemacht. Ich hätte zur Polizei gehen sollen. Ich hätte Sven anzeigen sollen. Aber … es war erniedrigend … verletzend. Wissen Sie, wie man sich fühlt, wenn einem so was passiert?"

„Ich werde mir nicht anmaßen zu behaupten, ich könnte das", sagte Bertie.

„Sehen Sie. Keiner kann das, außer denen, die es durchmachen mussten. Und die wollen es nicht noch mal erleben, auch nicht in der Vorstellung. Erst recht nicht. Bloß nicht immer wieder in der Vorstellung alles durchleben müssen. Ich wollte nichts mehr damit zu tun haben. Es war passiert und ich wollte weg. Keinem Polizisten etwas erklären, nicht meinem Vater, nicht meiner Mutter. Ich wollte nicht mit Saskia darüber sprechen …"

Die Worte verhallten im Salon.

Dann setzte Bertie erneut an:

„Das meine ich nicht, wenn ich sage, Sie haben einen Fehler gemacht."

„Aha", säuselte sie falsch. In ihr schrie es.

Sven, ihr Vergewaltiger, der Mistkerl, der ins Gefängnis gehörte, wenn sie ihn nur damals angezeigt hätte, dieser Verbrecher erdreistete sich, in Hamburg aufzutauchen, womöglich in ihre Wohnung einzudringen, heute Morgen konkret ihre Tochter anzugehen. In aller Öffentlichkeit, in der Schule. Aber nein, *sie* habe einen Fehler gemacht?!

Sie sollte aufstehen, und diesem Bertie, diesem Anwaltsdarsteller mit Verständnisgesicht, eine Ohrfeige genau dort hineinknallen. *Dann* würde er verstehen.

Bertie sagte: „Den Fehler haben Sie vorgestern gemacht. Bei *Talk am Wasser*. In der Live-Sendung."

Nina schluckte.

„Inwiefern?", fragte sie mit leicht zitternder Stimme und riss sich dennoch zusammen. „Meine Umfragewerte sind danach gestiegen. Meine Wahlkampfberaterin sagt, der Auftritt wäre gut gewesen."

„Sie werden die Wahl gewinnen."

„Sehen Sie."

„Aber Sie werden erpressbar sein."

„Wieso das?"

„Er hat Sie in der Hand."

Möller schaltete sich ein: „Wenn Sie von ihm wirklich vergewaltigt worden sind."

„Bitte?!" Ninas wurde der Mund trocken. Möllers Zweifelsäußerung erwischte sie unvorbereitet. Sie hüstelte. Keine zwei Stunden war es her, da hatte Möller ihr eine Torte als Friedensgabe angeboten, jetzt schoss er gegen sie. Was sollte sie davon halten?

Möller sagte: „Mir ist das Motiv nicht klar. Warum sollte ein erfolgreicher Unternehmer nach Hamburg kommen, ausgerechnet in dieser Sendung auftauchen, wenn er doch weiß, dort trifft er auf die Frau, die er damals —"

Bertie unterbrach: „Cordt, lass mal."

Nina pochte das Blut in den Schläfen. Sie sollte aufstehen und gehen.

„Nina … ich darf Sie doch Nina nennen?", fragte Bertie.

Nina grummelte etwas.

„Möller ist ein alter Kriminalist, ein wirklich alter. Er kann einfach nicht davon lassen. Sein Einwand ist berechtigt — aber genau anders herum, wie er meint." Bertie senkte die Stimme. „Ich glaube ihnen, Nina. Sven Mehnert hat sich an Ihnen vergangen. Deswegen ist er hier."

„Bitte?!", meinte Möller. „Das gibt doch keinen Sinn."

„Doch, tut es. Er wird sie erpressen wollen."

Sven habe Nina in der Sendung gefragt, ob sie ihn als Senatorin bei der Schaffung eines Fenske Hofes in Wilhelmsburg unterstützen wolle. „Was haben Sie gesagt?"

„Äh … ich … ich." Ihr wurde warm. Sie hatte Sven etwas Falsches geantwortet. Nun wurde es ihr bewusst. Vor einem Saal- und TV-Publikum hatte sie ihm Zusicherungen gemacht.

Bertie sprach es aus: „Sie haben ja, gesagt, Nina. Sie haben ihm Ihre Unterstützung zugesichert. Wenn Sie Senatorin sind. Er wird das einfordern. Und Sie können nicht zurück. Würde durchsickern, dass Sie mit ihm intim geworden —"

„Vergewaltigt worden bin ich von ihm!"

„Nachdem Sie vor einem Millionenpublikum Sven ihre Unterstützung zugesichert haben? Wollen Sie das behaupten. Nach dieser Sendung war es offensichtlich Sex mit Einverständnis. Kein Richter der Welt wird Sven jetzt noch verurteilen. Aber Sie wird man verurteilen, wenn Sie solche Anschuldigungen erheben. Nicht von einem Richter, sondern von der Öffentlichkeit. Das ist für einen Politiker der schlimmere Richter. Da er zugleich der Henker ist, der das Urteil vollstreckt. Sie wären erledigt, unmittelbar."

„Aber ..."

„Sie haben Sven seine Unschuld bestätigt in der Sendung."

„Aber ..."

„Wenn Sie die Vergewaltigung weiter behaupten, wenn auch nur eine Ahnung aufkommt, Sie hätten eine Affäre mit Sven gehabt, wenn irgendetwas in der Richtung durchsickert, wird es heißen, Sie nutzen Ihr politisches Amt, um Ihrem Lover Vorteile zu verschaffen. Beten Sie, dass es nicht passiert. Der Skandal würde Sie bis auf den Mond schießen. Dann werden Sie nie mehr ein politisches Amt bekleiden. Und Berlin? Das könnten Sie umgehend vergessen.

Und das wollen Sie doch."

Woher wusste er, was sie wollte. Woher konnte er ihre geheimen Wünsche wissen?

Wieder platzierte er seine Hand auf ihrem Unterarm.

„Machen Sie sich keine Sorgen. Ich löse das für Sie."

„Da ... Danke." Ihr schwirrte der Kopf.

„Aber es wird Sie etwas kosten, meine liebe Nina."

Zweiter Teil

Der Schmerz wird erst vergehen,
wenn er dich etwas gelehrt hat.

Kapitel 6

Eine Million würde es ihn kosten, sich in die Büsche zu schlagen.

An der Hochstraße in München duckte sich Niccolo zwischen zwei parkenden Autos.

Eine Million war hoch geschätzt. Das gab er zu. Aber er war in einer theatralischen Stimmung. Wie viel in dem Handschuhfachs des Audis liegen mochte? Er hätte es gern gezählt. Niccolo pirschte zwischen den Büschen, er wollte zum Fluss. Den zwei Polizisten entwischen, die er verladen hatte, die aber ihren Irrtum bemerken und zurückkehren würden, und dann würden sie ziemlich böse auf ihn sein.

Aber sollte er deswegen auf die Fast-Million verzichten?

Nachdem sie schon seinen Führerschein kassiert hatten. Da war eine Fast-Million gerechter Ausgleich sozusagen.

Aber Niccolo entschied sich dagegen, umzukehren. Einmal im Leben wollte er *vernünftig* sein und einen für richtig befundenen Entschluss durchziehen, also huschte er über den Rasen dem Hügelchen zu. Dahinter war der Fluss.

Die Million wäre er zwar los, aber auch den Kofferraumklopfer. Wer auch immer da im Kofferraum steckte, er bedeutete Probleme und von denen hatte Niccolo genug.

Nein, er würde nicht impulsiv sein. Seine Lehrerin hatte gemeint, er wäre zu impulsiv, er würde die Folgen seiner Missetaten nicht bedenken. Die würde staunen, wie planvoll er vorgehen konnte. Missetaten … pah!

Er wollte nach Hamburg. Er wollte Saskias Schwester finden.

Wie hieß sie doch gleich, die Schwester … Gab's denn so was, da wusste er den Namen schon nicht mehr … und die farbige Vorstellung von ihr, die war schon blass geworden.

Niccolo holte Saskia Handy aus der Hosentasche. Im Handy würde die Schwester drinstehen und anrufen konnte er sie auch gleich. Oder ’ne Nachricht schicken und sich ankündigen. Freund von der Schwester und so … - Wie entriegelte man das verdammte Ding?

Mit dem Fingerabdruck des Besitzers. Wusste Niccolo doch, er war schließlich kein Depp. Nur hatte er nicht den Finger von Saskia.

„So ’n Scheiß.“ Er pfefferte das Handy in die Büsche. Die Grundschullehrerin konnte ihn mal. Impulsiv. Gekackt drauf, Alde.

Saskias Schwester, wie auch immer sie hieß, war vielleicht nicht so wichtig. Aber er wollte nach Hamburg, endlich raus aus München.

München erstickte ihn, das Leben hier, Saskia. Etwas Besseres fände er im Norden allemal. Er schmeckte geradezu das Salzwasser, das dort oben in der Luft lag. Er sah das Neonlicht der Reeperbahn, die auslaufenden Frachter, die majestätisch tief im Wasser lagen, voll beladen mit Containern. Vielleicht würde er zur See fahren. Nach Santiago. Weit weg, Wind um die Nase wehen lassen, neu beginnen.

Da er sich auf dem Hügelchen umschaute, dachte er, er mache noch mal einen Blick in seine Vergangenheit, der er gerade entkam. Ein Abschiedsblick — aber das war sentimentaler Scheiß. Die Realität war schon wieder eine andere:

Der Stau hatte sich aufgelöst. Nur sein Wagen, also korrekt gesagt, der Audi des Arabers, den er sich geliehen hatte, nur der stand da noch als Verkehrshindernis und wurde von den In-den-Feierabendfahrern umkurvt.

Polizisten entdeckte Niccolo nirgendwo. Die führten bestimmt gerade den Araber ab. Dumm gelaufen für den Blödmann mit Bart und Baseball-Cap. Es würde noch dümmer für den Blödmann kommen, entschied Niccolo spontan und spontan war gut, wenn die Realität sich änderte:

„Alda, wir's gefickt, Alda."

Jeder bekam hier, was er verdiente. Der Araber den Ärger und Niccolo die Million … okay, Fast-Million.

Niccolo rannte nämlich zurück.

Geld haben oder nicht haben. Die Antwort war doch wohl klar. Blöd war er nicht, mochte die Lehrerin gemault haben, wie sie wollte. Dazu noch die Pistole. So einen Ballermann konnte man immer gebrauchen.

Als Niccolo im perlmuttlackierten Audi saß, beglückwünschte er sich: Denn die schicke Schüssel hatte er ja noch dazu. Bonus sozusagen fürs Cleverle. Er startete und trat durch. Auf zur Autobahn.

Ach ja, noch mal ins Handschuhfach gucken … perfekt, Lottogewinn war noch drin.

Nur komisch, dass hinten keiner mehr klopfte.

„Hallo, Alda. Noch frisch?"

War der nicht mehr drin? Erstickt? Oder raus? — Ging ja eigentlich nicht, also von selber rauskommen. Hätte der Typ ja sonst längst gemacht … konnte man den Kofferraum überhaupt von innen öffnen? Niccolo war unsicher, kannte sich mit dem Wagen nicht aus.

Wie auch immer, erst mal wollte er auf die Autobahn und weg von München.

Das jedoch ließ sich mühsam an, immer wieder Stop-and-Go, dann auf der Autobahn zwar fließend, aber eher zäh. Überall verdammtes Blech, rammelvoll und ermüdend. Wobei seine Müdigkeit, so sagte sich Niccolo, auch davon kommen konnte, dass die Anspannung nachließ. Seit der Sache an der Tankstelle, nein, eigentlich seitdem er Saskia überstürzt verlassen hatte, war das Adrenalin geschossen. Irgendwann war alle.

Saskias Jacke lag noch auf dem Sitz. Vergessen ... ach was, hätte er sowieso nicht mehr vorbeigebracht, nachdem sie ihn an der Hochstraße fast festgesetzt hatten. Niccolo steuerte die nächste Raststätte an, er brauchte einen Kaffee.

„Willst du auch einen Kaffee?", drehte er sich um, als er den Motor abgestellt hatte.

Ihm wurde das zu blöd, da wieder keine Antwort kam; Niccolo stieg also aus, hatte den Kofferraum entriegelt, machte die Klappe auf.

Bah!

Stank der Mensch. Zum Glück wehte ordentlicher Wind, so ein typischer Raststättenwind, kühler als man dachte, wenn man ausstieg. Der Mensch blinzelte wegen der plötzlichen Helligkeit. Ein junger Mann, zusammengeklappt, um da reinzupassen.

Sah käsig aus.

„Willst du nicht aussteigen?"

Der Käsige schaffte es hoch: „Willst du mich nicht Siezen?"

„Komm mir nicht dumm."

„Bist du es?"

Hä? Das war eine Type. Stellte Gegenfragen, statt sich zu fürchten. Und was antwortete man da als Cleverle? Um nicht sprachlos dazustehen und in Ermangelung neuer Gedanken wiederholte Niccolo:

„Steig schon aus."

„Weiß nicht. Bin gern in guter Gesellschaft. Also mit mir allein."

Niccolo schlug den Deckel wieder zu.

„Jetzt biste wieder allein." - Ein Idiot war das. Mit einem Zug ins Arrogante.

Nun klopfte er wieder. Na, dass hätte er sich früher überlegen sollen, der Idiot.

„Wird mir alles zu blöd", maulte Niccolo, stapfte auf der Beifahrerseite nach vorn, Handschuhfach runtergeklappt, Knarre gegriffen.

So öffnete er den Kofferraum wieder und zeigte sein Machtinstrument vor:

„Käsemann, hör zu." — Der Käsemann protestierte, wollte mit seinem richtigen Namen angesprochen werden. Als ob Niccolo den wüsste, und er interessierte ihn auch nicht. „Nix da, du bist der Käsemann, und das hier ist eine klare Sache." Niccolo klopfte mit dem Waffenlauf auf die Blechkante. „Kalt und einfach. Du machst jetzt, was ich sage und benimmst dich. Kuschen oder Kugel."

Der Käsemann guckte angemessen beeindruckt. Die Gegenfragen waren ihm ausgegangen.

Niccolo war zufrieden. „Das Leben kann einfach sein", sagte er. „Das Sterben auch, Käsemann. Denk dran."

Der sah so käsig aus, stellte Niccolo nun fest,

weil er schwarze Klamotte anhatte, von oben bis unten. Hatte ein zartes Näschen, eben solche Schultern, der Käsemann. — War das überhaupt ein Mann? Oder eine Frau, die sich als Mann verkleidete?

„Bist du Frau oder Mann?" Hämisch guckte Niccolo.

„Was meinst du denn?" — Doch wieder Gegenfrage, statt Antwort.

„Mal keine Gegenfrage, Käsemann. Oder besser Käsefrau. Einfache, digitale Antwort. Mann. Frau. Digital."

Er mochte das Wort. Digital. Passte zum Cleverle. Das würde er werden, entschied er nun final. Cleverle und irgendwas Digitales. Das boomte jetzt.

„Keine Ahnung", sagte der Käsemann.

„Was, keine Ahnung?"

„Ob ich Mann oder Frau bin."

„Zeig mir einfach deinen Schniedel. Los raus aus dem Kofferraum, Schniedel zeigen."

„Bitte?! Spinnst du?"

„Oder deine Mumu. Was auch immer du da unten hast. Mumu wär' eigentlich besser. Steh ich drauf."

„Und wenn ich beides habe?"

„Willst du mich verarschen?"

„Du bist auf jeden Fall ein Kerl."

„Ach, das siehst du? Vielleicht bin ich nur verkleidet. Wie du. Alda, nerv' mich nich und steig jetzt aus."

Linkisch kletterte der Käsemann aus dem Kofferraum. Eindeutig feminine Bewegungen, fand Niccolo. Er fragte:

„Willst du auch einen Kaffee? Ich meine, ich wollte mir einen holen."

„Wenn du das Ding wegsteckst, würde ich mitkommen."

Stimmt, das sähe blöd aus mit der Pistole und warum hatte er die überhaupt auf den Käsemann gerichtet?

„Wenn du glaubst, du müsstest mich in Schach halten wegen des Geldes —"

„Woher weißt du davon?!" Niccolo riss den Lauf wieder hoch, zielte mit bösem Blick auf den Käsemann. Doch der guckte nicht auf den Lauf, sondern über Niccolos Schulter hinweg. Das war ein komischer Typ oder eine Typin.

„Das weht gerade weg", meinte der Käsemann.

„Hä?"

„Das Geld. Ist jetzt weg."

Niccolo schaute sich um. Aber die Waffe hielt er auf Käsemann gerichtet. Hoffte er.

Au Mann!

Da flatterten die Euro-Scheine auf den Asphalt, wirbelten herum, fingen sich an der grünen Blechtonne und ließen sich vom nächsten Windstoß hochtragen.

Das Handschuhfach hatte er aufgelassen. Auch die Beifahrertür. Das war nicht *cleverle*. Der Autobahnraststättenwind erledigte den Rest.

Niccolo sprang zur Tonne und fing fliegende Scheine, sammelte andere vom Boden.

„Iiee!" Er hatte in einen Kotklumpen gefasst. Aber auch den verschmierten Fuffi wollte er nicht verlieren, nahm ihn zu den Geretteten.

Käsemann stand schmal neben dem Audi, die Hände in den Hosentaschen. „Ich würd's wegwehen lassen."

Niccolo kümmerte sich nicht weiter um die Einlassung. Er hatte fast alle Scheine gefangen, und nur ein kleines Mädchen schien ihn beobachtet zu haben, welches mit seinen Eltern Rastplatzpicknick an dem weiter entfernten Betontisch machte. Ihre Bockwurst interessierte das Mädchen schon wieder mehr als der merkwürdige Erwachsene, der kleinen Papierblättern hinterherjagte.

Der Käsemann rief ihm zu: „Die sind markiert. Mit so einem RFID-Chip. Wie in den Klamotten."

Davon hatte Niccolo noch nie gehört. — Was er hörte, war ein Hubschrauber.

„Die verfolgen das Geld." Käsemann Blick ging zum Himmel. „Das solltest du loswerden."

Schrapp-schrapp-schrapp. Schnell wurde das Knattern der Rotorblätter lauter. Übertönte locker den Wind.

Niccolo schaute auf die Pistole in der rechten und die Scheine in der linken, kotverschmierten Hand.

„Das ist Kacke", sagte er.

Bertie, Nina und Möller rührten währenddessen mit Silberlöffelchen in ihren Kaffees.

Endlich stellte Nina die Frage, die sie loswerden wollte, seit Bertie meinte, seine Hilfe werde Nina etwas kosten: „Was wird es mich kosten, wenn Sie mir helfen, gegen Sven vorzugehen, Bertie?"

Der Anwalt zögerte.

„Erst mal sollten wir überlegen, *wie* ich helfen kann", meinte er.

„Sie rechnen nach Stundensatz ab?"

„Ich werde Ihnen keine Kostennote stellen, wenn Sie das meinen. Es geht nicht um Geld."

„Darauf läuft es immer zu, aufs Geld", sagte Nina und wunderte sich im selben Augenblick über ihre eigene Äußerung: Solche Sprüche sollten einem erst über die Lippen gehen, wenn man über 40 war. Ob man in der Politik schneller alterte — oder ob sie nur die Kenntnis über menschliche Beweggründe rasant schärfte?

Möller pflichtete Nina bei: „Geld ist häufig ein Motiv …"

„Meint der Kriminalist." Bertie schlürfte *Schümli*.

„… Ruhm kann ein Motiv sein", setzte Möller fort, „Macht kann ein Beweggrund sein oder auch Rache." Möller hatte einen Milchbart von seinem Sahneklecks und merkte es nicht.

Die Drei vom Kaffeekränzchen in der Anwaltsvilla sannen den ausgesprochenen Gedanken nach. — Schließlich holte Bertie hörbar den schwarzen Rest aus seiner Tasse und entschied:

„Es geht um Geschmack und um Schönheit." Dabei sah er Nina an.

War das als Kompliment an sie gemeint, überlegte Nina. Zum Glück neigte sie nicht dazu, rot zu werden. Oder sollte sie Berties Satz als die aus der Zeit gefallene Frechheit eines alten Mannes auffassen?

Sie entschied sich, seine Bemerkung schlicht zu übergehen. Stattdessen fragte Nina:

„Sie wollen also kein Geld?"

„Nein."

„Bevor Sie weiterreden", mischte sich Möller ein und hatte noch immer den Milchbart, „rate ich Nina zu einem Gesamtpaket. Da wäre nämlich noch ein kleines Problem, was sie hat, und von dem ich weiß, dass du es lösen könntest, Bertie."

Auf seinem Sofa machte der Anwalt den Rücken gerade.

„Sie hat noch ein Problem? Ihr Vergewaltiger ist in der Stadt, sie erteilt ihm Absolution, ihre politische Karriere ist damit in der Hand ihres größten Feindes, und sie hat noch ein Problem? Ich meine, außer dem unbekannten Höschen in ihrer Kommode?"

„In der Kommode meiner Tochter", korrigierte Nina.

„Wie auch immer. Meine Güte. Sie ist keine 30, wie kann man so schnell so viele Probleme anhäufen?" Bertie machte ein Gesicht, das man als Ankläger den Schöffen zeigte: Man würde gern die Augen verdrehen angesichts des offensichtlichen Tatbestands und des debilen Angeklagten, tat es aber nicht, da es sich vor Gericht nicht gehörte. Bertie sagte: „Cordt, was gibt es noch für ein *kleines* Problem, das in das Gesamtpaket aufgenommen werden soll?"

Knapp berichtete Möller von der Bloggerin Sophia, die Nina undiplomatisch am Abend nach der *Talk am Wasser*-Sendung aus der Wohnung komplimentiert hatte und die sich nun bei Nina mit einem vernichtenden Bericht revanchieren könnte.

„Was für ein vernichtender Bericht?"

„Ich habe meine Tochter Olivia getreten und Sophia hat es gesehen."

„Bitte?!"

„Aus Versehen nur. Ich meine, ich habe sie aus Versehen getreten, meine Tochter."

„Aha."

„Sophia hat es auch gefilmt."

„Bitte?!"

„Mit ihrem Handy."

Nun verdrehte Bertie die Augen.

„Gegen Bilder ist schwer zu argumentieren", sagte er.

Käme so etwas in die Öffentlichkeit, würde eine Entschuldigung à la „ein Versehen" die Sache eher verschlimmern, meinte Bertie. „Es ist kurz vor der Wahl. Das wäre der GAU, wenn das mit dem Tritt herauskäme."

„Die letzten drei Tage sind echt mies gelaufen, was?", sagte Nina.

„Sie haben einiges dafür getan, dass die nächsten drei Tage noch schlimmer werden können", sagte Bertie. „Haben Sie einen Plan B?"

„Einen Plan B?"

„Was machen Sie, wenn Sie die Wahl verlieren?"

„Ich … ich …" — Sie hatte keine Ahnung … nein, das würde sie nicht zugeben. Es hatte gut ausgesehen. Es hätte nicht schiefgehen können. Sie hatte Geld von ihren Eltern aus München bekommen, nicht viel, jedoch ausreichend für die Kampagne, ein Unterstützerkreis hatte sich gefunden, einige Blankeneser waren besonders engagiert, bald hatte die regierende Partei signalisiert, Nina keine Steine in den Weg zu legen, da der Bürgermeister ihre Kompetenz, ihre *Medienkompatibilität* und Zugkraft schätzte. Und jetzt war sie dabei … alles in die Grütze zu reiten?

„Sie müssen Sophia zum Schweigen bringen", sagte Nina.

„Wie soll ich das Wunder Ihrer Meinung nach vollbringen? Ich bin Anwalt und kein Zauberer."

„Sie *müssen* es schaffen."

Wie schön wäre es, wieder ein kleines Mädchen zu sein. Ihr Vater hatte alles heil machen können. Er brauchte nur zu pusten, und das aufgeschlagene Knie tat nicht mehr weh.

„Es wird teuer, Nina. Ziemlich teuer."

„Aber Sie wollen doch kein Geld?"

„Sie werden mich dabei unterstützen? Ich meine, wirklich unterstützen."

„Ja, natürlich, aber … bei was?"

„Innensenator."

„Was, wie …"

„Ich werde Innensenator. Im neuen Senat."

„Aber wie soll ich —"

„Sie wünschen es sich beim Bürgermeister. Sie gefallen ihm. Er bekommt Sie nur, wenn er mich als Innensenator —"

„Aber —"

„Kein aber, Sie schaffen das, ich weiß es."

Was blieb ihr übrig. Sie wusste, dass sie beim Bürgermeister ein Stein im Brett hatte. Es könnte möglich sein.

„Gut", versprach sie, „ich mache es. Ich versuche es."

Bertie lächelte sparsam.

„Schön", sagte er, „ist das abgemacht. Handschlag."

Nina und Bertie schüttelten sich die Hände. Nachdem Bertie sich wieder gesetzt hatte, klöppelte er das Silberlöffelchen gegen seine Tasse und fast lautlos erschien Sandra:

„Darf ich abräumen?"

„Nein, nein", meinte Bertie, „aber sagen Sie doch bitte Sophia Bescheid. Sie möge kurz hereinkommen."

Eva-Maria Kube ging in einen Biosupermarkt. Sven verfolgte sie und dachte: Natürlich war es ein Biosupermarkt, das passte zu der Frau.

Aber ihm sollte es recht sein.

In letzter Zeit schossen die Bio-Märkte wie Pilze aus dem Boden. Sven stellte sich vor, dass Eva-Maria vor 20 Jahren ihre Schrumpelmöhren noch beim *Demeter*-Hof am Stadtrand besorgt hatte. Jetzt war man bequem geworden und nach jahrzehntelangem Verzicht und entsprechend aufgeladenem gutem Gewissen durften die Bio-Mohrrüben auch etwas praller aussehen. — Das war das Erfolgsgeheimnis der Bio-Markt-Ketten. Sie hatten mehr Quadratmeter als die ursprünglichen Latzhosenkräuter, mehr Parkplätze, mehr Kühlregale, mehr Fertigprodukte. Von allem mehr, so einfach war die Rezeptur. Statt Latzhosen trugen die jungen Marktleiter heute Nerdbrillen und *gebleachtes* Breitlächeln. Sie waren die weiterentwickelten Nachkommen der Hardcore-Körnercruncher. Die Körnergeneration hatte eine große, rote Revolution gewollt und graue Bioläden zustande gebracht. Die neuen Biobauern, Master-Absolventen, veganen BWL-Bacheloretten bekämpften das System nicht wie ihre Eltern, sie nutzten es. Die teuren Innenstadtlagen, Marktneubauten und Ladeneinrichtungen finanzierten sie über Abschreibungen, Private Equity und verschwiegene Fonds. In einen der Fonds hatte sich Sven eingekauft. Zunächst hatte er nur an die Diversifikation geglaubt, die solch eine stille Beteiligung bot. Mittlerweile glaubte er auch an den ökologischen Landbau: Tag und Nacht wurden Tomaten und Möhren in langen Lastwagenreihen aus Spanien herangekarrt. Dort wurde das Gemüse unter Folie das ganze Jahr über angebaut und vor allem gewässert, von schrumpel auf prall gepimpt: streng zertifiziert nach allen Bioregeln, kein Schmu. Die Produktion war spottbillig, die Lastwagen geleast, die Gewinnspanne atemberaubend. Denn Großstädter kauften gern teuer, wenn ein Bio-Aufkleber auf dem Obst oder Gemüse klebte. Noch besser liefen in letzter Zeit Papierverpackungen wie zu Großmutters Zeiten. „Vegan" wurde auf die Tüte gedruckt und der Preis verdoppelt. Auch der Absatz verdoppelte sich. Nur in den Semesterferien lahmte er leicht.

Sven griff einen dunkelgrünen Einkaufskorb aus kontrolliert-wiederverwertetem Bioplastik und führte ein Zusammentreffen mit Eva-Maria Kube an der Gemüseauslage herbei.

„So ein Zufall, Sie sind hier, Herr Mehnert!"

„Ist kein Zufall. Es ist der nächstgelegene Biosupermarkt für mich. Ich habe in der Friedensallee ein Apartment."

„Da haben Sie Glück bei der Wohnungsnot."

Kein Glück, sondern Geld, dachte er; aber er wollte mit Eva-Maria Kube am verkaufsfördernd warmfarben beleuchteten Veggieparadies nicht das Wohnungsproblem von Hamburg diskutieren oder gar lösen. Obwohl er sich die Rektorin mit den aristokratischen Wangenknochen wohl präpariert und unnachgiebig argumentierend in irgendeinem Ausschuss für gerechte, nachhaltige, ökologische, soziale Stadtteilentwicklung vorstellen konnte. Interessanter allerdings fand er die Überlegung, was die Rektorin mit Lady Lack im Oberstübchen des Tattoo-Ladens anstellte.

Er wählte die längste Schlangengurke und fragte: „Wie macht sich die Kleine in der Schule?"

„Welche Kleine?"

„Die bei Ihnen saß, als wir über Ihre Zukunft sprachen."

„War das ernst gemeint, was Sie mir angeboten —"

„Absolut. Warum fragen Sie?"

„Na ja … in mein E-Mailfach kommen manchmal Angebote, die zu schön sind, um wahr zu sein. Alles Unsinn …"

„Ich bin doch keine E-Mail."

„Aber Ihr Angebot … es ist … überwältigend."

„Ach was, wir brauchen Fachkräfte. Mein Angebot ist echt, und ich hoffe, Sie nehmen es an, Frau Kube. Was nützt das schönste Gebäude, was nützen Gelder von der Stadt, wenn die Kinder nicht ordentlich in so einem neu eröffneten Hof betreut werden."

Sie schaute auf die Gurke in seinem Korb, sie schaute ihn an. Sven war groß, Eva-Maria war groß, sie waren auf Augenhöhe.

Sie fragte: „Warum interessieren Sie sich für das Mädchen?"

„Weil sie da saß und malte mit solcher … Ernsthaftigkeit."

„Ich habe gesehen, wie Sie ihr in der Halle aufhalfen."

„Ja, so was ist doch selbstverständlich."

„Sie haben ihr eine Locke aus dem Gesicht gestrichen." Eva-Maria Kube forschte in Svens Gesicht.

Hielt sie ihn etwa für einen Perversen, einen Sexualverbrecher? Was für ein Quatsch.

Er wollte jeglichen Zweifel Eva-Maria Kubes ausräumen.

„Ich bin ihr Vater", sagte Sven, „Olivia ist meine Tochter."

„Sophia ist hier?!", staunte Nina.

„Davon wusste ich nichts", versicherte Möller ihr. Möllers Schultern hingen, seine Wangen ebenso. Griesgrämig saß er in

Berties Salon, schwerfällig und alt kam er Nina vor. Er war es auch, und es war dumm von ihr gewesen, ihm zu vertrauen. Sich von ihm hierher schleppen zu lassen.

„Beleidigt dich das in deiner Kriminalistenehre, Cordt, dass du es nicht wusstest?" Bertie lehnte sich zurück und breitete die Arme aus, legte sie auf den goldenen Rand der Barock-Couch.

„Na ja, schon. Du hättest es mir sagen können."

„Hätte ich. Wenn ich ein schlechter Anwalt wäre. Aber Nina hat einen guten verdient, findest du nicht? Und deswegen bist du auch zu mir gekommen. Abgesehen davon, dass du nichts zu tun hattest und mein Angebot des Security-Jobs bei der Samenbank abgelehnt hast." Bertie federte aus dem Sofa. „Ahh, da ist sie. Sophia, meine *Baroness*, willkommen."

Nina hätte die Bloggerin, der sie vor Stunden in der Schule begegnet war, jetzt fast nicht erkannt. Gehüllt in einen weißen Frotteebademantel, gekrönt von einem Frotteehandtuchturban, kam Sophia herein: auf bloßen Füßen, mit dunkelrot lackierten Fußnägeln, eine Wassertropfenspur auf dem Edelkiesboden des Salons hinterlassend.

„Bertie! Ich dachte du wärst allein, sonst wäre ich doch nicht so —

„Aber du siehst wunderbar aus."

„Ich bin schnell aus dem Pool, als Sandra sagte —"

„Alles in Ordnung, mach dir keine Sorgen."

Aber Sophia bestand darauf, sich etwas anderes überzuziehen. — Als sie aus dem Raum war, fragte Möller:

„Was war das denn?"

„Sophia", antwortete Bertie.

„Das habe ich gesehen. Aber sie hopst hier … so herum?!"

„Stört dich das?" Bertie setzte sich.

„Es überrascht mich."

„Trau dich zu fragen, Cordt, was du wirklich wissen willst. Du willst wissen, ob ich mit ihr intim bin."

„Ööhhh."

„Du bist dir zu fein zu fragen? Ganz schlecht, als Kriminalist sollte dir nichts zu peinlich sein, um danach zu fragen. Um die allgemeine Neugier zu befriedigen …", Bertie ließ die Worte in der Luft hängen und - das bemerkte Nina wohl - er genoss die Situation, „… und um die Sache abzukürzen: Ich bin mit ihr intim, sehr intim."

Bertie spitzte die Lippen und schaute Möller spöttisch an:

„Aber anders, als du dir das vorstellst. Du glaubst doch nicht ernsthaft, dass eine Klassefrau wie Sophia sich mit einem 30 Jahre älteren Anwalt einlässt."

Nina jedenfalls hatte es sich nur schwer vorstellen können. Obwohl … unmöglich war heutzutage nichts.

Bertie sagte: „Ich habe ihr drei Ehemänner vom Hals geschafft und damit drei Millionen verschafft. Das sorgt für Intimität, Cordt. Kannst du mir glauben. Mir vertraut sie mehr, als sie ihren Ehemännern jemals vertraut hat."

„Dann sagen Sie ihr", schnappte Nina, „sie solle nicht schlecht über mich schreiben oder mich als Rabenmutter darstellen und das Video nicht veröffentlichen, um Gottes willen."

Bertie blieb entspannt.

„Das macht man anders", sagte er. „Eine Frau wie Sophia bittet man nicht um etwas. Dann hat man verloren. Drohen tut man ihr schon gar nicht."

„Sie wissen über Frauen Bescheid, was?", höhnte Nina.

Bertie sagte: „Man beschenkt sie."

„Sie dürfte alles haben. Bei drei Millionen."

„Es gibt Sachen, die einer Frau grundsätzlich fehlen", meinte Bertie. „Eine Handtasche zum Beispiel. Eine rote Lackhandtasche."

Schrill lachte Nina auf. — Sie wollte das nicht. Ihr Lachen war spontan, es rutschte, es wollte heraus. Bertie gerierte sich dermaßen platt. Eine Handtasche! Im Zeitalter der selbstbewussten Frauen, von Gender und Feminismus, da sprach er von einer gelackten Tasche. Der Mann war so alt und von gestern … ach was … von vorgestern.

Berties Gesicht blieb ausdruckslos. Vielleicht, so dachte Nina, hatte sie etwas heftig reagiert. Andererseits: Das mussten die alten Männer aushalten. Oder endlich ihr verstaubtes Frauenbild modernisieren.

Möller sagte: „Wie ich Sophia einschätze, aber ich habe sie natürlich nur kurz gesehen … aber ich glaube, sie ist eine Tussi. Das mit der Handtasche könnte daher funktionieren."

Nina war kurz vor der Schnappatmung. Was haute der andere alte Knacker da raus?! Mein Gott, sie war umrundet von Experten …

„Tussi??", zischte Nina.

„Definiert sich über Äußerlichkeiten, die gute Sophia", erläuterte Möller.

Nina würde ihm gleich auch was definieren. Hart auf die Backe.

Bertie hatte sich erhoben und stand neben dem Frauenportrait in Öl, welches als einzige Wanddekoration den Salon schmückte:

„Alles läuft über Äußerlichkeiten. Ein Gemälde von Schad, 1925. Sehen Sie die Haut, Nina. Perfekt wiedergegeben. Sinnlich. Nicht geschönt, sondern realistisch. Es macht Spaß, sich das anzuschauen. Es ist meisterlich gemacht. Die Äußerlichkeiten sind die Essenz und die ganze Kunst ist, die Oberfläche darzustellen."

Nina schaute zum Bild hinüber und wusste nicht recht. Gemälde hatten in ihrem Leben keine große Rolle gespielt. Das einzige Ölbild, das einen tieferen Eindruck bei ihr hinterlassen hatte, war der Wilhelm II. bei der Oma gewesen. Wo der Schinken abgeblieben sein mochte?

„Denn was ist schon unter der Oberfläche, unter der Haut?", fragte Bertie. „Wertloses und Hässliches, das idealerweise nur ein Arzt zu sehen bekommt. 30 Liter Wasser, Zellklumpen … Und es fängt an zu stinken, wenn es stirbt. Aber jetzt, welcher Duft, wenn sich eine Frau entblättert …"

„Bertie", mischte sich Möller ein, „Du wolltest Nina helfen."

„Mach ich doch gerade."

„Ich bin nicht so sicher."

„Ich sage ihr, worauf es im Leben ankommt."

„Auf Äußerlichkeiten?", fragte Nina.

„Auf Äußerlichkeiten", sagte Bertie.

Und Möller schüttelte den Kopf. „Ihr kommt es im Moment darauf an, das Sven-Problem zu lösen."

„Ich will die Wahl gewinnen", sagte Nina.

Möller nickte: „Damit sie die Wahl gewinnen kann."

„Damit ich etwas ändern kann. Ich will Gerechtigkeit und Gleichheit."

„Bitte nicht", stöhnte Bertie.

Nina staunte. „Sie sind nicht für Gleichheit?"

„Aber nein!"

Sein Aufbrausen war überraschend für sie. Als würde er wirklich an etwas glauben. Und dann noch an so etwas Schlechtes wie Ungleichheit.

Bertie stand noch neben dem Gemälde, wandte sich an Nina: „Sie kennen Mozart."

Natürlich, was für eine Frage. Jeder kannte Mozart. Hatte neben dieser Musik auch diese verdammt süßen Schoko-Marzipan-Nougat-Kugeln erfunden, diese Diätkiller, von denen man nicht genug kriegen konnte, wenn man einmal damit anfing.

Sie nickte.

Bertie sagte: „Sie werden nicht behaupten, dass Sie Mozart gleichen."

Bestimmt war das ein dickes Leckermaul, der solche Kugeln erfand. „Nein, nein, dem sehe ich nicht ähnlich", tastete Nina sich vor.

„Er war ein Genie", sagte Bertie. „Zum Glück glich er uns nicht. Sonst müssten wir auf seine genialen Werke verzichten."

Sie dachte nach. Vielleicht wären die Menschen gesünder, gäbe es die Kugeln nicht. Aber wären sie glücklicher?

Bertie ging zurück zur Couch: „Was meinst du, Cordt?"

„Politik ist nicht meine Sache, ich kenne mich da zu wenig aus."

„Auch wer sich raushält, macht Politik", erklärte Bertie, „Gerade die Heraushalter machen sie."

Da hat Bertie recht, dachte Nina, mochte das aber nicht sagen, denn es ärgerte sie, zugeben zu müssen, mit ihm einer Meinung zu sein. Obwohl das albern war … Noch alberner aber war, was Bertie nun veranstaltete:

Er bückte sich, forschte unter dem Sofa.

Alte, wohlangezogene Männer in gebückter Stellung: Unvorteilhafter konnten sie sich kaum präsentieren. Zum Glück saß Bertie wieder, als die umgezogene Sophia hereinkam. Er hatte unter dem Sofa eine Pappschachtel hervorgezogen, deren Deckel er nun hob.

„Ich habe da etwas für dich, Sophia." Eine rote Lackhandtasche holte er heraus, raschelnd fiel das Seidenpapier von ihr ab.

„Ohh! Bertielein, wie reizend von dir!" — Sophia sprang herbei, griff die Tasche, stellte sich auf Zehenspitzen und küsste Bertie auf die Wange.

Wie aus dem Nichts war Sandra da, hielt ein Tablett und meinte, eine neue Klientin, eine Frau von Soundso - Nina blieb der Name unverständlich - habe sich angekündigt und werde gleich vorfahren. „Sophia muss vorn Platz machen und ihren Lamborghini umparken oder fährt sie gleich los?", schloss Sandra.

Bertie bat Sandra: „Könnten Sie das nicht machen?"

„Dafür werde ich nicht bezahlt." Sandra schob Sophia beiseite und ließ Tassen und Kanne aufs Tablett klirren.

„Sandra, würden Sie das *bitte* tun?", wiederholte Bertie.

„Wenn Sie es unbedingt wünschen. Aber ich kann nicht garantieren, an dem Auto keine Schramme zu machen. Es ist so unübersichtlich."

„Ohh! Ich liiiebe Schrammen", kiekste Sophia, stellte die Lacktasche auf die freigewordene Tischplatte, wedelte mit den Händen, „Sie zeigen, ich habe Erfahrung mit so einem Renner."

„Erfahrungen hast du doch", meinte Bertie, „äh, auf allen möglichen Gebieten."

„Aber nur die Schlimmsten. Die Kerle wollen doch nur das eine."

„Und du das andere", sagte Bertie.

„Genau, ich muss für das Alter vorsorgen." Sie zeigte jetzt ein Kleinmädchengesicht und garnierte es mit einem Augenaufschlag: Eine Kombination, die gefährlich für reifere Herren war.

„Was wäre dir das wert?" In der Hand hatte Sophia die Visitenkarte, die sie von Sven im Döner-Imbiss bekommen hatte. „Seine Privatadresse. Er meinte, ich soll ihn dort besuchen."

„Wer?", wollte Bertie wissen.

„Sven Mehnert. Ihn besuchen! Pah! Wäre das Letzte, was ich im Leben tun würde. Irgendwas stimmt mit dem nicht. Ich spüre das. Deswegen musste ich gleich baden. Ihn abwaschen."

Bertie wollte die Visitenkarte nehmen, aber Sophia zog die Karte zurück: „Was bekomme ich dafür?"

Bertie nahm die Handtasche vom Tisch.

„Aber du hast sie mir geschenkt, Bertie!"

„Wenn du das Video unveröffentlicht lässt, in dem Nina aus Versehen ihre Tochter tritt."

„Okay." Sophia langte nach der Tasche, aber Bertie gab sie noch nicht her.

„Die Visitenkarte", forderte er.

Sie tauschten Karte gegen Tasche und Sophia setzte dazu einen Schmollmund auf.

„So wirst du nie mehr als mein Anwalt", sagte sie und schaukelte Tasche und Becken.

„Zum Glück", meinte Bertie, „als dein Ehemann wäre ich verloren."

„Du als mein Ehemann!" Auf dem Rastplatz schüttelte sich der Käsemann vor Lachen. „Göttlich. Unbezahlbar!"

Ein dunkles Monsterinsekt von Hubschrauber war drohend über ihnen. Und der Käsemann hatte nichts Besseres zu tun, als zu lachen.

„Wie du glotzt! Wie du dastehst! Die Hosen voll." Lachte wieder.

Aber Niccolo konnte ihn ja schlecht abknallen. Jetzt nicht mehr. Die beobachteten ihn vom Hubschrauber aus. SEK oder so. Käme er gleich auf den elektrischen Stuhl.

Gab's den überhaupt, elektrischen Stuhl? In Amerika bestimmt, aber hier, er war unsicher.

Ins Gefängnis käme er auf jeden Fall.

Das war alles Kacke. Wenn er nicht zu alt dafür wäre, hätte Niccolo gern mit dem Fuß aufgestampft. Hatte damals zu Hause geholfen. Manchmal zumindest.

Manchmal gab es auch eine Backpfeife.

Das Leben war schon damals kein Zuckerschlecken gewesen. Jedoch kein Vergleich zu heute … zu jetzt.

Das Monsterinsekt flog weiter.

Hä?! Was sollte das denn? Niccolo glotzte hinterher. Meinten die gar nicht ihn und das Geld und den Audi? Wo wollten die denn weiter?

Das war blöd jetzt, äh, gut eigentlich. Trotzdem, wie stand er nun da, vor Käsemann.

Er tat, als hätte er es sowieso gewusst. Dass der Hubschrauber weiterflöge. Die suchten doch nicht ihn oder den Audi, erklärte er, die seien auf Übungsflug. Oder so.

Sein Gelaber durchschaute Käsemann natürlich, wanzte sich ran, die Bäckchen gerötet vom Lachen:

„Ich mag Männer, über die man lachen kann."

Das Letzte, was Niccolo sein wollte, war ein Mann, über den jemand lachte.

Der Käsemann gab ihm … einen Kuss! Auf die Wange!

„Ieeh, du stinkst!" Niccolo sprang beiseite. Bekam fast einen Herzkasper vor Schreck. Da knutschte ihn diese Schwulette! Oder Frau oder Mann oder was auch immer.

„Wir heiraten!", meinte der Käsemann, „abgemacht?"

Niccolo wehrte sich: „Erst mal trinken wir Kaffee." Der Hubschrauber war nur noch ein Punkt am Himmel. Wie Niccolo guckte auch das Picknick-Mädchen ihm hinterher. Es hatte die Wurst aufgegessen. Ihre Eltern packten zusammen.

Niccolo räumte das Handschuhfach aus, auch Saskias Jacke vergaß er nicht, dann schlug er die Wagentür zu, er würde sich ein neues Gefährt suchen, das war sicherer. Das Geldbündel stopfte er gerollt in die Hosentasche. So richtig passte es nicht rein. Müsste er mal zählen. Und die Pistole verdeckte er mit Saskias Jacke.

Sie gingen zum Raststättengebäude, das weiter weg war, als es aussah. Zumindest zu Fuß war der Weg ziemlich lang, fand Niccolo. Unauffällig musterte er die geparkten Autos. Das Geldbündel packte er um: in die Jacke. In der Hose hinderte die Papierrolle beim Gehen.

„Woher wusstest du von dem Geld?", fragte er.

„Na, weil es durch die Luft flog. War nicht zu übersehen."

„Vorher wusstest du nichts davon?"

„Wieso, sollte ich? Ich war hinten eingesperrt, vergessen?"

Er war hinten eingesperrt. Der Araber saß vorn. Im Handschuhfach Knete und Knarre. Niccolo versuchte, den Zusammenhang zu kriegen.

Er sagte: „Aber du wusstest von dem Chip." Damit hatte er ihn. Käsemann musste von dem Geld wissen, wenn er von dem Fit-Chip wusste. Oder wie das Ding hieß.

Lachte der Käsemann wieder. Glucksend diesmal. Was gab es da zu glucksen? — Niccolo war drauf und dran, ihm die Pistole noch mal zu zeigen, um klar zu stellen, wer der Boss war. Nur weil er Käsemann freigelassen hatte, der also gehen konnte, wohin er wollte, bedeutete das nicht, dass Niccolo sich auf der Nase herumtanzen ließe. Aber nun, in der Nähe des Raststättengebäudes, waren mehr Lastwagen da, mehr Familienkutschen, mehr Menschen. Das käme nicht gut mit dem Knarre-Vorzeigen.

Käsemann stellte das Glucksen ein und trottete neben ihm her. Niccolo war erleichtert und fand ihn … nicht unbedingt sympathisch, aber auf jeden Fall interessant: schwer einzuschätzen, vielleicht schlau, vielleicht schwul; nee, das wohl nicht.

„Komm schon, wir trinken jetzt Kaffee." Niccolo nahm sich vor, mehr über Käsemann rauszufinden. Was der die ganze Zeit im Kofferraum gemacht hatte. Also, außer da rumzuliegen, das war kaum abendfüllend. Vielleicht hatte er wirklich gerubbelt. In der Raststätte würde er ihn ausquetschen, und dann konnte er immer noch entscheiden, ob er mit ihm oder ohne ihn weiterfuhr.

Auf der Treppe zum Eingang meinte Käsemann: „Ich würde gern mal duschen."

Das konnte Niccolo ihm nicht verdenken. Der roch wirklich. Aber er wollte keine Zeit verlieren. Irgendwie hatte er das Gefühl, er müsse zusehen, von München wegzukommen. Von dort lauerte Gefahr. Natürlich keine Hubschrauber, eher eine sumpfige Gefahr, so stellte Niccolo sich das vor. Als würde er endgültig versinken, beträte er das Stadtgebiet wieder.

„Kannst du machen", willigte er ein, „aber lass uns erst Kaffee trinken."

Im Restaurant, beim Kaffee würde er ihn ausquetschen, wie er in den Kofferraum geraten war, und dann konnte der Käsemann unter die Dusche — und er selbst würde sich verdrücken. Das war elegant. Dann könnte er auch endlich das Geld zählen, das wollte er allein machen. — So würde er es durchziehen, entschied Niccolo.

Vorher würde er Käsemann noch sagen, er fände ihn sympathisch und könnte sich vorstellen ihn zu heiraten.

Das wäre ein guter Scherz. Und dann davonbrausen.

Niccolo lachte. So 'ne Verarsche. Hatte Käsemann verdient. Gefiel ihm richtig. Wer zuletzt lacht und so …

Käsemann würde dastehen mit dummem Blick. Wie er selbst eben dagestanden hatte bei dem Hubschrauber. Man hatte Käsemann ihn da verladen. Geschähe ihm recht, die Duschennummer.

„Du könntest dir vorher auch die Hände waschen, bevor du den Kaffee nimmst", meinte Käsemann.

War was dran.

„Mmh", machte Niccolo und Käsemann meinte, er hieße übrigens Kim.

„Okay, aber für mich bist du weiter der Käsemann." Niccolo verriet ihm seinen Namen und gab zu, es wäre eine gute Idee, die Hände zu waschen.

Könnte er den *Fuffi* gleich mit saubermachen. Und außerdem - der Gedanke ließ Niccolo grinsen - wäre interessant zu sehen, auf welches Klo sich Kim verkrümeln würde.

Kim, der Käsemann.

Die Käsemännin.

Die Auflösung war dann unspektakulär, Niccolo war enttäuscht. Käsemann ging mit auf das Herrenklo. Da hatte Niccolo mehr erwartet. Aber was? Gab als andere Möglichkeit nur das Damenklo. Wäre auch nicht der Knaller gewesen, und Käsemann hatte noch nicht mal versucht, sich mit Niccolo ins Drehkreuz zu kuscheln, um einen *Sanifair*-Bon zu sparen.

Niccolo wusch sich die braunen Finger, den Schein. Käsemann kam vom Klo, also aus der Kabine, so richtig was gesehen hatte Niccolo nicht. Eigentlich gar nichts. Obendrüber gucken wäre eine Möglichkeit gewesen. Aber das kam so teenagermäßig. Mit Knarre und Fast-Million, da benahm man sich anders.

„Ich geh' jetzt duschen", sagte Käsemann.

„Okay, ich hol mir schon einen Kaffee. Wir sehen uns im Restaurant." — Nico kam eine Idee. Er würde Käsemann nackt erwischen.

Die Duschen waren im Untergeschoss, eher für Fernfahrer gedacht, und man musste auf dem Gang bei einer dicken, schwarzen Klofrau bezahlen. Sogar ihre Waden waren dick, erstaunlich dick: Gut zu sehen, da ihre Hose an den Kniekehlen endete. Die bloßen Füße steckten in orangen *Croqs*. Sie saß zurückgelehnt an einem improvisierten Tisch mit Untertasse für Trinkgeld und las eine Zeitschrift. Kannte er nicht. Schien ein Hochglanzheft zu sein, vorne war ein Turban drauf und ein Messer, von dessen Schneide Blut tropfte. Niccolo hörte Duschwasser rauschen. Dummerweise verwehrten Kachelwand und Kleiderspinde die Sicht.

Der Käsemann würde sich wundern. Wenn er nackt unter der Dusche stand, dann wären das nackte Tatsachen. Nix Trans, Inter, sonstwas. Sondern Männlein oder Weiblein.

Die Schwarze sah von ihrer Illustrierten auf. „Klamotten da einschließen. Ausziehen."

Er hatte an ihr vorbeischlendern wollen. Etwas in ihrem Gesichtsausdruck sagte ihm aber, dass das nicht funktionierte. Sie war der Typ, dessen Anweisungen man besser befolgte und hinterher zu den Münzen auf dem Teller ein weiteres Trinkgeld legte, auch wenn nicht gewischt war und es nach Pisse roch. Aber das tat es hier sowieso nicht und sauber war es auch.

Also grunzte er ein „Okay", ging um die Ecke, klappte eine Blechspindtür auf, warf die Jacke rein, steckte sich die Pistole in den Hosenbund, ließ das Hemd drüber hängen. Scheiß auf die Klofrau. Er donnerte die Spindtür zu, um hörbar zu machen, er habe sich entkleidet, lautlos machte er wenige Schritte zurück, schaute um die Ecke auf den Gang. Die Schwarze interessierte das alles nicht, sie war in ihre Illustrierte vertieft. Logisch, sie wurde fürs Wischen bezahlt, nicht fürs Gucken, würde er auch so machen.

Er stromerte um die Kachelwand herum, das Wasser rauschte lauter, warmer Dampf klebte Niccolo das Hemd auf die Haut. Käsemann, wo bist du? — Vier kabinenlose Duschköpfe ließen sich sofort überblicken, niemand war drunter. Aber in einer der zwei Kabinen rauschte das Wasser und oben kam Dampf raus. Niccolo stieß die Pressspantür auf:

„Showtime, Käsemann!"

Die Dusche lief, niemand stand drunter. Niccolo schaute in die zweite Kabine, die war auch leer.

Niccolo lief zurück:

„Wo is'n der —"

Die Schwarze war weg. Ihr Teller noch da, aber keine Münzen mehr drauf. — Das Geldbündel!

Er riss den Spind auf. Saskias Jacke war fort und damit die Fast-Million.

Kapitel 7

Niccolo vermisste eine Fast-Million, Ex-Kommissar Möller vermisste ein Problem.

„Das Slip-Problem ist Bertie elegant umgangen", sagte Möller auf der Rückfahrt im Taxi, „das haben Sie immer noch."

„Ist mir gar nicht aufgefallen," meinte Nina. „Jetzt, wo Sie es sagen ..." Sie schaute ihn an. „Kümmern Sie sich darum?" Jung sah sie aus, und sie hatte die Unterlippe vorgeschoben.

Ob sie sich das bei Sophia abgeguckt hatte, oder machte sie das schon immer so? — Egal, es wirkte, weckte seinen Beschützerinstinkt. Männer waren einfach gestrickt. Erst recht die alten Modelle.

„Was soll ich mich da kümmern, Nina? Es gibt den Slip, aber keine Ermittlungsansätze." Sein Einwand war natürlich nur *pro forma*. In der Tasche knibbelte er an der Visitenkarte herum, die er von Bertie hatte. Die Bertie von Sophia hatte. Die Karte mit Svens Adresse drauf. Möller hatte Bertie einen Wink gegeben. Ohne ein weiteres Wort zu verlieren hatte Bertie ihm die Karte zugesteckt.

„Wollen Sie ihn haben?"

„Wen?"

„Den Slip."

War das ein Test? Wollte sie gucken, wie er reagierte? — Sie schaute mit unschuldigen Augen.

„Nein", sagte er. Ihn interessierte der Slip nicht. Zumindest nicht aus kriminalistischer Sicht.

Er sagte: „Eine Siebzehnjährige trieb einen regen Handel mit getragenen Damentennissocken. Wir bekamen die Durchschrift einer Kontrollmitteilung auf den Tisch, der Oberfinanzdirektor meinte, ob wir da ermitteln wollten? Mein damaliger Chef sagte, ich sollte mich ein bisschen umhören. Er und der Finanzdirektor waren Kegelbrüder. Ich fragte also hier und da und je mehr ich fragte, umso größer wurde die Geschichte. Bald schien es so, dass jedes zweite Tennismädel sich mit Socken die Trainingsstunden verdiente. Und ein Taschengeld dazu."

Möller war neugierig, wie sie reagierte.

Ihre unschuldigen Augen schauten ihn an. „Sie meinen, die verkauften ihre getragenen Socken?"

„Exakt."

Sie gehörte wirklich zu den Frauen, aus denen er nicht schlau wurde. Gleichzeitig spürte er den Drang, ihr helfen zu wollen. Es war eine interessante Kombination, die er noch nicht erlebt hatte. Wieder wanderten seine Gedanken zu seiner früheren Kollegin Jessica Nitsch. Die Verbindung war abgerissen. Vielleicht interessierte er sich deswegen für Nina. Um etwas zu reparieren, was er damals falsch gemacht hatte.

„Was für merkwürdige Menschen es gibt", sagte Nina.

„Glauben Sie, ich bin so einer?"

„Wie kommen Sie darauf?"

„Weil Sie mir Ihren Slip anbieten."

„Den Slip von Saskia. Von meiner Schwester Saskia."

„Ist er von Ihrer Schwester?"

„Ich … ich glaube schon."

„Oder von Ihnen selbst?"

„Nein!"

„Woran erkennen Sie, dass er von Ihrer Schwester ist?" Sie hatte ihm erzählt, sie hätte ihre Schwester seit Jahren nicht mehr gesehen.

„Weil er so ungewöhnlich ist, mit einem Schlitz in der Mitte."

Solche Modelle würde jeder Dessous-Laden der Stadt verkaufen. Das war eine Schwachstelle in ihrer Argumentation, Möller hätte weiterbohren können.

Er tat es nicht. Er hatte wissen wollen, ob sie ihn für einen Freak hielt, der auf junge Frauen und ihre Slips stand. Das schien nicht der Fall zu sein. Weiteres Forschen im Thema half Nina wohl kaum, es würde sie verunsichern, und das wollte er nicht. Er wollte etwas tun, das ihr half. Sie war die Zukunft. Ihm blieb nur die Gegenwart. Es dürfte kaum Sinnvolleres für einen alten Mann geben, als die Gegenwart zu nutzen, um die Zukunftsaussichten eines jungen Menschen zu verbessern.

Möller ließ das Taxi bei der nächsten U-Bahnstation halten und stieg aus. Er versprach Nina, sich zu melden, sobald er etwas Neues in Erfahrung gebracht hätte. Nina würde zuerst Olivia von Daryna abholen, dann bei Keira vorbeifahren: Der Wahlkampf ging in den Endspurt.

An der Station Merkenstraße verließ Möller eine gute halbe Stunde später die U-Bahn und nahm die abgetretenen Steintreppen nach oben. Hier, im Stadtteil Billstedt, erschien Hamburg nicht länger als Hafenstadt: nichts Maritimes erinnerte an hanseatische Traditionen, an Teehändler und reichgewordene Pfeffersäcke. Möller stapfte stattdessen an westdeutscher Backsteinbeliebigkeit vorbei, die in die Jahre gekommen war und dabei nicht an Charme gewonnen hatte.

Er vergewisserte sich der Adresse auf der Visitenkarte: Bis zur Kapellenstraße waren es 800 Meter, so schätzte er. Jedoch stellte sich die Wegführung als verwinkelt heraus, sodass er länger brauchte, und es schon dunkelte, als er endlich vor dem mehrstöckigen Gebäude stand, in welchem Sven Mehnert in Hamburg wohnen sollte.

Es war ein unspektakuläres, mehrgeschossiges Mietshaus mit Satteldach. Allerdings hatte sich das Umfeld gewandelt, obwohl Möller sich keinen Kilometer von der U-Bahnstation entfernt hatte. Die heile Welt der bundesrepublikanischen 1970er-Jahre des vorigen Jahrhunderts war hier besser konserviert. Einfamilienhäuser mit gepflegten Vorgärten reihten sich, wurden aufgelockert durch einige Mehrfamilienhäuser von überblickbaren Dimensionen, wie man sie auch in westdeutschen Kleinstädten fand.

Acht Klingeln, acht Briefkästen waren neben dem Eingang angebracht, sämtlich säuberlich mit Namen beschriftet, auch Sven Mehnert war aufgeführt. Möller drückte die Klingel, wartete einen Moment, und da kein Summer ertönte, probierte er, die Haustür so zu öffnen. Sie war unverschlossen und Möller trat ein. Den Klingelschildern nach zu urteilen, wohnte Sven im obersten Stockwerk. Leise stieg Möller die ersten Stufen hinauf, was gar nicht so leicht war: Die Kalkstein-Stufen waren penibel gesäubert, geradezu poliert und Möllers Schuhsohlen quietschten bei unbedachten Bewegungen. Möller entschied sich um. Er würde den Fahrstuhl nehmen. Dann hörte zwar jeder im Haus, dass jemand kam, aber es wäre ein gewöhnliches Geräusch. Ungewöhnlicher wären Männerschritte, die in den dritten Stock stiegen, offensichtlich versuchten, leise zu sein und dabei quietschten.

Oben angekommen, gab es zwei Wohnungstüren, korrekt beschriftet, Möller klingelte bei Sven Mehnert.

Niemand öffnete.

Möller tat, was er in seiner Dienstzeit bei der Hamburger Polizei nie getan hatte.

Okay … zweimal hatte er es doch gemacht, aber das galt sozusagen nicht, er war Anwärter gewesen, und er hatte die Fälle unbedingt lösen wollen, um zu zeigen, dass er es Wert wäre, Kommissar zu werden. Aber danach … nie mehr. Weil es falsch war. Weil es gegen das Gesetz war.

Nun war er pensioniert. — Es kam also nicht mehr drauf an, sich nach dem Gesetz zu verhalten.

Möller öffnete das 1970er-Jahre-Schnappschloss von Svens Tür mit seiner Haspa-Karte.

„Herr Mehnert, sind Sie in der Wohnung?"

Keine Antwort.

Möller ging hinein. Durch den Flur.

Die Gesetze galten nach wie vor. Nur hielt sich der Staat seit einiger Zeit selbst nicht an sie. So kam es Möller vor. Es gab Auflösungserscheinungen. Übertrugen sich diese auf Möller, den Pensionär? Er wusste nicht recht, ob es so war, oder ob er bloß eine Entschuldigung für seinen Einbruch suchte. Nichts anderes war das, was er gerade tat. Denn die Wohnung eines Staatsbürgers war unantastbar. So hatten sie es in der Führungsakademie Hiltrup gelernt. — Aber vielleicht war die Unverletzbarkeit der Wohnung auch eine Täuschung, der man nach einem Dreivierteljahrhundert Frieden in diesem kleinen Teil der Erdkugel erlag. Das Versprechen der Unverletzbarkeit der Wohnung beruhte auf dem Grundgesetz des Staates. Eventuell gründete sich die Unverletzbarkeit der Wohnung jedoch mehr auf dem Herrn des Hauses, der hinter der Haustür mit der Axt wartete, um Herd und Hof, Frau und Kinder mit körperlichem Einsatz zu verteidigen? Und der lange Frieden hatte diese Wahrheit in Vergessenheit geraten lassen?

Wie auch immer. Aktuell reichte eine Kreditkarte, um das Grundgesetz auszuhebeln. Möller war es recht.

Planmäßig durchsuchte er Svens Wohnung, nachdem er die illegal geöffnete Tür zurück ins Schloss gedrückt hatte. Das

Durchsuchen erfolgte ohne Hektik, aber zügig und vor allem effektiv. Ein Polizist mit 30 Jahren Diensterfahrung fand alles, was in einer Wohnung versteckt war. Insofern wären alte Polizisten generell perfekte Einbrecher. Sie fanden jeden wertvollen Gegenstand, da sie gelernt hatten, einem einfachen Prinzip zu folgen, dem auch das stärkste Versteck kaum etwas entgegenzusetzen hatte:

Untersuche jeden lockeren Gegenstand in der Wohnung. Und wenn er sich umdrehen lässt, dann drehe ihn um.

Jede Mietwohnung ließ sich nach diesem Prinzip innerhalb von 30 Minuten durchsuchen und praktisch alles wurde gefunden, was man glaubte, vor einem Einbrecher verbergen zu können.

Schubladen auf und umdrehen, Bücher runter vom Regal, ähnlich wurden Schreibtisch und Schränke behandelt, Bilder, Kühlschrank, Herd, Küchenschränke und so weiter.

Bei solchem Vorgehen hinterließen professionelle Einbrecher eine Wohnungseinrichtung im Chaos — fanden aber praktisch alles. Von Autoschlüsseln über Geld bis hin zu Uhren und dem Familienstammbuch. Welches beim Hehler ein hübsches Sümmchen einbrachte, das wusste Möller. Denn mit einem gestohlenen Stammbuch konnten neue Identitäten kreiert werden. Was den Menschen, denen das Stammbuch abhandengekommen war, über Jahre, wenn nicht Jahrzehnte zuverlässig immer neuen Ärger bescherte. Ungebetene Warenzusendungen, Inkassoschreiben, Schufa-Einträge, Kredit- und Vermieterabsagen, ESTA-Verweigerungen.

Möller als professioneller Polizeieinbrecher hinterließ kein Chaos. Er räumte die Sachen zurück, nicht so perfekt wie es Mitarbeiter des Nachrichtendienstes täten, aber ausreichend, dass ein unbedarfter Bürger keinen Verdacht schöpfte, wenn er in seine Wohnung zurückkehrte. Um Zeit zu sparen, hätte Möller auch darauf verzichtet, sämtliche Bücher zu untersuchen. Aber Sven hatte nur zwei Bücher, die waren schnell - und ergebnislos - durchgeblättert und zurückgestellt.

Den angeblichen Slip von Saskia konnte Möller nicht finden, der lag ja in Olivias Kommode. Mehr Slips gab es nicht in der Wohnung. Um daraus sexuelle Vorlieben von Sven Mehnert abzuleiten, war Möller zu lange im Ermittlergeschäft. Sven gelang es mit dieser Wohnung, absolut keine Rückschlüsse zuzulassen.

Sie war fast zu perfekt.

Möller ging in die Küche und nahm die Messer aus dem Messerblock. Ihm schienen sie unbenutzt. Möller drehte den Messerblock um und schüttelte ihn, nichts fiel heraus. Er grabbelte sich durch die Besteckschublade. Durchsuchte den Herd, fand darin benutztes Backpapier, es hatte einen kreisrunden Fleck wie von einer Pizza, auch unter dem Backpapier schaute er. Mutige versteckten Banknoten im Backofen. Die Dummen der Mutigen bestraften sich, indem sie das Papiergeld vergaßen und beim nächsten Brötchenaufbacken verkohlten.

Den schmalen Schreibtisch im Wohnzimmer sparte sich Möller bis zum Schluss auf. Bisher war das Auffälligste in Sven Mehnerts Wohnung das Unauffällige gewesen: durchschnittlich eingerichtet, es fehlte an nichts, sie war bewohnt. Der Fernseher war angeschlossen, die Fernbedienung sah benutzt aus, der Kühlschrank war gefüllt. Vielleicht wirkte sie ein wenig unpersönlich, aber das konnte sich beim Untersuchen des Schreibtischs ändern:

Dort standen zwei gerahmte Fotos. Sie zeigten Sven vor einem Paketwagen in einer Firmenuniform sowie Sven mit einer älteren

Dame. Möller vermutete, dass es Svens Mutter war. Nun war es für einen Unternehmer weder verboten, eine Mutter zu haben, noch seine Karriere als Paketfahrer begonnen zu haben. Ein dickes Anzeigenblatt lag auf dem Schreibtisch, der Flyer eines Pizzaservices, die Präsentationsmappe eines Immobilienfonds, der Flyer eines medizinischen Labors *NatalGen*.

Möller hatte gehofft, sich ein umfassenderes Bild von diesem Sven Mehnert machen zu können. Was er bisher gefunden hatte, kam ihm unergiebig vor. Es war der Fluch der Smartphones. Seit es sie gab, trug ein Mann sein Büro in der Jackentasche. Für die Schreibtischablage blieb wenig übrig. — Möller schob das Anzeigenblatt beiseite. Darunter versteckte sich ein Notizblock mit dem Werbeaufdruck des Travemünder Maritim-Hotels. Möller durchblätterte den Block, er enthielt keinerlei Notizen. Möller fotografierte mit seinem Handy die zwei gerahmten Fotos, um sich dann den Schreibtischschubladen zuzuwenden. Die oberste von ihnen war abgeschlossen.

Endlich, das konnte einen Treffer bedeuten.

Möller legte das Handy auf das Anzeigenblatt und holte die Kreditkarte hervor, ging vor der Schublade auf die Knie und führte die Karte mit Konzentration in den Schlitz am versenkten Riegel ein. In dem Moment hörte er ein Kratzgeräusch. Es kam von der Wohnungstür.

Unmittelbar darauf klimperte es. Könnte ein Schlüsselbund sein, dachte Möller. Schon schwang die Wohnungstür auf. Auf seiner Halbglatze spürte Möller den Luftzug vom Treppenhaus. Und die unmittelbare Gefahr.

Einen Schlag lang setzte Möllers altes Herz aus; erstarrt hockte der Ex-Kommissar unter Sven Mehnerts Schreibtisch, einen geradezu schmerzhaft pulsierenden Gedanken im Kopf: Verdammt, das ist Sven Mehnert, der da durch die Tür kommt.

Doch Möllers Vermutung war falsch. Sven Mehnert konnte es nicht sein. Sven Mehnert war woanders. Räumlich wie gedanklich.

Sven hatte Eva-Maria Kube auf den Zahn fühlen wollen. Das Gespräch mit der Biokost begeisterten Schulleiterin war allerdings anders gelaufen, als Sven es sich vorgestellt hatte. Denn unbeabsichtigt hatte er nicht ihr, sondern sozusagen sich selbst auf den Zahn gefühlt. Die Folge war überraschend:

Er war glücklich.

Vielleicht zum ersten Mal in seinem Leben hatte er dieses umfassende Glücksgefühl. Sonst war er auf der Jagd gewesen nach … ja, was eigentlich? Geld? Lustbefriedigung? Gar Liebe? Es fiel ihm schwer, das zu beantworten, und im Moment war es wenig wichtig.

Olivia ist meine Tochter.

Er hatte es gesagt. Ohne Nachzudenken, geradezu hingerotzt hatte er es Eva-Maria Kube.

Dann war das Glück in ihn geströmt.

Einfach so. Weil er es gesagt hatte.

Ein Taxi brauste heran. Das würden sie sein. Lange genug hatte er gewartet, es wurde bereits dunkel und von den öden Musikprogrammen im Radio hatte er genug. Von den auf allen Sendern gleichlautenden Nachrichten und Kommentierungen erst recht.

Und richtig: Da stiegen Nina und Olivia aus dem Taxi. Sven beobachtete es durch die Windschutzscheibe. Nina nahm Olivia an die Hand, obwohl Olivia sich sträubte. Das Mädchen meinte wohl, sie wäre schon zu groß dafür. Sven konnte Olivia verstehen. Vom Taxi bis zum Hauseingang waren es nur wenige Meter.

Sven würde sich beeilen müssen. Aber das war kein Problem, das würde er hinkriegen.

Alles schien ihm natürlich und richtig, und er verstand, warum es so gekommen war. Warum er nach Hamburg gegangen, warum die Prinzessin in Travemünde geblieben war. So war es gut. Den Trieb fühlte er nicht länger. Er musste es Nina sagen.

Sven stieg aus.

„Nina! Olivia!"

Er lief auf die beiden zu.

Zuerst nahm ihn Nina kaum wahr. Ihr Unterbewusstsein registrierte nur das dumpfe Geräusch, das eine wohlgedämmte, heftig zugeschlagene Oberklassenautotür machte. Dann sah sie Sven.

Instinktiv riss sie Olivia an sich.

„Aua, Mama!"

„Komm ins Haus." Sie zog Olivia hinter sich her, verhedderte sich in den Schnüren ihres angesagten Minirucksacks, weil sie den Haustürschlüssel zu schnell herausholen wollte, und hätte es nicht rechtzeitig geschafft, die Tür aufzuschließen — aber die Haustür war zum Glück noch unverschlossen, obwohl es auf 20 Uhr zuging.

Nina verschwand mit Olivia ins Treppenhaus.

Abschließen!, fiel Nina ein. Also kehrte sie um.

„Olivia, lauf schon hoch."

Das Mädchen tat, wie ihm geheißen. Ein Wunder. Olivia schien am Klang der Stimme ihrer Mutter zu hören, dass etwas falsch lief, dass Gefahr drohte.

Nina steckte den Schlüssel ins Schloss. In dem Moment stieß Sven die Tür auf und drückte Nina zurück, fast bis an die Wand, wo die Mitteilungen der Hausverwaltung an eine abgeranzte Korktafel gepinnt waren.

„Nina, ich muss dir etwas sagen!"

Sie wollte unter seinem Arm hindurchtauchen. Nur weg von ihm.

Sven verstellte den Weg.

„Aber so hör mir doch zu."

Er sah ihre geweiteten Augen. Es lief schief. So hatte er es nicht gewollt und sich nicht vorgestellt.

Er war nach Hamburg gekommen, um einen Fenske-Hof zu eröffnen. Das war der wirtschaftliche Grund. Der Vorwand, um nach Hamburg zu kommen. So wusste er nun. Eigentlich wollte er sich rächen. Nein, das war kaum genau genug gedacht. Er ließ sich einspannen, um die Rachegelüste eines anderen zu befriedigen. Der andere wollte sich rächen. Er wollte Nina eins auswischen. Sie taten sich zusammen, jeder gewann.

Sven hatte das Gefühl gehabt, zwischen Nina und ihm wäre noch eine Rechnung offen. Sie war ihm zu gut weggekommen. Machte auf einmal eine Politkarriere in Hamburg, hatte ein zauberhaftes Töchterchen … Aber als er beim *Talk am Wasser* neben Nina saß, auf diesen merkwürdigen unbequemen Hockern, da verflog sein Groll innerhalb von Sendesekunden. Nina bezauberte ihn wieder. Wie damals in München. Mehr noch. Damals war sie stark, schön und tatkräftig gewesen. All das war sie heute noch. Aber es war etwas dazu gekommen. Nina war fraulicher geworden, vollständiger. In ihrer Nähe fühlte er sich wohl. Sie würde für eine gute Zukunft sorgen. Das glaubte er. In der Nähe einer solchen Frau wollte man sein Leben verbringen, es mit ihm teilen. Im Guten wie im Schlechten.

Er wollte an Ninas Ohrläppchen knabbern. Das hatte er damals schon gewollt. — Wie lieblich sie duftete.

Sie versuchte, auf der anderen Seite durchzukommen.

„Nina! Hör doch ..."

Die Geschichte zwischen ihnen war noch nicht zu Ende. Das musste er ihr sagen.

„Nina, hör doch!"

Sie sollte gefälligst zuhören. Er war kein kleiner Paketfahrer mehr, er schlug keine Hunde mehr und bei den Frauen ... er hatte es im Griff. Und Nina hatte es in der Hand, alles zu einem Happy End zu bringen, sein Leben vollständig zu machen.

„Mama, kommst du?"

Das war Olivia. Von oben rief sie. Seine Tochter.

Er, Nina und Olivia. Eine Familie. Wenn seine Mutter das noch hätte erleben dürfen.

„Ich bin gleich da, Schatz!", meinte Nina.

Oh, sie hatte Kraft. Mit dem Kopf voran, sich von der Wand abstoßend, rammte sie sich zwischen Arm und Körper von Sven hindurch, und Sven - überrascht von der Wucht - kam aus dem Gleichgewicht.

Nina wischte hindurch, war frei, hastete hinauf.

„Lauf hoch zur Tür, Olivia!"

Zwei Stufen zugleich nehmend holte Nina ihre Tochter ein, hatte den Wohnungsschlüssel schon in der Hand.

Sie glaubte, Svens Atem im Nacken zu spüren. Das war natürlich Einbildung. So dachte sie. Zu sehr glich die Situation dem Geschehen nach dem Wiesn-Abend. Ihre Angstfantasie spielte ihr gerade einen Streich. Auch damals verfolgte Sven sie, bevor er sie ... —

„Lauft nicht weg, ihr zwei Schönen", sagte Sven, der echte, heutige Sven. Er war dichter, als Nina gedacht hatte. Direkt hinter Nina und Olivia. Er nahm Nina den Wohnungsschlüssel aus der Hand. Er steckte ihn ins Schloss. Öffnete die Tür. Schob die beiden hinein.

Da Sven Mehnert bei Nina an der Tür oder bereits durch die Tür gegangen war, konnte er, wie gesagt, unmöglich zeitgleich seine eigene Wohnung betreten. Möller wusste das natürlich nicht. Schwer atmend und in wirklich unglücklicher Position, kniend vor dem schmalen Schreibtisch im Wohnzimmer, erlebte der alte Mann, wie jemand anderer die Etagenwohnung von Sven Mehnert im Hamburger Stadtteil Billstedt betrat. Zuerst dachte Möller also, es wäre Sven Mehnert, dann sah bemerkte er: Es war eine Frau.

Der Ex-Kommissar kannte sie nicht, konnte sie nicht einordnen. Aber sie würde ihn einordnen können. Als schnöden Einbrecher.

Das wollte Möller vermeiden.

Die Frau rauschte durch den engen Flur, gleich zum Wohnzimmer, natürlich.

„Svenilein. Bussi. Überraschung."

Rauchige Stimme. Die Frau schaute flüchtig durchs Wohnzimmer, Möller hörte auf zu atmen. Lang hielte er das nicht durch, Schweißperlen auf der Halbglatze.

Sie zog sich zurück.

„Biste nicht hier?", flötete sie, dann verschwand die Unbekannte ins Badezimmer neben dem Wohnungseingang.

Glück gehabt, Möller stemmte sich hoch, überblickte die Lage. Vom Wohnzimmer durch den Schlauchflur, vorbei an Küche und Bad hin zur Wohnungstür, so würde er es machen.

Aus dem Bad trötete eine Flatulenz. Die Dame war auf der Brille beschäftigt.

Rasch durchquerte Möller die Wohnung, hatte die Hand auf der Klinke zur Treppenhausfreiheit, da fiel ihm ein:

Das Handy.

Er hatte es auf den Schreibtisch gelegt, bevor er sich vor die Schubladen hingehockt hatte. Da lag es noch, neben dem Notizblock des Travemünder Hotels.

Zurückgehen und das Handy holen?

Riskieren, dass die Frau vom Klo kam und ihn sah?

Liegenlassen, sagte er sich, was konnte passieren.

Möller zögerte. Nahm die Hand von der Klinke.

Die Unbekannt konnte das Handy übersehen, würde vielleicht nicht erkennen, dass es sein Handy war und es unbeachtet lassen, für ein Gerät von Sven halten. — Aber vielleicht wurde das Handy gerade dadurch interessant für sie sein, wenn sie dachte, es wäre von Sven. Entriegeln würde sie es jedoch nicht können.

Irgendwann käme allerdings Sven nach Hause und würde sich dann fragen, wie das fremde Handy auf seinen Schreibtisch gekommen wäre.

Ganz klar war Möller noch nicht, wie er verfahren sollte, da vibrierte sein Handy, jemand schickte eine Nachricht. Damit war Möller seiner Entscheidungsschwierigkeiten enthoben. Ausgerechnet jetzt vibrierte das Ding. Tagelang tat sich nichts auf dem Handy. Außer Trude und vielleicht Bertie wusste wohl niemand mehr, dass er überhaupt existierte. So jedenfalls kam es Möller vor. Die früheren Kollegen jedenfalls meldeten sich nie. Verübelten ihm immer noch, wie er hatte Polizeipräsident werden wollen. Und ausgerechnet jetzt schickte ihm jemand eine Nachricht.

Vielleicht der liebe Gott. „Du bist eingebrochen. Ich bin böse auf dich." Irgend so etwas.

Die Badezimmertür öffnete sich.

„Svenilein, bist du da?"

Die Unbekannte schaute zum Wohnzimmer, woher das Geräusch kam. Sie entdeckte das Handy und ging hin. Zum ersten Mal sah Möller sie richtig.

Eine attraktive Frau. Rothaarig und fesch. Sie verstand, sich zu kleiden.

Nun würde sie lesen, was auf dem Display von Möllers Handy angezeigt wurde. Leider konnte er nicht sehen, was dort stand. Möller nutzte die Zeit, da sie abgelenkt war, um in die Küche zu schlüpfen. Er wollte das Handy an sich bringen, hatte er entschieden. Denn den Beweis, dass er bei Sven eingebrochen war, konnte er unmöglich zurücklassen. Das würde ihm sonst womöglich noch nach Wochen und Monaten das Genick brechen. Die Pension kosten.

Möller zog das längste Messer aus dem Holzblock. Schaute die Klinge an. 22 Zentimeter, schätzte er. — Aber was für einen Blödsinn machte er da gerade?

Möller steckte das Messer zurück.

Dafür holte er einen Kaffeelöffel aus der Besteckschublade. Behutsam, ohne ein Geräusch zu verursachen.

Die Unbekannte würde die Nachricht auf seinem Handy gelesen haben. Wer auch immer ihm da geschrieben hatte. Der Bildschirm würde sich nun abgedunkelt haben, entriegeln konnte die Frau das Gerät nicht. Wer sie wohl war, in welcher Beziehung genau stand sie zu Sven? Einen Schlüssel zur Wohnung hatte sie offensichtlich.

Möller wartete in der Küche auf den richtigen Moment, um sich - ohne von der Unbekannten gesehen zu werden - von hinten an sie heranzuschleichen.

„Du Arsch", sagte sie im Wohnzimmer, und in der Küche zuckte der wartende Möller zusammen. Aber er war nicht gemeint. Die Unbekannte telefonierte mit jemandem. Möller riskierte einen Blick.

„Willst du falschspielen? Ich bin die Prinzessin."

Gab es ein Gegenüber oder nur einen Anrufbeantworter?

„Wo bist du? Wieder Bilder gucken und in einen Becher spritzen?!"

Einige schnelle Schritte, Möller war hinter ihr, drückte den kühlen Löffel an ihre Kehle, umfasste ihre Taille mit kräftigem Griff.

„Auflegen", flüsterte er, „nicht umdrehen. Sonst rutscht das Messer aus."

Sie roch gut. Ihr rotes Haar schimmerte, wenn das Licht richtig darauf fiel. Wie jetzt die Strahlen von der untergehenden Sonne. Die rauchige Stimme dazu …

Möller sagte: „Sie geben mir jetzt Ihr Handy … ruhig." Trotzdem fing ihre Hand an zu zittern. Er befürchtete schon, sie ließe das Handy fallen. „Es wird Ihnen nichts passieren." Er nahm ihr Handy. — Ihr ganzer Körper zitterte nun. Er lockerte den Griff, ließ den Löffel aber an ihrem Hals.

Auch sein Handy sammelte er ein.

„Ich werde jetzt den Akku aus Ihrem Handy entfernen, und Sie bleiben exakt stehen wie jetzt. Sie drehen sich nicht um."

Starr, ihm den Rücken zuwendend, stand die unbekannte Rothaarige und zitterte. Als hätte sie Schüttelfrost. Drehte sich nicht um.

Innerhalb von drei Sekunden war Möller aus Sven Mehnerts Wohnung. Beide Handys hatte er dabei. Sein Display entriegelte er. Trude schrieb ihm.

Ihr Sohn habe ihr *Airbnb* gezeigt. Eine tolle Sache und sie habe nun gleich zwei Interessenten für das Hausboot. Cordt Möller müsse sich schnell entscheiden, ob er das Boot mieten wolle oder nicht.

Möller ging zum Treppenabgang, dachte an die Rothaarige. Er stellte sie sich auf dem Hausboot vor. Wie sie an der Reling stand und auf die Elbe schaute, einen rötlichen Drink in der Hand, passend zu ihren Haaren. Einen Rock trug sie, der auf Kniehöhe endete. Irgendwo war auch er auf dem Boot. Aber sonst niemand. Vor allem nicht Trude.

Pling machte es, Möller hatte noch nicht die erste Stufe des Abgangs genommen. Neben ihm zischte die Fahrstuhltür zur Seite, Daryna stieg aus, die Tagesmutter von Nina.

„Oh! Herr Möller. Sie hier?!“

Möller fühlte sich ertappt, da die junge Frau ihn auf der Etage sah. Angriff wäre die beste Verteidigung. Möller sagte:

„Genau das wollte ich dich auch fragen, Daryna. Was tust du denn hier?”

Er machte den Kommissar. Duzte sie, nannte Daryna beim Vornamen, den er bis gerade streng genommen nicht gekannt hatte … Er hatte Daryna in den vergangenen Monaten einige Male mit Olivia vorm Haus gesehen, wusste von Nina erst seit heute, dass Daryna die Tagesmutter war. Woher sie seinen Namen wusste? Vielleicht hatte Nina ihn genannt.

„Ich … ich … wollte zu Herrn Mehnert”.

„Sven Mehnert?" Sven sei nicht da, meinte Möller. Bei ihm schrillten die Alarmglocken. Die Tagesmutter von Ninas Kind hatte Kontakt zu Sven. Wie weit ging dieser Kontakt, wie intim war er? Daryna würde Sven erzählen, dass sie Möller in seinem Haus angetroffen hätte. Das war nicht zu vermeiden. Umso wichtiger war für Möller, schnell herauszufinden, was für eine Beziehung zwischen den beiden bestand und was das für Nina bedeutete.

„Ich habe es gerade selbst versucht", er deutete den Etagenflur entlang, „aber Herr Mehnert ist nicht da."

Wenn jetzt die Unbekannte aus der Wohnung träte und Daryna und Möller sähe, wäre das Chaos perfekt. Das wollte Möller vermeiden. Er stieg in den Aufzug und drückte *Parterre.*

„Willst du mit, Daryna?", fragte er, unterbrach mit der Handfläche die Lichtschranke der Aufzugtür.

Daryna kam herein; sie war ein argloses Mädchen und erwog nicht einmal, dass Sven zu Hause wäre, dass Möller falsche Auskunft gegeben haben könnte. Hatte er ja auch nicht. Auf dem Weg nach unten fragte er:

„Wie hast du Sven Mehnert kennengelernt?"

„Och, das war Zufall."

„Er ist ein netter Kerl."

„Oh ja, das ist er. Er will mir helfen, in Deutschland bleiben zu können."

„Wieso, darfst du nicht hier sein? Hier kommt jeder rein."

„Meine Aufenthaltsgenehmigung läuft ab."

„Du könntest trotzdem hierbleiben." Er hätte nicht gedacht, so etwas jemals von sich zu geben. Aber der Staat, dessen Exekutive er einmal vertreten hatte, setzte seine eigenen Gesetze nicht länger durch und so kam es, dass auch Männer wie er, die 30

Jahre lang mit Uniform, Arbeitskraft und ihrem Leben für den Staat eingetreten waren, begannen, nicht mehr an ihn zu glauben. Aber Daryna, die herrlich Naive, glaubte noch an ihn:

„Sven, also Herr Mehnert, meinte, er könnte mir Papiere besorgen, sodass ich in Deutschland bleiben könne." Niemand schien sie darüber informiert zu haben, dass sie nach Deutschland problemlos ohne Papiere einreisen und hierbleiben konnte und niemals wieder ausreisen musste — solange sie eben keine Papiere vorwies. Denn bei einem Ausreisepflichtigen ohne Papiere gab jeder deutsche Polizist vor, nicht zu wissen, in welches Land er den Ausreisepflichtigen schicken sollte. Also blieb der illegal Eingereiste hier.

Wahrscheinlich glaubte Daryna noch an die Durchsetzungskraft des hiesigen Staatsapparats gegenüber Ausländern, da sie aus der Ukraine oder aus Russland kam. So genau kannte Möller Darynas Herkunft nicht. In solchen östlichen Ländern jedenfalls war die Staatsmacht weiterhin allmächtig.

Möller hätte Daryna gern gefragt, was Sven als Gegenleistung für die Papiere gefordert hatte. Welcher Quelle er sich bediente, um Papiere zu beschaffen. Jedoch war der Aufzug unten angekommen.

„Tschüss, Herr Möller!" Dann fiel Daryna ein: „Woher kennen Sie Sven, also Herrn Mehnert?"

„Dienstlich", Möller hielt Daryna die Haustür auf, ließ der jungen Frau den Vortritt, „ich bin Kommissar."

„Ohh."

„Wenn Sie mal Hilfe brauchen … äh", jetzt wäre eine Visitenkarte gut, Bertie hatte sie ihm mehrmals empfohlen und er erwiderte jedes Mal, als Pensionär brauche er so etwas nicht, „… also dann klingelst du bei mir. Du weißt wo ich wohne. Über

Nina." — Sie war schon aus der Tür. Russen, Ukrainer hatten eine gelernte Scheu vor Vertretern staatlicher Organe, dachte er sich.

Möller nahm ein Taxi. So schnell wie möglich wollte er bei Nina sein. Ihm war, als knüpfe Sven ein Netz um Nina und Olivia, in welchem sich Nina verheddern solle. Möller wollte erfahren, ob Nina etwas davon wusste, dass ihre Tagesmutter mit ihrem Vergewaltiger in Kontakt stand. Daryna dürfte keine Sekunde länger die Betreuung von Olivia übernehmen.

Der Taxifahrer steuerte den Wagen geschickt durch den abendlichen Stadtverkehr. Möller saß hinten und fragte sich, warum Daryna nicht gleich zum Handy gegriffen und Sven angerufen hatte, da sie ihn nicht antraf. Der natürliche Griff solcher jungen Dinger, wenn etwas nicht lief, war doch der zum Handy. — Entweder sie hatte seine Nummer nicht. Das bedeutete, ihr Kontakt zu Sven wäre nicht oder noch nicht eng. Oder sie hatte zwar seine Nummer, wollte aber in Gegenwart von Möller nicht mit Sven telefonieren. Daryna mochte einen naiven Eindruck machen — und eine Achtzehnjährige durfte naiv sein, es stand ihr sogar gut. Aber blöd war sie deshalb nicht. Es bestand für sie keine Notwendigkeit, mit ihrem … Liebhaber? … was auch immer Sven war … mit Sven in Gegenwart eines alten Knackers wie Möller zu telefonieren.

All die Überlegungen änderten nichts daran, dass er Nina warnen musste. — Er reichte das Fahrgeld nach vorn, nahm die Quittung. Vor Monaten hatte Bertie ihm gesagt, wenn er sich langweile, solle er ein Detektivbüro eröffnen, dann könne er Quittungen als Betriebskosten absetzen. Bertie wurde zum Ärgernis. Er behielt zu häufig recht. Möller hatte Bertie damals entgegnet, sich nicht zu langweilen und seine letzten Lebensjahre nicht mit Herumschnüffeln in fremden Angelegenheiten verbringen zu wollen, das habe er lang genug getan.

Nur: Ninas Angelegenheiten fühlten sich nicht fremd an. Er wollte helfen. Nina war ihm wichtig.

Das Taxi fuhr davon, die Straßenlaternen schalteten sich ein, Möller schlug den Kragen hoch, es wurde kühler. Er schaute die Fassaden hinauf, wie es seine Gewohnheit war, zuerst auf der Gegenseite: in der Wohnung unten, wo die fremdgehende Endzwanzigerin lebte, war es dunkel; bei der gestressten Doppelverdienerfamilie darüber waren wie immer die blickdichten Vorhänge zugezogen; nur im Dachgeschoss, bei der unternehmungslustigen Achtzigjährige, leuchtete Licht. Gegenüber, in seiner eigenen Wohnung war natürlich kein Licht, darunter bei Nina …

Ey … da bewegte sich etwas. Rechts vom Fenster, an der Fassade.

Möller kniff die Augen zusammen, machte Schritte zur Seite, da das Laternenlicht blendete.

Ein Mann kletterte die Dachrinne hinauf.

Mit erstaunlicher Geschwindigkeit. So etwas hatte Möller noch nicht gesehen.

Eine bewegliche, trainierte Gestalt, die Sicherheit ausstrahlte: Ich weiß, was ich tue und ich kann es. — Dann aber, auf Höhe von Ninas Wohnung, hielt der Kletterer inne … Es sah aus, als wolle er sich zu Ninas Wohnzimmerfenster schwingen.

Es konnte Sven Mehnert sein.

Der Gedanke durchschauerte Möller. Es würde passen: Deswegen war Sven nicht in seiner Wohnung. Er wollte Nina überfallen.

Möller tippte die Notrufnummer. Die aufnehmende Beamtin der Notrufzentrale erkannte ihn gleich an der Stimme. Möllers

Kommissariat war ihre erste Ausbildungsstelle gewesen. Eine Streife käme sofort, innerhalb von Minuten, versprach sie.

Jetzt streckte der Mann da oben seinen Arm, hielt etwas in der Hand, ein Blitz zuckte, als feuerte er mit einer Pistole auf Ninas Wohnzimmerfenster.

„Polizei! Hören Sie auf damit!", schrie Möller hinauf.

Auch Niccolo schrie. Ebenfalls hinauf. Und zur gleichen Zeit wie Möller. Nur schrie Niccolo nicht in Hamburg, sondern nördlich von München. Er schrie die Treppe hinauf, aus dem Duschtrakt im Untergeschoss der Raststätte, voller Wut. Auf die Diebe seiner Fast-Million, auf die Welt und vor allem auf sich und sein Pech.

Oder schrie er wegen seiner Blödheit?

Jedenfalls verstummte Niccolo rasch, raste die Treppe hinauf, legte sich fast lang dabei.

Nein, er war nicht blöd. Glaubte er. Die zwei Diebe kriegte er. Glaubte er. Die Schwarze und den Käsemann. So billig ließ er sich nicht abkochen.

Rechts das Restaurant, links Klos mit *Sanifair*-Neppbügeln davor. Geradedurch ging es nach draußen …

Die zwei Dreisten konnten überall sein.

Dampfend vor Wut und Tatendrang, seinen Fehler unmittelbar wieder gutmachen wollend, hüpfte Niccolo in den Vorraum der Raststätte.

Da entdeckte er die Schwarze. Schlappte in Caprihose zwischen Raststättenkachelaußenwand und überquellendem Abfalleimer in die Dunkelheit. Als wäre nichts gewesen, als habe sie das reinste Gewissen der Welt. Aber die Ethno-Schlampe würde ihn so was von kennenlernen. Vorhin, als Hüterin der

Duschen, hatte sie respektheischend ausgesehen. Aber jetzt … eher wie eine fette Fregatte, der mal der Anker geworfen werden musste.

Niccolo sprang hinaus.

„Ey, Alde!"

„Na, Kleiner", sie drehte sich um, „Trinkgeld vergessen?" Hielt ihm die Hand hin, Handinnenfläche nach oben.

„Meine Jacke …!"

„Was ist mit deiner Jacke?"

Tat unschuldig, guckte ihn voll an, mit glubschigen Augen.

„Du und der Käsemann … also …", wie hieß der noch, „du und Kim! Ihr habt meine Jacke … die ist weg … aus dem Spind!"

Sie stieß ihm den Finger gegen die Brust: „Hör mal, Kleiner. Ich bin nicht für deine Probleme zuständig. Wenn du kein Geld bei mir loswerden willst, hau ab."

Die hatte Nerven. Er war sein Geld doch schon bei ihr losgeworden.

„Hau ab, sage ich. Meine Schicht ist zu Ende."

„Aber … steckt ihr nicht unter einer Decke?" Niccolo ärgerte sich, nicht mehr cool zu klingen, eher wie ein Schuljunge, der keine Ahnung hatte, was abging. Und irgendwie stimmte das ja auch.

Die Schwarze stemmte die Fäuste in die Hüften. „Ich kenne deinen Freund nicht. Ihr seid zusammen gekommen, ich habe euch zum ersten Mal gesehen. Hoffentlich auch zum letzten Mal." Sie schlappte davon, Niccolo lief neben ihr her und erklärte ihr, der Käsemann habe seine, also Niccolos Jacke, aus dem Spind gestohlen und die wolle er wiederhaben. Erbstück und so.

Sie sah ihn von der Seite an: „Das ist doch keine Anmache, oder?"

Er verneinte, und sie meinte, das wäre aber schade, obwohl, sie sei auch zu alt für ihn. — Trotzdem: „Willst du einsteigen? Ich nehm' dich 'n Stück mit. Oder wartet hier ein Auto auf dich?"

Das nun gerade nicht, dachte Niccolo. Der Perlmuttrenner war ihm nicht länger geheuer. Der Araber würde ihn mittlerweile als gestohlen gemeldet haben. — Aber deswegen mit dieser Mutti ins Bett hopsen? Er wollte nach Hamburg zu Saskias Schwester, wie hieß sie doch noch?

„Überleg's dir, Kleiner."

Er stieg ein. Vielleicht steckte sie doch mit Käsemann unter einer Decke. Besser, er blieb bei ihr.

Sie brachte ihren stumpflackigen Kleinwagen zum Laufen.

„Ey, wo fahren wir hin?", fragte Niccolo.

Sie kurvte auf dem Raststättengelände gegen die Fahrtrichtung, schlängelte sich zwischen parkenden Lastwagen hindurch, dann entdeckte Niccolo eine schmale Ausfahrt, die von Tannen verdeckt wurde. Ein rundes „Durchfahrt verboten"-Schild war montiert, darunter „Anlieger frei" sowie „Achtung Absperrpfosten".

„Schichtende?" Vielleicht verarschte sie ihn doch. „Und du bist gegangen?"

„So ist es, Kleiner."

„Deine Ablösung?"

„Gibt es nicht."

„Keiner kassiert mehr unten?"

„Nachts ist kostenlos. Ist billiger, als 'ne Toilettenfrau zu bezahlen. Nennt sich Kapitalismus."

„Scheißsystem."

„Ja, sollte man sprengen."

„Stopp!", rief er.

Die Schwarze schreckte auf, kreisrunde Augen. Machte sie die noch weiter auf, würden sie rausfallen.

„Anhalten", wiederholte Niccolo, und sie bremste.

„Was'n los? Willste doch nicht mit? Oder hab' ich was Falsches gesagt?"

„Ich seh' den Käsemann!"

„Bitte?"

„Da!" — Kim, der Käsemann, verhandelte auf dem Rastplatz mit einem Lastwagenfahrer, stand auf der Stufe zur Fahrerkabine.

Die Schwarze sagte: „Meine Güte, jetzt dachte ich schon, du wärst so 'n Undercovertyp. Hab ich in *Dabiq* gelesen. Die wollen uns reinreiten. Du hast kein Mikro?"

„Hä?"

„Irgendwo angeklebt."

„Ich hab den Käsemann entdeckt. Der hat meine Jacke." Mit der Fast-Million. Niccolo zog den Griff der Türentriegelung.

Die Schwarze sagte irgendwas, Niccolo hörte es nicht mehr richtig, sprintete zum Lastwagen; die Schwarze gab ihrem Kleinwagen die Sporen, wollte sichergehen, nicht doch einem Undercovertypen auf den Leim gegangen zu sein, verschwand durch die schmale Ausfahrt. Von keinem Absperrpfosten gehindert.

„Hey Käsemann! Warte mal!"

„Ach, da bist du." Ließ sich nichts anmerken, der Spacken.

„Wolltest wohl ohne mich abhauen."

„Nee, gar nicht."

Über Käsemann lehnte sich der Lastwagenfahrer aus dem Führerhaus, Punkrock mit Frauenstimme dröhnte hinter ihm aus Lautsprechern. Der Lastwagenfahrer fragte Niccolo: „Willst du auch nach Hamburg?"

„Erst mal will ich meine Jacke."

„Deine Jacke?", fragte Käsemann. Machte einen auf dumm.

Niccolo riss Käsemann am Hosenbein, an beiden Hosenbeinen, brachte ihn auf die Straße.

„Schlagt euch draußen, da habe ich keine Lust drauf." Der Lastwagenfahrer machte die Tür zu.

Käsemann, auf dem Katzenkopfpflaster liegend, stieß hervor: „Deine Jacke … die hat die Klofrau."

„Was?!"

„Na, die Schwatte."

„Willst du mich verarschen?"

„Hab ich doch gesehen, die ist gerade mit dem Fiat weg. Ab durch die Mitte. Die Jacke hat sie im Kofferraum."

Niccolo ließ ab vom Käsemann, setzte sich neben ihn auf das Pflaster. Konnte es wirklich so blöd laufen? Das war doch Mist.

„Ich muss los", rief der Fahrer aus dem Führerhaus, hatte die Seitenscheibe runtergekurbelt, „macht Platz da. Hier, deine Jacke …" und bewarf den Käsemann mit einer Jacke … Saskias Jacke!

„Du bist vielleicht ein Arschloch!"

„Meinst du mich?", fragte Käsemann, wühlte sich frei. Niccolo schnappte sich die Jacke.

Der Motor des Lastwagens sprang an, eine Wolke verbrannten Diesels blies aus dem senkrechten Rohr hinter dem Führerhaus und verschwand in der Rastplatzdunkelheit.

Niccolo durchsuchte die Jacke; Saskias Telefon und das Geldbündel waren drin. Niccolo sprang auf. „Ich fahr mit", rief er, „nach Hamburg, nicht wahr?"

Ohne Umstände ließ ihn der Lastwagenfahrer einsteigen, und auch Käsemann durfte mit. Niccolos Protest gegen Käsemann ließ der Fahrer nicht gelten. „Ich mag Unterhaltung in der Nacht. Ihr zwei scheint die Richtigen zu sein. Wenn ihr es nicht übertreibt", sagte er, knipste die Musik aus und stellte sich vor: Er hieße Detlef und wollte auch ihre Namen wissen. Auf der Beschleunigungsspur trat Detlef das Pedal durch, ließ den Diesel brüllen. Detlefs Jeans waren abgeschnitten, die Füßen steckten in Plüschpantoffeln. Auf dem Kopf hatte er eine Frisur, die Niccolo an Saskias Muschi erinnerte, aus der Zeit, als sie sich nicht rasierte.

„Versteh ich nicht, warum du nach Hamburg willst", sagte Niccolo zu Käsemann. Er war immer noch sauer auf ihn. Zudem saß er eingeklemmt zwischen ihm und Detlef.

„Ich lass doch mein Geld nicht allein", erklärte Käsemann.

„Dein Geld?"

„Was denkst du denn? Das gehört so was von mir. Du nimmst es mir nicht weg. Das hat schon Muhammad nicht geschafft."

Ob Muhammad der Araber war? Dem der Audi gehörte? — Niccolo fragte nicht weiter. Er wollte die Story nicht vor Detlef ausbreiten. — Aber es war schwer, sich zurückzuhalten, Niccolo biss sich geradezu auf die Lippe, um nicht herauszuplatzen: Hat Muhammad dich in den Kofferraum gesperrt? Dann bist du aber nichts weiter als ein *Lauch*, wenn du das mit dir hast machen lassen. Für so einen *Lauch* habe ich einen Trumpf, Käsemann, von dem du noch nichts weißt.

Niccolo dachte an die Pistole. Die er noch im Hosenbund hatte. Damit ließe sich klarmachen, wem das Geld gehörte, beziehungsweise, wer es behielte.

Aber da passte etwas nicht, fiel Niccolo auf. Wenn es Käsemanns Geld wäre, wie der behauptete, dann wüsste Käsemann auch von der Pistole. Oder war da ein Denkfehler? Niccolo überlegte angestrengt und sah den Rücklichtern der überholenden Autos nach.

Käsemann sagte: „Du glaubst, du wärst im Vorteil, weil du die Pistole hast."

„Äh."

Detlef guckte zu ihnen. „Was ist das für 'n Scheiß. Ihr habt 'ne Pistole?"

„Los, zeig sie ihm", meinte Käsemann.

„Äh."

Käsemann sagte: „Er traut sich sowieso nicht, sie abzudrücken."

„Gib sie her", forderte Detlef Niccolo auf, hielt die Hand hin.

Niccolo, zwischen den beiden, rückte die Waffe heraus; er hatte das Gefühl, Detlef würde ihn sonst kurzerhand auf dem Seitenstreifen aussteigen lassen.

Die Seitenscheibe surrte herunter, Detlef warf die Pistole hinaus.

„Ey, spinnst du?!" — Niccolos Protest ging im Brausen des Fahrtwinds unter.

Das konnte doch nicht sein. Warf der Idiot die Pistole aus dem Fenster.

Die Scheibe ging hoch, Detlef fragte Niccolo: „Willst du aussteigen?"

„W-wieso?"

„Kam mir so vor."

„Nein. Will ich nicht."

„Was willst du dann?"

„Nach Hamburg."

„Siehst du, hast du ein Ziel. Brauchst du keine Pistole für. Ich fahr dich nach Hamburg." Detlef fragte auch Käsemann, wohin er wolle. — Käsemann druckste herum. Niccolo wollte ihm schon auf die Sprünge helfen und sagen: „Der will nur das Geld, die Fast-Million, deswegen klebt er mir an den Hacken." Aber er verkniff sich die Äußerung. Detlef wusste nichts von der Fast-Million. Brauchte er auch nicht, sonst wollte er was von abhaben.

„Is' auch egal, wo du hinwillst", meinte Detlef, „der Weg ist das Entscheidende." Mit ausgestrecktem Finger zeigte Detlef voraus auf die Fahrbahn.

„Bist Fernfahrerphilosoph, was?", nölte Niccolo. „Machst dir Gedanken wie eine Autobahn. Immer geradeaus und keine Überraschung."

„Ich will bloß weg", meldete sich Käsemann von der Seite.

„Wo kommst du her?", fragte Detlef.

„Na, aus München."

„Und was hast du da gemacht?"

Er wäre Buchhalter gewesen, meinte Käsemann. Beim *Armee Ritter Bund e.V.*

Von dem hatte Niccolo nie gehört. Detlef ebenfalls nicht, und Niccolo fand, nach Buchhalter sah Käsemann nun so gar nicht aus, andererseits, Niccolo hatte noch nie einen Buchhalter gesehen. Glaubte er.

Der *Armee Ritter Bund e.V.* machte in Krankentransporten, Sozialstationen und Flüchtlingsheimen. Über so was hatte Niccolo sich bisher keinen Kopf gemacht. Ab und zu mal einen Krankenwagen gesehen. Da kam es darauf an, nicht selber drin zu liegen. Also Platz machen und der sollte möglichst schnell weiterfahren. Detlef aber interessierte die Sache. Kein Wunder, wenn man stundenlang stumpf über Asphalt rollte, zudem in der Nacht, war man dankbar für jede Ablenkung, und wenn es Gerede über Krankenwagen war:

„Warum willst du dann in einem Lastwagen nachts nach Hamburg? Hast wohl die Portokasse gestohlen?"

Käsemann sagte nichts, Schweigen entstand. Portokasse gestohlen … hatte Detlef da einen Treffer gelandet? Der Motor brummte, die Straße flüsterte, die Fahrerkabine war isoliert. Stumm schauten die drei Männer nach vorn. Später, wenn Detlef nicht mehr dabei war, würde Niccolo nachforschen, den Käsemann in die Zange nehmen. Eine Fast-Million aus der Portokasse. Das gefiel Niccolo. — Käsemann hatte von der Pistole gewusst, also hatte er auch von der Fast-Million gewusst. Aber gehören tat sie Käsemann deswegen nicht, der brauchte sich Niccolo gegenüber gar nicht aufzuspielen. Wie Muhammad in das Geschehen hineinpasste, war Niccolo noch unklar. Jedenfalls lagen Geld und Pistole im Handschuhfach des Audis von Muhammad. Die Details bekäme Niccolo noch raus. Obwohl, musste er das? Wichtig war nur: Jetzt hatte er die Fast-Million. Niccolo knipste das Radio an, das vor seiner Kniescheibe in der Armatur steckte. Er wollte Musik hören, auf andere Gedanken kommen.

„Mach besser wieder die Kassette rein", meinte Detlef, „nicht diese Schlafmusik."

„Kassette?"

„Das Ding da."

„Noch nie gesehen." Es war ein uraltes Gerät, neben das Radio geschraubt. Niccolo drückte die große Taste und alter Punk dröhnte aus dem Lautsprecher, dieselbe Musik wie vorhin: eine mächtige, elastische Frauenstimme, die singen, kreischen, röhren konnte.

„Was 'n das?", frage Niccolo, drehte leiser.

„Das ist Nina Hagen", meinte Detlef, „noch echte Musik ist das."

Nina! Das war der Name. Niccolo tippte ihn auf seinem Handy in die Suchmaschine ein … nichts, jede Menge Müll … er tippte Hamburg dazu …

Da tauchte sie auf. Nina Schmidt, das war sie, die Schwester von Saskia. „Nina" hatte Saskia gesagt. *Talk am Wasser* hieß die Sendung bei *YouTube*, wurde in den Suchergebnissen oben angezeigt. Lief stockend, der Empfang war schlecht. Trotzdem, Nina sah darin knusprig aus. Hatte mehr Klasse als Saskia. Nina war genau richtig. Schließlich wollte er sich verbessern. Und zwar nicht nur finanziell.

„Du hast dich verbessert. Hast mehr Klasse als damals", sagte Sven.

Nina wollte antworten: „Verpiss dich, du Schmierlappen." Ihr wäre egal gewesen, dass Olivia zuhörte. Nur: Ninas Stimmbänder gehorchten nicht.

Nina versuchte es ein zweites Mal.

Ein Krächzen. Mehr war nicht drin.

Das war ihr noch nie vorgekommen.

„Schatz, entspann dich."

Seine Hand ging zu ihrem Nacken.

Es ekelte Nina, sich duckte sich — zwecklos. Sie schlug Svens Hand weg, wollte nicht von ihm berührt werden. Er sollte gehen, aus ihrer Wohnung, aus dem Haus. Aus der Stadt. Aus ihrem Leben.

„Schmierlappen", krächzte sie.

„Lass uns erst mal ankommen", sagte er, stieß die Wohnungstür mit dem Absatz zu, schob sie beide, Nina und Olivia, tiefer in den Flur.

„Mama?"

„Siehst du, Nina, du verschreckst das Kind. Es merkt, dass du unentspannt bist. Willst du ihm erklären, was los ist, wie es mit uns steht?"

Er strich Olivia über das Haar. Nina schubste ihn.

„Lass sie in Ruhe!"

„Aber Nina."

„Olivia, geh in dein Zimmer!"

Olivia schaute Nina an, zögerte, sah hinauf zu Sven. Olivias Augen zwickten und zwinkerten, Nina kannte das, es war Ausdruck höchster Nervosität. Sven sagte:

„Mach, was deine Mama verlangt. Brave Mädchen machen immer, was die Mama sagt."

Olivia verschwand in ihr Zimmer.

Sven schloss die Wohnungstür ab.

Nina sprach leise, Olivia sollte es nicht mitbekommen: „Ich rufe die Polizei."

Sven steckte den Schlüssel ein: „Das wird kaum nötig sein." Er kam auf Nina zu, und in ihr stieg Panik auf. Das hier war schrecklicher als die Vergewaltigung nach der Wiesn. Jetzt hatte sie Olivia. Ihr Kind war ihr Leben. Mit allem, was ihr zur Verfügung stand, würde Nina ihre Olivia schützen. Eine Vergewaltigung war grausam und erniedrigend. Aber man stand wieder auf. Aber ein Kind …

Was konnte Olivia drohen?

Was auch immer in der Wohnung passierte, jetzt gleich, ein Leben lang würde Olivia daran leiden. Wenn sie noch ein Leben hatte. Keinen Fehler durfte Nina in der Situation machen. Sie könnte Sven niederstechen. Die Messer waren in der Küche. Das war weit, sie musste an Sven vorbei.

Der Korkenzieher. Der war näher. Lag im Wohnzimmer.

Oder blitzschnell den Notruf auf dem Handy drücken. — Aber Sven würde es merken, und es dauerte eine Viertelstunde, bis sie kamen. Auch wenn es nur Minuten wären. Oder Sekunden. Für Sven wäre das genug Zeit …

Die Gedanken rasten durch den Kopf, und Nina hörte sich sagen: „Lass uns in Wohnzimmer gehen." Hoffentlich hatte sie entspannt geklungen.

Sven sagte: „Dein erster guter Vorschlag heute." Sie setzten sich in Ninas teure Retro-Polster. „Hast du was zu trinken", fragte Sven, legte die Arme behaglich auf beide Lehnen, „Ich meine, wir machen es uns gemütlich, oder?"

Gleich sprang er wieder auf, da sie angab, sie könnten Wein trinken, fand Weinflasche und Korkenzieher.

„Ich habe dir nämlich etwas zu erzählen."

Mit eingeschenkten Gläsern setzte Sven sich zu Nina auf das Sofa, reichte Nina ein Glas. Sie hätte es lieber gehabt, er hätte sich wieder in den Sessel gegenüber gesetzt. Andererseits … so war es vielleicht besser, sie äugte zum Korkenzieher. Zwanzig Zentimeter entfernt, auf dem Glastisch lag er. Der hölzerne Griff zeigte zu ihr. Ja, besser konnte es nicht sein.

Sven sagte: „Ich möchte mich für damals entschuldigen."

Irgendwas erwidern, dachte sie. Sag irgendwas. Lenke ihn ab und dann …

„Ja, dann mach es doch", sagte sie, „entschuldige dich." Das Sprechen fiel ihr schwer, stockend kamen die Worte. Er dagegen sprach eilig, die Sätze - wenige nur - sprudelten nun geradezu, als wären sie lange unterdrückt worden und kämen mit Überdruck.

„Es war ein Fehler gewesen. Was ich damals gemacht habe. Aber Nina", Sven griff Ninas Hand, „lass uns noch mal neu anfangen."

Hatte er das in einem Beziehungsratgeber gelesen? Ob er überhaupt las? Egal. Er sollte weg. Einfach weg.

„Gib mir eine zweite Chance. Gib uns eine zweite Chance. Schließlich sind jetzt andere Voraussetzungen."

„Andere Voraussetzungen? Was für andere Voraussetzungen?" — Nur um etwas zu sagen …

„Nun —"

„Du hast mich vergewaltigt. Zweimal. Geschlagen hast du mich, mir den Kiefer gebrochen." Sie lockerte die freie linke Hand. Möglichst unauffällig. Damit sie hervorschnellen konnte, den Korkenzieher greifen.

Er schüttelte den Kopf. „Unentschuldbar, ich weiß." Gab den Zerknirschten, das Scheusal.

Sie brauchte doch beide Hände, entzog sich ihm, schaute zum Korkenzieher. Hoffentlich merkte Sven den Blick nicht.

„Trink doch was", sagte sie. Etwas Gescheiteres fiel ihr nicht ein, aber es war einerlei, denn seine Worte sprudelten weiter:

„Aber aus der Sache damals, neun Jahre ist das her! … Da ist etwas Gutes entstanden."

„Ich wüsste nicht was."

„Eine Familie."

Sie guckte ihn an.

„Wie meinst du das?"

„Ich meine Olivia."

„Bitte?!" — Er war nicht nur ein Vergewaltiger. Er war auch verrückt. Glaubte er —

„Sie ist die Frucht unserer Liebe."

„Du bist krank."

„Ja, Nina." Er lachte sie an. Durchgedreht kam er ihr vor. Oder war das debil? „Krank vor Glück", sagte er. „Nina, ich bin glücklich. Ich möchte, dass du auch glücklich wirst."

„Dann geh einfach."

„Aber wir zusammen. Wir zusammen werden glücklich, als Familie. Verstehst du das?"

Er versuchte, sie zu küssen. — Ihre Linke schnellte vor, hatte den Korkenzieher, holte aus.

Als ob er damit gerechnet hätte. Sein Unterarm hob sich derart schnell, Nina nahm es nicht wahr; ihr bewaffneter Arm schlug gegen Svens Ellbogen, rutschte ab, ein Schmerz durchfuhr sie, der Korkenzieher rutschte ihr aus der Hand, fiel auf den Teppich.

„Das mochte ich schon damals an dir", sagte Sven und drückte Nina mit dem Gewicht seines Körper auf das Sofa, „und jetzt noch mehr. Du bist stark und entschlossen und schön." Hart küsste er ihre Kehle, sie hatte Angst, er würde sie eindrücken. Sein Unterleib drängte sich zwischen ihre Schenkel. „Du willst es doch auch, Nina, komm." Er drehte den Kopf zur Seite, holte pfeifend Luft — und da ließ er von ihr ab:

„Was ist das?!"

Sie sah es auch. Ein Blitz, er kam vom Fenster her. — Sven war schon auf den Beinen, machte schnelle Schritte zum Fenster.

„Da turnt einer am Fallrohr. Wie krank ist das denn?"

Wieder blitzte es.

„Der macht Fotos!"

Der Fassadenkletterer am Fallrohr, den Sven sah: Es war derselbe Mann, den auch Möller zur gleichen Zeit entdeckt hatte. Sven guckte zu dem Kletterer aus Ninas Wohnzimmer heraus. Mit heruntergelassener Hose. Möller schaute zu dem Kletterer hinauf. Von der Straße aus, mit hochgeschlagenem Kragen. Nachdem Möller „Polizei! Hören Sie auf damit!" gerufen hatte, es dort oben an der Fassade ein letztes Mal geblitzt hatte, begann der Kletterer mit dem Abstieg. Wobei der

Begriff Abstieg unzureichend umschreibt, was Möller sah. Eher war es ein kontrollierter Abwurf … Mit im tatsächlichen Sinn des Wortes affenartiger Geschwindigkeit kletterte, rutschte, fiel … was auch immer … erreichte der Kletterer jedenfalls den Boden und verschwand dort sogleich im ungepflegten, im Schatten liegenden Gebüsch; Möller bildete sich ein, einige Sträucher rascheln zu sehen …

„Stehen bleiben!"

Die gerufene Aufforderung war zweck- und damit sinnlos. Schlimmer noch war Möllers in erster verständlicher Aufwallung getroffene Entscheidung, dem Flüchtigen nachzusetzen. Der Erfolg der Aktion war ungewiss, gleichzeitig hatte Möller nun keine Möglichkeit mehr, der bedrängten Nina zur Hilfe zu kommen. Zu Möllers Entschuldigung kann nur vorgebracht werden, dass der alte Kommissar ahnungslos war: Dass Sven im Wohnzimmer im Begriff war, Nina erneut zu vergewaltigen, Nina das Martyrium erneut erleiden zu lassen, welches sie neun Jahre zuvor bereits durchgemacht hatte. Nur: Diesmal würde im Nebenzimmer Olivia sein, und Nina würde alles erdulden, um ihre Tochter nicht in Gefahr zu bringen.

Der ahnungslose Möller also hetzte den Bürgersteig entlang, lobte sich für die Fitness, die er durch seine Umrundungen der Binnenalster erlangt hatte. Allerdings waren das Spaziergänge gewesen, wenn auch regelmäßige, jeden Donnerstag. Jetzt jedoch spurtete der 65-jährige Möller … ‚okay, trabte nur noch. Mit heftigem Atem, hervorquellenden Augen, einer plötzlichen Zentnerlast auf der Brust und dem Handy am Ohr: Erneut gab er der eifrigen Kollegin in der Zentrale seine Position durch, damit der anrückende Streifenwagen zu ihm aufschließen konnte.

In der Maria-Louisen-Straße auf Höhe des Leinpfad-Kanals hielt der alarmierte Peterwagen mit stummem Blaulicht neben Möller, ein junger Uniformierter stieg aus:

„Herr Möller?"

Möllers Antwort war ein Röcheln, sehr zu seinem Ärger, aber mehr ging nicht. Möller stand gekrümmt, sich mit den Händen auf den Oberschenkeln stützend.

„Um Gottes willen, was ist mit Ihnen los?!"

Möller nuschelte etwas. Es sollte bedeuten: „Nichts, mir geht es bestens."

Der Beamte sprach mit seinem Kollegen, der im Wagen sitzen geblieben war. Der zweite Mann telefonierte.

„Wir haben einen Krankenwagen bestellt", sagte der junge Uniformierte zu Möller.

„Was?! Nicht nötig." Möller war zu Atem gekommen. „Wie heißen Sie, junger Mann?"

„Polizeimeister Jenner, Herr Möller. Ich bin über alles informiert. Die Zentrale meinte, wir suchen einen Kletterer, der womöglich geschossen hat."

„Ja! Wobei mit dem Schuss, das ist fraglich. Ich habe Mündungsfeuer gesehen, aber keinen Knall gehö —" Möller brach ab.

Die Zentnerlast auf seiner Brust. Sie wuchs ins Schreckliche, sie zermalmte ihn. Möller ging in die Knie.

„Ich muss mich kurz legen."

„Ahh", machte er, hoffte auf Erleichterung. Nein, die Last blieb, sie wollte ihn also vernichten. Mit letzter Kraft drehte Möller sich auf die Seite:

Da sah er den Flüchtigen. Er wollte Jenner alarmieren, gurgelte aber nur Speichel hervor. Jenner kniete neben ihm, meinte, das wäre womöglich ein Herzinfarkt, und der Krankenwagen käme gleich.

Der Flüchtige kam näher, er lief auf Möller zu. Möller wurde schwarz vor Augen. Das sollte das Ende sein, dachte er. Auf der Maria-Louisen-Straße in einer Durchschnittsnacht nach einem dummen Spurt? Es war dermaßen ohne Sinn, da rundete sich nichts in seinem Leben …

„Lassen Sie mich schauen, bitte." Der Flüchtige, der Fassadenkletterer, war da. Möller hörte ihn. Wenn er nur sprechen könnte, dachte Möller, dann würde er dessen vorläufige Festnahme befehlen. Der Jenner wusste ja gar nicht, dass er den Flüchtigen vor sich hatte. „Ich bin Arzt", sagte der Flüchtige. „Der Mann hier braucht schnelle Hilfe." Er kniete vor Möller und öffnete ihm Mantel und Oberhemd und sagte: „Atmen Sie bitte ruhig."

Der hatte gut reden, der Kerl.

„Festnehmen!", wollte Möller schreien. Aber er konnte nicht.

Sven zog die Hose hoch.

„Da macht einer Fotos", wiederholte er, „von draußen. Hängt an dem Regenrinnenrohr. Blitzt hier rein mit seinem Handy." Sven wandte sich ab vom Fenster, hin zu …

… wo war Nina geblieben? — Eben hatte sie auf dem Sofa gelegen …

Das Sofa war leer.

Aber Sven blieb keine Zeit, Nina zu suchen. Er hatte noch etwas gesehen, als er eben hinausgeschaut hatte. Genauer: Zuerst hörte er es, dann sah er.

Gehört hatte er einen Ruf. „Stehen bleiben!" oder so ähnlich. Gesehen hatte er dann den Rufer, einen alten Mann, unten auf dem Bürgersteig. Er kannte ihn nicht, aber er witterte den Typus des Einmischers. Eines Mannes, dem es nicht genügte, sich um seine eigenen Angelegenheiten zu kümmern. Noch dazu in einem gefährlichen Alter, dem Rentneralter: ohne regelmäßige Beschäftigung, gierig auf Abwechslung sowie - nachdem die Arbeitswelt ihn aussortiert hatte - erneuerte Bestätigung der eigenen Existenznotwendigkeit. Statt den Rest des Lebens vor dem Fernseher zu verbringen oder sich gleich nach ganz oben zu empfehlen. Als der alte Mann sein Handy zückte, da überkam Sven zudem der Verdacht, dass es sich um einen pensionierten Polizisten handeln könnte.

So war es das Beste, entschied Sven, Ninas Wohnung zügig zu verlassen. Nichts konnte er als honoriger Kinderheim-Investor weniger gebrauchen, als eine Horde Polizisten, die in den nächsten Minuten das Viertel durchforsteten, ihn aufgriffen und dumme Fragen stellten.

„Nina, wo bist du?"

Vielleicht hatte sie sich mit Olivia eingeschlossen … Er kümmerte sich nicht weiter, eilte ins Erdgeschoss, auf den Bürgersteig, schaute die Fassade hinauf. Der Spanner vom Regenrinnenrohr war verschwunden. Sven schaute die Straße entlang. Der alte Mann mit dem Handy war nicht zu sehen. Auch keine Polizei.

Vielleicht hatte der alte Mann gar nicht mit der Polizei telefoniert, vielleicht hatte ihn ein plötzliches, kaum noch vermutetes Verlangen überkommen, da er so allein durch die abendliche Stadt spazierte, und er hatte die zuletzt selten genutzte Nummer seiner Stammhure und gewohnheitsmäßigen Senilenbefriedigerin angerufen: einer Mitvierzigerin, welche die Geschmackssicherheit einer Birkenstocksandale auf das Geschäftsfördernste mit dem Aussehen einer gut konservierten Kurvenblondine verband.

„Nina …! Olivia …?"

Auch die war nicht zu sehen. Das war schon ein starkes Stück. Oben hatte er vier Menschen im Blick gehabt, er lief die Treppe hinunter — und alle waren sie verschwunden. Unmöglich konnte Nina mit der kleinen Olivia weit gekommen sein. Sven wog ab. Sollte er die Büsche vor den Hauswänden durchsuchen, um Nina und Olivia aufzustöbern? Oder besser das Weite suchen? Immer noch könnte ein Streifenwagen auftauchen, besetzt mit zwei eifrigen Junguniformierten, die noch auf der Suche nach Bonuspunkten für ihre Personalakten waren, statt wie ihre erfahreneren Kollegen in St. Paulis dunkleren Gassen bei den Albanern für den Witwen- und Waisenfonds zu sammeln.

Auf der gegenüberliegenden Seite ging die Haustür auf, ein Pärchen kam heraus. Die Frau zeigte Stressgesicht. Die gezupften Augenbrauen gaben ihr den strengen Blick eines Habichts. So sah eine Frau aus, dachte sich Sven, die den Zeitgeistpropheten aufgesessen war und glaubte, in Vollzeit mit Bullshitbüroarbeit Geld fürs Familieneinkommen oder die eigene Unabhängigkeit nach Hause bringen zu müssen. Die nicht merkte, dass sie dabei ihr eigentliches Kapital verschleuderte, das die Natur ihr geschenkt hatte. Daneben ihr Teilzeitbespringer oder Ehemann: Ein Köfferchenträger, dessen berufliche Aufstiegsbemühungen dem Familienglück dienen sollten. Dabei dienten sie bloß dem Staat, der sich aus den hart erarbeiteten Kleinkarriereeinkünften großzügig bediente.

Da machte er selbst es besser, glaubte Sven, und suchte nach seiner Oberklassenlimousine. Von den zwei Nachtschwärmern bemerkt werden, wollte er nicht.

Sven stieg ein, im Rückspiegel beobachtete er, wie das Pärchen aus einem Kofferraum ein voluminöses, geschenkverpacktes

Paket hob. Vielleicht feierte das Töchterchen der Bilderbuchfamilie morgen Geburtstag. An die Fassade hinter dem Wagen schlich sich schwach ein flackerndes Licht … Blaulicht? Bog da womöglich eine Streife still in die Nachbarstraße. Sven drehte die Zündung. Der Anlasser gab keinen Mucks von sich.

Sven blieb ruhig. Im Rückspiegel beobachtete er das Flackern, das deutlicher wurde, blauer. Erneut probierte Sven zu starten.

Kein Ton kam vom Anlasser. Sven biss sich auf die Unterlippe. Logisch. Als er ausgestiegen war, nur Gedanken an Nina im Kopf gehabt hatte, da hatte er vergessen, das Radio auszustellen. Es hatte die Batterie leergesaugt. Wie bei allen seinen Autos seit dem Paketwagen hatte er das Radio von der Zündung entkoppeln lassen. Schließlich hatte die Musik immer zu spielen, auch wenn der Motor nicht lief. Wie nervig war es, sich auf der Rückbank mit einer Dame zu vergnügen und plötzlich verstummte die Mukke.

Sven schlich zurück ins Haus; würde er eben die Tür in den Innenhof nehmen und dann ab durch die Mitte. — Die Tür war abgeschlossen. Eine Holztür, wahrscheinlich 100 Jahre alt, sollte allerdings kein Hindernis darstellen. Nicht mal einen Dietrich würde Sven dafür brauchen. Sowieso hatte er keinen dabei, seit Jahren nicht mehr. — Mit einem Schulterstoß war die Tür tatsächlich aufgedrückt: Die Schließe brach aus dem mürben Holz, das nur noch von mehreren Schichten Ölfarbe zusammengehalten worden war. Sven stand im Innenhof. In typischer Hamburger Bauweise waren vier mehrstöckige Mietshäuser im Karree angeordnet worden, in ihrer Mitte entstand der Innenhof. Es war dunkel und ruhig. Hinter wenigen Vorhängen war Licht, nur ab und zu zwängten sich arabische Sprachfetzen zwischen gekippten Fensterrahmen hindurch. Sven holte das stummgeschaltete Handy hervor. Die LED oben rechts blinkte.

Mehrmals hatte Alexandra, seine Prinzessin, angerufen. Sven tippte den Rückruf.

„Wo bist du … aha …". „In Hamburg? — Überraschend." „Ja … erklär ich später … — kannst du mich abholen?" Er nannte die Adresse. „Ja, sofort … hallo …? Hallo?! …" Die Verbindung war abgebrochen. Scheinbar war Alexandra in seiner Hamburger Wohnung gewesen … Das war Glück, dann brauchte er nicht lang zu warten. Aber es besorgte ihn auch. War Alexandra misstrauisch geworden? Warum sonst sollte sie ihn in Hamburg besuchen, ohne sich anzukündigen?

Sven probierte an verschiedenen Stellen des Innenhofs, ob der Empfang besser würde, sodass er noch mal anrufen könnte, um mehr zu erfahren. Aber es war zwecklos, er verlor Zeit damit. Die Gebäude waren zu hoch, die Vorkriegswände zu massiv, die Sendemasten zu weit entfernt. Millionen wurden für alles Mögliche ausgegeben, aber nicht für flächendeckende Erreichbarkeit in einer Millionenstadt.

Sven kalkulierte, dass Alexandra eine Dreiviertelstunde brauchen würde, um am Treffpunkt zu sein. Vielleicht nur eine halbe Stunde, spätabends war wenig Verkehr. Aber auch das wäre für ihn zu schaffen. Wenn er sich beeilte - und beeilen sollte er sich, um der Polizei, falls sie alarmiert wäre, sicher auszuweichen. Im Innenhof stiefelte Sven durch ungemähtes Gras und Küchenabfälle. Es schien Mode zu sein, Abfälle aus dem Fenster zu werfen. Oder ob Hamburger das schon immer so gemacht hatten? Sven war unsicher. In Süddeutschland jedenfalls war dieses Entsorgungsverfahren unüblich.

Ratten raschelten, an den Backsteinwänden lehnten Fahrräder, ein altes Moped, endlich erreichte Sven die Innenhofzufahrt: Mit einem übertrieben hohen Metalltor, natürlich abgeschlossen, war sie unpassierbar gemacht. Sven nahm Anlauf, sprang das Tor an, lief sozusagen hinauf, bekam auch die Oberkante des Tors zu fassen, wollte sich hin- und herschwingen, um mit den Füßen auf den Handknauf zu gelangen — musste aber feststellen, dass die letzten Jahre als Projektentwickler, Heimbetreiber, Bürositzer ihren Tribut gefordert hatten. Die Fitness eines juvenilen Paketfahrers war - wohl für immer - verloren. Schnaufend, mit letzter Kraft schaffte Sven es nach oben, holte auf der Torkante sitzend Atem und ließ sich mit kraftlos gewordenen Armen, immerhin lautlos, auf der anderen Torseite herunter, spähte in beide Richtungen:

Keine Polizei zu sehen.

Auf altem Kopfsteinpflaster parkten Autos vor backsteinroten Etagenmietshäusern aus den 1930er-Jahren des vorigen Jahrhunderts, darüber war ein schmaler Streifen Nachthimmel zu ahnen, kaum zu erkennen durch die leuchtenden Laternen, welche mit ausgewachsenen Kastanienbäumen wechselten. Niemand war auf der Straße, und Sven staunte, es war kaum lauter als in einem bayerischen Dorf.

Eine merkwürdige Stimmung überkam ihn. Er fühlte sich, als wäre er zu Hause. Oder kurz davor, nach Hause zu kommen. Es waren nur noch wenige Meter, die er zurückzulegen hatte. Dabei war er doch weit weg von München, war hoch im Norden. — Aber hier war Nina. Irgendwo hier war sie, das fühlte er. Wenige Meter nur war sie entfernt. Diese bescheidene Wegstrecke bloß noch musste er zurücklegen — und sie ihm von der anderen Seite einige Schritte entgegenkommen. — Nein, das musste sie nicht. Das würde er nicht von ihr verlangen, konnte es gar nicht. Er hatte damals, vor neun Jahren, etwas falsch gemacht, das sah er ein. Da brauchte sie keinen Meter auf ihn zu zugehen. Er war in der Pflicht. Er musste ihr beweisen, dass er sie liebte. Das nämlich war das Problem. Sie hatte das noch nicht verstanden:

Er liebte sie.

Das hieß, dass alles zwischen ihnen ab sofort eine andere Bedeutung hatte. Olivia, die hatte das bereits begriffen. Kinder waren unverbildet, blickten direkt ins Herz ihres Gegenübers. Zwischen ihnen, Olivia und ihm, da war alles klar. Wie sie ihn angeschaut hatte, als er über ihr Haar strich. Wie sie ihm zugezwinkert hatte, als er oben im Flur war. Sie wollte, dass er zu ihrem Leben gehörte, sie wollte eine vollständige Familie. Auch Nina wollte das, sein Instinkt verriet es ihm: Ihre Widerspenstigkeit war Spiel. Es hatte ihr schon damals Spaß gemacht, ihm zu zeigen, was für einen starken Willen sie hatte, und gerade das mochte er an ihr. Kein Wunder, dass sie Karriere in der Politik machte. Die Wähler spürten, dass in ihr eine Anführerin steckte, die das Zeug hatte, sie gegen Widerstände in eine gute Zukunft zu bringen. — Auf dem Sofa vorhin hatte er Nina seine neue, wahre Liebe beweisen wollen. Leider waren sie unterbrochen worden. Er würde einen neuen Anlauf nehmen. So wenige Meter vor dem Ziel, da gab er nicht auf. Ganz bestimmt nicht. Diese herrliche Frau war die Liebe seines Lebens. Schon vor neun Jahren hatte er kurz daran gedacht, Nina zu heiraten. Aber damals war er noch nicht reif dafür gewesen, es war bloß ein Gedankenspiel gewesen; nun aber war alles anders.

„Sven?"

„Oh!" Sven war überrascht. „Du …?!" — So in Gedanken war er gewesen, dass er Alexandra nicht hatte kommen hören. „Wo ist dein Auto, wie bist du so schnell hier —"

„Steht in der Maria-Louisen-Straße. Willst du mir keinen Kuss geben?"

Bussi hier, Bussi da. Die Münchener Art eben, obwohl er wenig in Stimmung dafür war.

„Da war Polizei", sagte Alexandra, „richtig mit Blaulicht." Versperrten die Straße, also habe sie gleich dort geparkt und sei zu Fuß hintenherum gekommen. Der Polizei brauche man nicht unnötig über den Weg laufen. Da waren sie sich einig.

„Und woher wusstest du", fragte Sven, „wo du mich finden würdest?"

„Soll ich wieder gehen?"

„Nein, nein."

„Klingt aber so. Brauchst du nur zu sagen. Dann bin ich weg."

Er hatte ihr nicht gesagt, dass er in der Sierichstraße zu finden wäre. Er hatte einen Treffpunkt einen Kilometer entfernt genannt. — Woher also wusste Alexandra, dass er genau hier sein würde?

„Nein, nein, schön, dass du gekommen bist. Ich wundere mich nur —"

„Was gibt es zu wundern, hältst du mich für naiv, Sven?" Das Laternenlicht spielte mit den gelockten Rottönen ihrer Löwenmähne. Seine Prinzessin war im Angriffsmodus. Wahrscheinlich knabberte sie noch an dem negativen Schwangerschaftstest. Vielleicht war der Test ein Zeichen gewesen, überlegte Sven. Er war jedenfalls drüber hinweg. Alexandra sagte: „Glaubst du, ich weiß nicht, wo Nina wohnt? Nur weil du mir einen Treffpunkt nennst, der etwas entfernt ist? Du warst doch bei ihr."

„Ich, äh, ich —"

„Du warst bei ihr."

„Alexandra, ich … wir … wir beide haben eine klare Vereinbarung."

„Ich frage mich gerade, ob du sie einhältst."

Kapitel 8

„Mama, ist der Mann böse?"

„Psst! Komm mit, Olivia. Leise. Leise!"

Sie schlichen aus der Wohnung, ins Treppenhaus. Wie die Stufen knarrten, zuvor war Nina das nie aufgefallen. Nina schaute hinauf: Sven schien ihre Flucht bisher nicht bemerkt zu haben.

„Weiter, Olivia, weiter, schneller. Leise!"

Auf den Bürgersteig. Kühl, dunkel, menschenleer. Reihen geparkter Autos.

„Rechts, ja, rechts, hinter die Büsche, immer weiter."

„Auah, das ratscht."

„Weiter, weiter."

„Geht nicht weiter, Mama."

Die Mülleimer. Zu schmal war der Spalt zwischen Mülleimern und Hauswand, um sich durchzuquetschen.

„Dann duck dich." Nina machte es vor. „Wir warten einen Moment." — Sie hatte gehört, oder glaubte, gehört zu haben, dass jemand die Treppen im Treppenhaus herunterpolterte.

„Mama, darf man zu bösen Männern Schmierlappen sagen?"

„Was?"

„Du hast Schmierlappen gesagt."

„Hab ich?"

Olivia nickte mit kindlichem Ernst.

„Aber erst war er nett, oder?"

Angestrengt spähte Nina zwischen Buschwerk hindurch zum Hauseingang.

Olivia sagte: „Danach, da hat er mir Angst gemacht. Ein bisschen aber nur. Er guckte so … böse guckte er." — Olivias Augen, groß waren sie und fragend.

„Meine Olivia! Du brauchst keine Angst haben." — Was redete sie für einen Unsinn?! Und ob ihr Mädchen Grund hatte, Angst zu haben. — Mit beiden Armen umschlang Nina den Körper ihre Tochter. Wie sehr sie Olivia liebte. „Niemand darf dir Angst machen. Verstehst du? Niemand."

Sven kam aus der Haustür, auf den Bürgersteig, schaute in beide Richtungen, 15 Meter entfernt von ihnen.

„Psst!", bedeutete Nina ihrer Tochter und drückte sie fester an sich, umhüllte sie mit ihrem Körper wie eine Glucke ein Küken. Gebückt standen sie, eingezwängt zwischen Mülltonnen und verwilderten Büschen, die sie vor Entdeckung schützten. Hoffte Nina.

Als Nina sich endlich traute, ihren Kopf wieder über die Buschkrone zu strecken, sah sie noch, wie Sven wieder ins Haus verschwand — was mochte er dort wollen, sich oben in ihrer Wohnung auf die Lauer legen, um sie bei ihrer Rückkehr zu überraschen?

„Ah, Frau Schmidt!" Eine Frauenstimme.

Nina erschrak.

„Mama, auah!"

„Entschuldigung, Olivia." Vor Schreck hatte sie Olivia endgültig zu fest gedrückt.

„Was machen Sie denn da?", sagte die Frau

„Ich … ich …"

Nina trat aus dem Buschwerk heraus.

„Ach, ihre kleine Tochter. Sie ist noch draußen, so spät noch?" Es war die Nachbarin mit den gezupften Augenbrauen, die sprach. Sie und ihr Mann - ein nicht weiter bemerkenswerter Zeitgenosse - schauten von dem gegenüberliegenden Bürgersteig herüber; eine bunt verpackte Kiste stand zwischen ihnen. Die

Nachbarin sagte: „Wir haben auch eine Tochter. Nächste Woche ist Firmung, da haben wir eine Kleinigkeit für sie." Die Nachbarin tätschelte die Kiste. „Aber das darf sie noch nicht wissen."

Nina holte Olivia hervor und sagte: „Da gratulieren wir herzlich." Sie zupfte an Olivia herum, wie strubbelig sah das Kind denn aus.

Die Nachbarin trippelte herüber. „Jason, komm schon", forderte sie und ihr Gemahl setzte sich ebenfalls in Bewegung. „Ich wünsche Ihnen Glück, Frau Schmidt", sagte die Nachbarin und griff Ninas Hand, schüttelte sie.

Nina war irritiert. Aber Glück konnte sie brauchen.

„Für ihre Wahl", erklärte die Nachbarin, schüttelte weiter, stellte sich mit Namen vor, sie wären die Bongarts von nebenan und wohnten seit fünf Jahren hier.

Ach ja, die Senatswahl, gedanklich war das für Nina im Moment weit weg. Nina bedankte sich bei Frau Bongarts, versuchte dabei, anwesend zu gucken und dachte, wenigstens konnte Sven sie jetzt nicht bedrohen, die Nachbarn schützten durch ihre Anwesenheit.

„Wir werden Sie wählen", erklärte Frau Bongarts, „du doch auch, Jason, oder?"

„Ja, natürlich, Frau Schmidt."

Nina dankte nochmals, und dann entstand eine Pause. Herr und Frau Bongarts guckten Nina unverwandt an, als ob sie erwarteten, Nina würde nun nach den ausgetauschten Freundlichkeiten erklären, was sie hier mit ihrer Tochter am späten Abend in den Büschen anstellte. Was eine berechtigte Frage war — und schwer zu beantworten. Stattdessen, halb wohl unbewusst, brachte Nina Bruchstücke von Wahlkampfversprechen hervor, die sie in den vergangenen Wochen so oft erzählt hatte, dass sie sozusagen hart verdrahtet waren und sich in Stressmomenten fast von allein erzählten.

„Wenn ich gewählt werde, dann wird es mehr Geld für Kinder geben, also ich meine, mehr Kindergarten- und Krippenplätze." Ein guter Satz, hier genau in der Zielgruppe. „Geld für Sozialhilfeempfänger, für Flüchtlinge, äh Flüchtende, Benachteiligte …", sie verlor den Faden, da sie hinaufschaute zu ihrem Wohnzimmer, ob Licht anginge, „… und überhaupt und Gerechtigkeit und so, ich meine Chancengleichheit." — Jason Bongarts, der nicht weiter bemerkenswerte Mann mit einem Durchschnittsgesicht, erkundigte sich:

„Wer wird das bezahlen?"

„Das kommt aus dem Staatssäckel."

„Vom Senat hier in Hamburg?"

„Ja, genau." Zustimmen, den Wähler bestätigen.

„Also bezahlen wir", schlussfolgerte Jason Bongarts.

„Sie?"

„Mit unseren Steuern."

Frau Bongarts sprang ein: „Jetzt bring die nette Frau Schmidt nicht in Verlegenheit."

„Nein, nein, lassen Sie nur, Frau Bongarts", meinte Nina, „ich erkläre das gern. Das ist alles seriös gegengerechnet, das finanziert sich von selbst."

„Ach so", sagte Herr Bongarts. „Wissen Sie, ich verdiene 35.000 Euro im Jahr. Das ist nicht schlecht. Aber wenn wir noch ein zweites Kind hätten … das wünschen wir uns. Dann würden wir aber, nachdem uns Steuern und Abgaben abgenommen worden sind, jeden Monat um 232 Euro unter dem Existenzminimum liegen. Also bräuchte ich gar nicht arbeiten zu gehen, lohnt sich nicht."

„Aha", machte Nina und Herr Bongarts fuhr fort:

„Da läuft was falsch, Frau Schmidt. Die Abzüge sind viel zu hoch."

„Das stimmt", schlug sich Frau Bongarts jetzt auf die Seite ihres Mannes, „wir fliegen dieses Jahr noch nicht mal in den Urlaub, weil wir sparen."

„Wunderbar wie Sie an die Umwelt denken und Kohlenmonoxid einsparen", meinte Nina.

Herr Bongarts: „Sie meinen Kohlendioxid."

„Ja, ja, genau."

„Ein bisschen kenne ich mich aus, wissen Sie, ich bin Biologe, arbeite in der Hafencity in einem mittelständischen Unternehmen. In der Entwicklung. Eigentlich wäre es sogar ganz gut, wenn die Menschen noch mehr Kohlendioxid produzieren würden."

„Hä?"

„Dann würden die Ernten besser ausfallen. Je mehr Kohlendioxid, je besser wachsen die Pflanzen."

Nina dachte immer, Kohlenmonoxid … äh … -dioxid wäre schädlich.

Jason Bongarts war nun in seinem Element. „Aber ist egal, ob wir mehr oder weniger Kohlendioxid produzieren. Letztlich kommt es auf die Sonne an. Wird sie heißer, entsteht auf der Erde mehr Kohlendioxid. Ist der Sonneneinfluss, verstehen Sie?"

„Ja, ja, natürlich." Reden lassen. Bestätigen. Zugewandt sein.

„Das schwankt über Jahrtausende. In Wellen, wissen Sie?"

„Ja, äh, nein meine ich. Hochinteressant, ja."

Frau Bongarts griff ein, bevor ihr Mann weiter erklärte:

„Jedenfalls würden wir gern unser verdientes Geld behalten. Nicht alles. Für die armen Menschen, von denen Sie sprechen, muss ja auch was da sein. Aber mal mit unserer Kleinen nach Mallorca fliegen, das täten wir schon ganz gern."

„Selbstverständlich, das verstehe ich", pflichtete Nina bei.

Es war leichter, sozialpolitische Ziele zu formulieren und den Vorstellungen des Bürgermeisters beizupflichten, der einen als Senatorin im nächsten Senat haben wollte, als die Vorstellungen zweier Wähler zu erfüllen. — Kurz bevor der Bürgermeister bekannt gegeben hatte, Nina im Falle seiner Wiederwahl als Senatorin berufen zu wollen, hatte er Nina in einem Hintergrundgespräch geraten, bei einer Diskussion mit Wählern immer allem zuzustimmen; wirklich allem, was sie sich wünschten. „Auch wenn es Schwachsinn ist. Zustimmen", so der Bürgermeister. Der Wähler sei König. Bis er sein Kreuz in der Kabine gemacht habe. „Danach bestimmen wir. Das ist das Schöne an der Demokratie."

„Ich glaube, ihre Tochter friert", sagte Frau Bongarts.

„Oh …" Sie musste wie eine Rabenmutter wirken, dachte Nina, zog Olivia heran, rubbelte ihr über den Rücken. Blaue Lippen hatte das Kind.

„Wir wollen Sie nicht aufhalten", sagte Frau Bongarts. „Sie möchten bestimmt nach oben." Die Bongarts warteten, glaubten wohl, Nina würde mit Olivia zur Wohnung hinaufsteigen.

Im Leben nicht.

„Wir …", setzte Nina an, „… ich meine, ich habe den Schlüssel verloren."

„Oh, hier am Mülleimer? … Deswegen sind Sie in den Büschen", glaubte Jason Bongarts zu begreifen, „… warten Sie, ich helfe Ihnen." Er fing an, in der Dunkelheit zu suchen.

„Aber Jason, das bringt doch nichts", bewies Frau Bongarts Vernunft, „kommen Sie beide mit zu uns. Ich mache Ihnen einen heißen Tee. Die Kleine kriegt eine Decke. Dann sehen wir weiter."

„Haben Sie eine Decke für den Mann? Eine Decke! Er friert, er bekommt einen Schock."

„Ach was", nuschelte Möller. Lippen und Zunge ärgerten ihn, sie wollten nicht gehorchen. Dennoch versuchte er es: „Festnehmen, den Mann."

Aber auf ihn hörte keiner.

„Ich bin Doktor Hartenstein", sagte der Kerl, den Möller festnehmen lassen wollte, der Kerl, den Möller eben noch an der Fassade hatte klettern sehen. Mit modischem Bart und geöltem Undercut sah der Fassadenkletterer und Nina-Bedroher aus wie das Model eines Schwulenkalenders. Fand Möller.

Klettermaxe Hartenstein zog seine Jacke aus, rollte sie und schob sie Möller unter den Hinterkopf.

„Sie haben auf Nina geschossen", nuschelte Möller.

Keiner schien ihn zu verstehen. Oder zu beachten, was er von sich gab. Er war Objekt geworden. Man deckte ihn zu. Ärgerlich schob Möller die rohfaserige Decke weg und versuchte, sich aufzurichten

„Ich bin nicht tot, außerdem rede ich mit euch."

„Gutes Zeichen. Ihre Farbe kommt zurück, Sie sprechen deutlicher", meinte Hartenstein.

„Sie werden gleich auch mehr Farbe kriegen. Ich lasse Sie festnehmen. Polizeimeister …" Keine Reaktion von diesem Jenner. Der schaute die Straße entlang, der Krankenwagen kam mit Blaulicht. „Polizeimeister! Polizeimeister Jenner!" — Endlich schaute Jenner hinab zu Möller.

„Festnehmen, den Mann", sagte Möller, „ist der Fassadenkletterer."

Jenner schaute unschlüssig auf Hartenstein, wieder auf den sitzenden Möller, dem das Gesäß kalt wurde, der sich aber nicht traute aufzustehen, weil er befürchtete, dann aus dem Gleichgewicht zu geraten.

Hartenstein sagte: „Lassen Sie ihn reden, Herr Wachtmeister, das ist gut für ihn."

Die nahmen ihn nicht ernst. Möller wollte schreien: Festnehmen, sofort! — Aber Hartenstein sagte, „Ich bin ein Fan von Nina Schmidt. Seit ich sie im *Talk am Wasser* gesehen und danach behandelt habe."

„Behandelt?"

„So wie Sie jetzt. Lag sie da. War vom Stuhl gerutscht."

„Vom Stuhl?"

„Ein Schock, aber sie ist kurz nach meiner Behandlung und gegen meinen Rat aufgestanden — ey, wie Sie jetzt. Nicht bewegen, Herr, Herr …"

„Möller." Der frühere Kommissar stützte sich auf Hartenstein und kam auf die Beine. Dann aber wurde ihm schwarz vor den Augen, die Knie verloren ihre Kraft.

Möller wäre auf die Bürgersteigplatten geschlagen, aber Hartenstein und Jenner fingen ihn auf. — Als Möller die Augen öffnete, war er umringt von Hartenstein, den Polizisten und zwei Sanitätern. „Er kommt zu sich. Eins, zwei, drei." Sie hoben ihn vom Bürgersteig auf eine Bahre.

„Jetzt lassen Sie es ruhiger angehen", mahnte Hartenstein. „Im Krankenhaus werden Sie durchgecheckt."

Die Sanitäter maßen, untersuchten, legten eine Manschette an, spritzten ihm etwas. Alles passierte noch auf der Bahre auf dem

Bürgersteig. Polizeimeister Jenner beugte sich zu Möller: „Er ist wirklich Arzt. Ich habe das gecheckt."

„Guter Mann", sagte Möller, wobei er offen ließ, ob er Hartenstein oder Jenner meinte. — Hartenstein schien zu merken, dass es um ihn ging und erklärte, in seiner Freizeit befülle er sein Fitnessblog mit Kletterfotos und Abschüssen. So nannte er es, wenn er mit dem Handy von den Fassaden aus Fotos von sich selbst machte, als Beweis für seine Kletterleistungen.

Was die Menschen heute trieben — Möller fühlte sich alt.

Ausnahmsweise habe er sich erlaubt, diesmal nicht nur sich selbst zu fotografieren, sondern auch in das Wohnzimmerfenster von Nina Schmidt hinein zu blitzen. Als Beweis, wo er geklettert sei und außerdem als Wahlkampfhilfe, Nina Schmidt könne jede Aufmerksamkeit gebrauchen.

„Sie wussten, wo sie wohnt?"

„Steht im Telefonbuch. Zumindest im alten."

„Sie sind ein Stalker."

„Falls Nina Anzeige erstattet." Aber das Risiko ginge er ein, meinte Hartenstein. Wobei es kein wirkliches Risiko wäre, denn zwischen Nina und ihm habe sich nach der Talkshow etwas entwickelt. Das habe er gefühlt.

Möller dachte: Das ist alles nicht mehr seine Welt.

Er bemühte sich. Wirklich. Versuchte zu beurteilen, ob Hartensteins Erklärungen als glaubwürdig einzuschätzen waren. Das gehörte zu der Arbeit eines Ermittlers. Zum ersten Mal jedoch fühlte sich Möller zu alt für Ermittlungsarbeiten. Die Zeit schien über ihn hinwegzurasen. Die Maßstäbe kamen ihm abhanden. Wer mit solch seltsamer Frisur rumlief wie Hartenstein, ausgebildeter Arzt war, aber nachts an Häusern hochkletterte … schräg, einfach nur schräg.

Möller bat Jenner, Hartensteins Personalien aufnehmen. Wenigstens etwas, woran man sich festhalten konnte.

„Sie werden mich nicht anzeigen?"

„Sie haben mir das Leben gerettet."

Hartenstein lächelte. „Kaum. Um einen Herzinfarkt sind Sie herumgekommen, schätze ich. Ich glaube, es war ein Schwächeanfall. Aber lassen Sie sich durchchecken."

Im Krankenwagen nickte Möller ein. Als er erwachte, stramm zugedeckt, saß nicht Hartenstein bei ihm, sondern Polizeimeister Jenner; ein Sanitäter mit Babyface sortierte am Fußende Ampullen in einen roten Koffer. Jenner meinte, der Krankenwagen brauche noch einige Minuten bis zum Krankenhaus. Sein Kollege bringe Hartenstein mit dem Streifenwagen nach Hause. Jenner habe mit dem Krankenwagen fahren wollen: „Ich möchte Ihnen noch eine Beobachtung melden."

„Mir?", fragte Möller. „Nicht besser ihrem Vorgesetzten? Ich bin Pensionär. Demnächst wahrscheinlich tot."

„Ich glaube, Sie machen es noch eine Zeitlang, Herr Möller."

„Danke." Jenners Zuspruch tat ihm gut.

„Mir ist vor dem Haus von Nina Schmidt ein Wagen aufgefallen."

„Woher wissen Sie von Nina Schmidt? Alle scheinen von ihr zu wissen."

„Sie haben es der Zentrale gemeldet. Stalker, vielleicht sogar Attentäter bei Nina Schmidt und ihrer Tochter Olivia. Außen an der Fassade hochgeklettert."

„Ach so, ja." — So richtig geschmeidig klappte es mit dem Erinnern nicht mehr, sagte sich Möller. „Was ist mit dem Wagen, was ist Ihnen aufgefallen?"

„Derselbe, es ist derselbe Wagen, den ich heute Nachmittag vor einem Tattoostudio bei einer Schule aufgeschrieben habe. Stand im Halteverbot. Derselbe Wagen, dasselbe Kennzeichen und ein großer Teddy auf der Rückbank."

Ein Zusammenhang erschloss sich Möller nicht.

„Wir kontrollieren manchmal, ob der Halter einen Wagen als gestohlen gemeldet hat. Ich hatte das in dem Fall gemacht. Eine Oberklasselimousine vor einem Tattoostudio, das im Verdacht steht, in der ersten Etage einen nicht angemeldeten Puff zu betreiben …"

Offensichtlich hatte Jenner den klassischen Polizeiriecher, dachte Möller. Guter Mann. „Und …?"

„Der Wagen ist auf Sven Mehnert gemeldet."

„Was?!" Möller wollte sich aufsetzen. Gurte hielten ihn zurück. „Machen Sie die ab." Der Sanitäter protestierte. — „Abmachen!" — Aber das wäre gegen die Vorschrift, meinte der Sanitäter mit vollbackigem Babygesicht.

Da lief Möller einem Arzt hinterher und seinem Infarkt entgegen. Statt Mehnert zu suchen. Parkte vor Ninas Haustür! Womöglich war er in der Wohnung!

„Der Wagen ist nicht gestohlen gemeldet. Alles korrekt", sagte Jenner, „und Nina Schmidt ist eine tolle Frau. Sieht gut aus, hat vernünftige Ansichten. Ich habe sie im *Talk am Wasser* gesehen. Da saß Mehnert neben ihr. Ich meine, es ist nicht strafbar, wenn er abends vor dem Haus von Nina Schmidt parkt und nachmittags gegenüber der Schule, welche die Tochter von der Schmidt besucht."

„Was?!"

Der Sanitäter sagte: „Wenn Sie so weiter machen, muss ich Ihnen noch was spritzen."

„Unterstehen Sie sich."

„Sie bekommen sonst einen zweiten Infarkt."

„Ich habe nicht mal meinen ersten gehabt."

Jenner sagte: „Gegenüber vom Tattoostudio ist die Grundschule."

„Woher wissen Sie, dass Olivia dort hingeht?"

„In Hamburg gilt bei Grundschulen das Wohnsitzprinzip. Die Kleine müsste —"

„Oh Gott", sagte Möller, der begriff. Nachmittags streckte Sven die Hände nach Ninas Tochter aus, abends saß er bei den beiden in der Wohnung.

Der Krankenwagen fuhr auf das Gelände des UKE in Eppendorf.

Der Sanitäter löste die Gurte: „Notaufnahme voraus, und jetzt benehmen Sie sich."

„Hab ich keine Zeit für.", schnauzte Möller, setzte sich auf, „Ich muss telefonieren." Wo mochten Nina und Olivia jetzt sein? Schlimme Fantasien tobten in seinem Kopf. Was mochten die beiden gerade erleiden?

Zufrieden und träge saßen Nina und Olivia bei Bongarts auf dem Sofa. Tee hatten sie getrunken, und Olivia bereitete es Mühe, die Augen offen zu halten. Olivia sank auf Ninas Schoß, bekam von Frau Bongarts eine Decke übergelegt — und schlief ein.

„Darf ich telefonieren", erkundigte sich Nina leise.

„Aber natürlich." Frau Bongarts schlürfte weiter Tee, ihr Mann wischte auf dem Tablet auf der Suche nach einer Playlist mit Säuselmusik für die erschöpften Gäste.

Nina holte ihr Handy aus der Tasche und rief Keiras Nummer an, dort lief der Anrufbeantworter. Erlaubt, es war Mitternacht.

Möllers Nummer hatte Nina nicht, sie wählte Berties Eintrag, sie brauchte Rat, sofort. Die Nacht konnte sie nicht bei Bongarts verbringen. Sie konnte nicht immer aufs Neue Jason Bongarts Hilfsangebote ablehnen. Er wollte den Wohnungsschlüssel in den Rabatten suchen oder wenigstens einen Schlüsseldienst beauftragen.

„Bertie …? Bertie … hallo … ein Glück, dass ich Sie erreiche … ja … dich erreiche … ja." Die Verbindung war schlecht, Bertie fuhr in einem Wagen … von der Staatsoper … Rossini war gerade zu Ende, wenn Nina das richtig verstand. Sie brauche Hilfe, sie könne im Moment nicht weiter erklären …

Bertie war fantastisch.

Er wusste nicht, in welchen Nöten Nina steckte. Aber er spürte gleich, dass Nina ernsthaft Hilfe brauchte. Von Bertie kamen nun keine Ausflüchte, keine weiteren Info-Wünsche. Er würde gleich jemanden schicken.

Die Welt käme in Ordnung. Das Gefühl vermittelte Bertie.

Es war ein ähnlicher Eindruck, welchen Nina ihrer Tochter gab, die mit langen und ruhigen Atemzügen in ihrem Schoß schlief: Du bist bei mir in Sicherheit, ich werde jedes deiner Probleme in den Griff bekommen.

Nina fühlte Schläfrigkeit aufkommen. Der Tag hatte Kraft gekostet. Bertie brächte alles in Ordnung.

Was Nina nicht wissen konnte: Mit kaum einer Einschätzung in ihrem Leben lag sie schlimmer daneben … Das mochte daran liegen, dass Nina es sich so sehr wünschte, der elegante und schöne Anwalt würde es für sie richten. — Jedoch: Gerade durch ihren Anruf bei Bertie war sie auf die Zielgerade eingebogen, welche in die Katastrophe führte. Und das, obwohl sich liebe - fast fremde - Menschen um sie kümmerten, Bertie alarmiert war, ein Sofa Bequemlichkeit bot und der warme Tee Nina schläfrig werden ließ. Doch nichts konnte die Katastrophe noch aufhalten. Sie raste heran. —

Nina schreckte hoch. Jemand schüttelte sie. Es war Frau Bongarts, sie ließ Ninas Arm los.

„Ihr Anwalt ist da."

„Oh … danke."

Nina orientierte sich, sie war eingenickt gewesen.

„Bertie selbst?"

„Ich glaube schon. Bertie heißt er?"

Um Olivia nicht zu wecken, unterhielten sie sich gedämpft. Bertie machte sich die Mühe, sie persönlich abzuholen? Nina mochte das kaum glauben. Er hatte gesagt, er schicke jemanden.

Jason Bongarts stand an der Wohnungstür, aus dem Treppenhaus war das Poltern selbstbewusster Männerschritte zu hören.

Jason Bongarts stotterte: „Oh, gu- guten Tag …"

„Guten Tag, Herr Bongarts, nehme ich an."

„J-jah, Herr Bürgermeister."

„Und ich bin Adalbert von Gerte, meine Karte", joviales Männerlachen, „falls Sie mal einen Anwalt brauchen, aber nennen Sie mich Bertie, einfach Bertie."

Der Bürgermeister — Maßanzug, Manschetten — nahm den Raum ein: „Nina, bleib sitzen, Kind! Psst! Wir müssen leise sein, die Kleine schläft."

Aber natürlich war Olivia wachgeworden, und nun setzte das erweiterte Begrüßungsritual erst richtig ein: Mit dem Bekunden des Bedauerns, auf so hohen Besuch nicht vorbereitet zu sein, sonst würde man etwas anbieten können, und es wäre aufgeräumter und überhaupt, man wäre nicht richtig angezogen. Und der Bürgermeister entschuldigte sich und bat, bloß keine Umstände zu machen, man habe nach der Oper auch schon gegessen und wolle nur kurz hereinschauen, um Nina abzuholen. Ja, sie sei die nächste Sozialsenatorin, eine hervorragende Kandidatin, die großartige Politik machen werde. „Aber ich will Sie natürlich nicht beeinflussen, meine liebe Frau Bongarts", behauptete der Bürgermeister und hatte breite Zähne, breites Grinsen, breite Revers. Er war ein Politbulldozer, der mit Brachialcharme die gesamte Legislaturperiode hindurch die lokale Konkurrenz der feingezwirnten Abwäger und Durchblicker planiert hatte. „Schön wohnen Sie hier. In einem der schönsten Stadtteile Hamburgs."

„Wenn nicht die vielen Autos wären", wandte Jason Bongarts ein.

„Er wird noch schöner werden, das verspreche ich Ihnen, mein lieber Herr Bongarts. Wir machen breitere Fahrradwege —"

„Ja, gut. Aber die vielen Autos müssten weg, ich finde immer schwerer einen Parkplatz."

„Wir werden Anliegerparken einrichten —"

„Das haben wir schon."

„Stimmt und zusätzlich werden wir einige Bäume herausnehmen, am Stadtrand neu pflanzen natürlich. Das ist im Haushaltsplan vorgesehen, und hier haben Sie dann mehr Parkplätze für Ihr Auto und außerdem machen wir eine Einbahnstraße daraus, dafür setze ich mich ein, dann parken nicht mehr so viele fremde Autofahrer ..." Der Bürgermeister schaffte es, auch um Mitternacht Wahlkampf zu machen, er versprach und umgarnte. Frau Bongarts hing an seinen Lippen, Jason Bongarts probierte eine Miene, von der er wohl vermutete, sie wirke intelligent; hinter dem Rücken des Bürgermeisters winkte Bertie zu Nina herüber. Die erhob sich und deutete Olivia, liegen zu bleiben.

„Ich kann nicht in meine Wohnung. Sven ist da drin!", flüsterte Nina zu Bertie. „Aber sag dem Bürgermeister nichts, bitte."

Bertie sah das Flehende in Ninas Augen und meinte, Nina könne mit zu ihm, Olivia natürlich auch, er habe Gästezimmer, da würden sie übernachten und dann, morgen, sehe man weiter. „Hast du die Polizei alarmiert?", fragte er, Nina verneinte. Das sähe jetzt blöd aus, wenn da unten Streifenwagen vorführen, da sie den Bongarts vorgeflunkert habe, den Wohnungsschlüssel verloren zu haben. „Gut", meinte Bertie, „es ist, wie es ist, und wir machen das Beste daraus. Herr Bürgermeister … darf ich Sie weiter mitnehmen?"

Frau Bongarts: „Aber bleiben Sie doch noch. Wenigstens einen *Lillet* trinken."

„Oh gern", meinte der Bürgermeister, „aber ich fürchte, das geht nicht. Meine Frau wartet auf mich."

Auf dem Weg nach unten sagte der Bürgermeister: „Sie haben mich gerettet, Bertie. Der machte mich schon wuschig mit seinen Parkplätzen. Ich wusste bald nicht, was er wollte. Mehr Autos, weniger, mehr Parkplätze, weniger? Soll ich sein Leben in Ordnung bringen? Oder ihm eine neue Wohnung besorgen? Samt neuer Ehefrau? Ich habe mit meinem eigenen Leben genug zu tun. Die Menschen glauben immer, ich wäre Harry Potter. Dabei bin ich bloß eine kleine Leuchte. Die es in die regionale Politik verschlagen hat."

Ein Fahrer mit grauer Schirmmütze steuerte den Rolls Royce durch das nächtliche Hamburg, Bertie saß auf dem Beifahrersitz. Erst jetzt nahm Nina richtig wahr, dass Bertie festlich gekleidet war: Wie hübsch er war … so mit Fliege und Abendanzug, dachte sie sich. Nina saß hinten, ebenso der Bürgermeister; zwischen ihnen war Olivia, der die Augen zufielen.

Bertie sagte zum Bürgermeister gewandt: „Ich lasse Sie in der Schillerstraße raus."

„Warum das?"

„Sie wollten nach Hause."

„Aber bloß nicht."

„Ihre Frau."

„Sehe ich noch oft genug. Außerdem ist sie in Brandenburg. Sie sagten, Sophia, die *tolle* Bloggerin, wäre bei Ihnen?"

„Sie wollen sie kennenlernen?"

„Vielleicht möchte sie ein Interview mit mir machen? Heute?"

„Bestimmt", erwiderte Bertie, „bestimmt möchte sie das."

Der Bürgermeister lehnte sich zurück, richtete die Krawatte und bekam rosige Wangen.

Sven hatte bereits rosige Wangen.

Er saß auf dem Beifahrersitz in Alexandras Sportwagen. Mit sicherer Hand und durchgedrücktem Gasfuß steuerte Alexandra. Sie waren über die nächtliche Autobahn A1 nach Lübeck unterwegs. Auf der linken Spur fraß der Wagen Kilometer, entfernte sich weiter und weiter von der Polizei rund um die Sierichstraße. Sven brauchte da keine Bedenken mehr zu haben, als honoriger Unternehmer von Polizisten in der Nähe von Ninas Wohnung aufgegriffen zu werden, die ihn dann womöglich beschuldigten, gerade versucht zu haben, Nina zu vergewaltigen.

Was natürlich kompletter Unsinn gewesen wäre. Der von Nina in die Welt gesetzt wurde, weil sie nicht begreifen wollte, dass sich zwischen ihnen alles geändert hatte.

Aber darum würde er sich später kümmern. Erst mal war es wichtig, dass Alexandra ihn in Sicherheit brachte, raus aus Hamburg.

Nur etwas langsamer könnte sie fahren, entspannter sein.

„Erklär mir das noch mal“, sagte sie.

„Nicht schon wieder.“ Genau deswegen hatte er rosige Wangen. Weil es schwierig zu erklären war. Eigentlich gar nicht. Alexandra zumindest nicht oder zumindest nicht so, dass sie es verstehen würde. Er hielt es sogar für möglich, dass sie in ihrer derzeitigen Stimmung und bei der Geschwindigkeit den Wagen vor einen Brückenpfeiler setzte.

Das wäre ein blödes Ende. Gerade jetzt, wo für ihn doch alles erst richtig anfing.

Also sollte er seine Worte nun mit Bedacht wählen, besser sprechen als am Horner Kreisel, als sie auf die Autobahn auffuhren und Alexandra im Kreisverkehr einige wilde Manöver vollführte, die ihren Wagen Gummi kostete und ihn Nerven.

„Sieh mal, Prinzessin —“

„Hör auf damit. Ich weiß dann, dass Scheiße rauskommt.“

„Bitte?! Jetzt krieg dich aber ein. Du nennst mich auch Svenilein, und ich pflaume dich deswegen nicht an. Obwohl ich es nicht mag.“

„Sag einfach, was Sache ist.“

„Sache ist, wir fahren nach Travemünde und alles ist gut.“

„Gar nichts ist gut. Du spielst ein falsches Spiel.“

„Mach ich gar nicht.“ Er hatte vorhin versucht, alles zu erklären — es hätte deswegen fast einen Unfall gegeben, weil Alexandra so unbeherrscht reagierte. Sie träumte immer noch von einer Schwangerschaft. Er nicht mehr. Jetzt würde er es anders machen, einen Gegenangriff starten.

„*Du* bist es doch, die falsch spielt“, sagte er und hatte sich etwas zusammengereimt. Er habe Daryna auf dem Rückweg vom Professor erklärt, wie sie durch eine künftige Stelle bei *NatalGen* zu einer Aufenthaltsgenehmigung käme. Der Professor und er würden dafür sorgen. Daryna war glücklich und erzählte, wie schwer es sei, es Nina recht zu machen. Zum Schluss habe Nina sie sogar gefragt, ob sie einen *Slip ouvert* in die Wohnung geschmuggelt habe. Dabei wusste Daryna nicht mal, was das war. Nina schien ihr durcheinander und aufgebracht gewesen zu sein wegen des Slips. „Aber das ist kein Grund, mich zu verdächtigen, oder?", fragte Daryna und Sven stimmte ihr zu. „Ich habe damit nichts zu tun", sagte Daryna, „für Nina arbeite ich nicht mehr."

Dann überlegte Sven: Was wäre eigentlich, wenn Alexandra den Slip in Ninas Wohnung gelegt hätte? Prüfend schaute er Alexandra an. Sicher hielten ihre Hände das Lenkrad des Sportwagens. Er sagte mit fester Stimme: „Du hast den Slip in Ninas Wohnung gebracht."

„Jetzt spinnst du komplett." Alexandra schwang die rote Mähne, funkelte ihn an. Mann, sie sollte besser auf die Straße gucken, bei 180 Stundenkilometern! „Komplett spinnst du. Von was für einem Slip faselst du?"

„Von dem Slip mit dem Schlitz. Dem *Slip ouvert*."

„Hä?!"

Stellte sich dumm, die Schnalle. Sie wusste von dem Slip. Er hatte ihr von Saskia erzählt. Damals, als sie sich zusammentaten, viel Sex hatten und an ihre Liebe glaubten. Vor allem Alexandra glaubte an sie — oder ließ ihn zumindest annehmen, dass sie an die gemeinsame Liebe glaubte. Jedenfalls hatte er Alexandra damals von Ninas Schwester Saskia erzählt, dem verrückten Huhn, das sich von ihm hatte verführen lassen und stolz gewesen war auf ihren Lackbodysuit mit Reißverschluss unten. Sie nannte es *Slip ouvert*. Damals hatte Alexandra gelacht, auf ihre unnachahmliche, rauchige Art, und gesagt hatte sie, dass sie von Saskias Slip wisse. Nina hatte davon erzählt, und Nina und Alexandra hatten viel gelacht, denn damals waren sie noch beste Freundinnen gewesen. Das war während der Wiesn-Nacht gewesen. Sven wisse schon, von welcher Nacht sie rede, meinte Alexandra. Es sei die Wiesn-Nacht gewesen, in der Nina Gefallen an Theo gefunden hatte. Später hatte Nina es ihr gestanden. Später, als Nina ihr Theo weggeschnappt hatte.

Es war auch die Nacht gewesen, als Sven mit Nina … nun ja, das Erlebnis in den Büschen gehabt hatte, Nina vor ihm geflohen war, sich den Absatz abgebrochen hatte … Davon hatte er Alexandra wohlweislich nie so richtig erzählt. Aber sie ahnte wohl das meiste und den Rest hatte sie sich über die Jahre zusammengereimt.

Jedenfalls wusste Alexandra über den *Slip ouvert* von Saskia gut Bescheid, und sie wusste von dem damaligen …, nun ja, Vorfall zwischen Nina und ihm. Sie wusste, dass ein unvermuteter *Slip ouvert* in ihrer Hamburger Wohnung Nina schockieren würde: Da Nina eins und eins zusammenzählte und sich dachte, Sven wäre in ihre Hamburger Wohnung eingebrochen und hätte den Slip dort versteckt, damit sie ihn finde.

„Warum hast du das gemacht, Alexandra?"

„Was gemacht?"

„Den Slip bei Nina versteckt."

„Hör doch auf damit. Du verrennst dich. Wir haben eine Vereinbarung, und die ziehen wir durch."

Sie hatte ihn aufgegabelt wegen der *Vereinbarung*, wie sie es nannte. Früher hatte sie es Liebe genannt, in Wirklichkeit, so wurde ihm immer klarer, ging es ihr immer nur um die Rache. Sie hatte ihm etwas vorgespielt und ihn benutzt. Und diese

Schwangerschaftssache … wer weiß … Alexandra konnte insgeheim verhüten, weil sie gar kein Kind wollte und ihm dann ihr Bedauern über einen negativen Schwangerschaftstest vorspielen. Egal, er hatte bald sein Kind und seine Traumfrau.

Alexandra brachte den Wagen auf 200 Stundenkilometer. „Glaubst du ich bin blöd, Sven? Ich finde dich keine 100 Meter entfernt von Ninas Wohnung. Nina, der wir eins auswischen wollen."

Jetzt ging das wieder los, wie am Kreisel.

„Das tun wir auch." Gemeinsamer Plan war gewesen, das heißt, es war vor allem Alexandras Plan gewesen und sie hatte eine Menge dafür investiert, Nina eins auszuwischen, indem Sven plötzlich in Hamburg auftauchte und Nina in Angst und Schrecken versetzte.

Alexandra brannte vor Rachegedanken. Über die Jahre hatte sich das noch verstärkt, war zur fixen Idee geworden: Nina hatte Alexandra ihre große Liebe Theo vor der Nase weggeschnappt, mit ihm ein Kind gezeugt und auf heile Familie gemacht.

Wie Theo zu Tode gekommen war, hatte Sven nie genau durchblickt. Jedenfalls hatte Alexandra sich Sven geschnappt, und ihn überzeugt, in Abendkursen die Mittlere Reife nachzuholen: Dann würde sie ihm das Geld geben, um den ersten Fenske-Hof bei München zu kaufen. In den frühen Jahren waren sie ein schönes Paar gewesen, ein Team, das es verstand, geschäftliche Gelegenheiten zu nutzen. Alexandra agierte mit Intelligenz und Geschmeidigkeit, Sven brachte die im Geschäftsleben manchmal nötige Skrupellosigkeit ein. Sogar Brutalität konnte Sven ausstrahlen, bei Bedarf auch ausüben. Mit den Fenske-Höfen war es schnell bergauf gegangen.

„Gar nichts tun wir", sagte Alexandra.

„Ich war in der Talkshow. Da hat sie ganz schön gestaunt."

„Ha, gestaunt. Tolle Leistung. Sie sollte zittern vor Angst. Das sollte sie. Nimmt mir Theo weg und jetzt bringst du sie zum Staunen?!" Alexandra lachte bitter. „Sie gründet die Familie, die er mit mir gründen wollte!"

„Jetzt verstehe ich", sagte Sven so leise, dass das Brausen des Fahrtwindes seine Stimme fast übertönte. „Deswegen bist du in Ninas Wohnung eingestiegen und hast den Slip versteckt. Um ihr Angst zu machen."

„Verrückt werden soll sie. Und aus dem Fenster springen von mir aus. Das hätte ich auch fast gemacht. So weit hat sie mich getrieben."

„Als sie dir Theo weggeschnappt hat."

Sie sah ihn böse an. „Wirst du jetzt sarkastisch? Kannst du gleich hier aussteigen. Dann war's das mit uns. Und die Kredite stell ich fällig."

„Annuitätendarlehen kann man nicht fällig stellen."

„Verlass dich drauf, mein Steuerberater kriegt das hin."

Das führte doch zu nichts, und er wollte es auch nicht eskalieren lassen. Sie würden jetzt nach Travemünde fahren, zum Runterkommen ein paar Cocktails kippen und danach Sex haben. Der Sex mit Alexandra war immer gut gewesen.

Vielleicht würden sie es danach beenden, aber im Guten. Seit heute war er sowieso mit Nina zusammen, aber das durfte Alexandra auf keinen Fall spitzkriegen, dann steuerte sie womöglich wirklich gegen einen Pfeiler.

„Was hast du also in der Sierichstraße gemacht?" Sie ließ nicht locker, meine Güte. Er wollte seine Ruhe haben, aber sie war unerbittlich. War ein Wesenszug bei ihr. Sie wusste nicht, wann es gut war. Ihr ganzer Rachefeldzug hatte etwas Manisches.

Meine Güte, hatte Nina sich eben Theo geschnappt, das war neun Jahre her, Alexandra. Neun Jahre, eine halbe Ewigkeit. Und Olivia war auch nicht von Theo, Olivia war von ihm.

Aber auf die Idee war Alexandra nie gekommen, und er würde es ihr nicht auf die Nase binden. Sie würde explodieren, und er hatte schon genug Probleme.

„Was ich in der Sierichstraße gemacht habe? Sage ich dir. Wenn du mir sagst, dass du den Slip bei Nina versteckt hast." Das nannte er mal einen gut platzierten Gegenangriff. Sie hatte ebenfalls nur um den heißen Brei geredet. Aber auch er konnte stur sein. Sven lächelte zufrieden.

Sie brausten an den Lübecker Abfahrten vorbei.

„Du warst also nicht bei Nina."

„Nein! War! Ich! Nicht!"

„Das wollte ich hören. Dann weiß ich Bescheid."

„Worüber weißt du Bescheid?" Im Leben glaubte sie ihm nicht. Dafür war Alexandra zu clever. Oder … wollte sie ihm glauben, wollte ihre Liebe retten … obwohl, wirkliche Liebe zwischen ihnen … manchmal war es schwer, Frauen zu verstehen.

Alexandra sprach: „Ich habe Daryna gesehen."

Er sagte gar nichts. Ihm lief ein Schauer über den Rücken. — Woher kannte sie Daryna? Nie hatte die kleine Ukrainerin eine Rolle gespielt, nie zuvor hatte er sie gegenüber Alexandra erwähnt.

„Als ich heute Abend in deiner Billstedter Absteige war, da lief sie mir über den Weg."

Echt jetzt?, dachte er. Wollte sie ihn da überraschen? Jedenfalls würde das erklären, wie sie so schnell in der Sierichstraße sein konnte. Weil sie schon in der Nähe gewesen war. Oder aber Alexandra stellte ihn auf die Probe. Da würde er nicht drauf hereinfallen. Besser war es, weiter den Mund zu halten, bis er Näheres wusste.

„Sehr jung", sagte Alexandra, „sehr gewöhnlich." Sie machte einem anderen Sportwagen Platz, der die nächtliche Autobahn nutzte, den Turbo glühen zu lassen. „Ich bin ihr hinterher. Was einfach war, sie drehte sich nie um, sie ist dumm wie Weißbrot. Aber da stehst du drauf. Jung und dumm."

„Das ist alles Blödsinn."

„So blödsinnig, dass sie zwei Straßen weiter wohnt. Deswegen warst du in der Sierichstraße, wegen Daryna. Als ich dich dort überrascht habe, sollte ich denken, du wärst bei Nina gewesen, hättest ihr noch mal richtig Angst eingejagt."

„Jetzt spinnst du komplett. Ich habe nie davon gesprochen, ich wäre noch mal bei Nina gewesen, um ihr Angst einzujagen." Er kam dicht an ihr Ohr. „Ich war nicht bei Nina! Kapier es endlich."

„Du gibst es also zu. So dreist bist du. Du warst also nicht bei Nina." Mit ächzenden Reifen und überhöhter Geschwindigkeit zwang sie den Wagen durch die langgezogene Kurve auf die Autobahn A 226. Sven hielt sich an Sitzpolster und Türgriff fest. Die Frau war von Sinnen. Sie sagte: „Du wolltest mich auf die falsche Fährte locken. Warst nicht bei Nina, sagst du selbst. Aber ich sollte glauben, du beschäftigst dich mit ihr und unserem Plan. In Wirklichkeit fickst du dieses Plattgesicht."

„Nun mach aber einen Punkt."

„Gefällt dir nicht, wie ich deine neue Herzdame nenne? Plattgesicht."

Er riss sich zusammen, war froh, die Kurve auf die neue Autobahn überstanden zu haben. Sie wechselte schon wieder auf die Überholspur. — Sah er richtig? Alexandra hatte feuchte Augen. Alexandra?! Der rote Racheengel, die jahrelange Planerin? — „Du hast mich ausgenutzt", sprach sie, „Du bist reich geworden, ich währenddessen nur alt. Und jetzt werde ich ausgetauscht gegen ein 18-jähriges Plattgesicht aus Russland."

„Ukraine."

Sie drückte auf die Bremse. Die Reifen kreischten, der Wagen rutschte, begann auszubrechen, kam aber zum Stehen, bevor Schlimmeres passierte.

„Raus", sagte Alexandra in die Stille.

„Willst du besser rechts ranfahren?" Sie standen auf der Überholspur der A 226.

„Raus."

Da machte er, dass er aus dem Wagen kam. Alexandra konnte sich totfahren lassen. Wenn sie dort stehen bleiben wollte. Auf der Überholspur. Überlebenszeit 30 Sekunden …

Ans Blech gepresst wartete Sven einen Lastwagen ab, welcher auf der rechten Spur heranrauschte, aufblendete, trompetete … vorbeifuhr. Sven lief quer über die Fahrbahn, hechtete über die Leitplanke, sein Leben retten und weg von der Verrückten.

Der Chauffeur parkte den Rolls Royce auf dem Kies am Rand der breiten Treppe, wo die bepflanzte Amphore stand; Bertie, der Bürgermeister, Nina und Olivia waren bereits im Salon.

„Aber er unterstützte Sie doch", sagte der Bürgermeister. Er sprach zu Nina von Sven Mehnert.

„Wann?"

„Bei *Talk am Wasser*. Kam mir da recht charmant vor."

„Das kann er", sagte Nina, „charmant sein, wenn er will."

Der Bürgermeister hatte mitbekommen, dass Bertie und Nina über Sven Mehnert getuschelt hatten; der Bürgermeister fragte nach und Nina erklärte, sie schätze Sven nicht sonderlich. Mehr ins Detail ging sie nicht.

„Er würde uns Wähler bringen", meinte der Bürgermeister. „Organisationen wie der Fenske-Hof können im politischen Vorfeld viel bewirken. Denken Sie an die Adenauer-Stiftung, die Friedrich-Ebert-Stiftung." Von solchen Stiftungen hatte Nina nie gehört. Der Bürgermeister erwärmte sich für das Thema: „Ein Fenske-Hof bei uns, in Harburg oder so, als Senatorin könnten Sie da Geld locker machen." — Nina hatte dafür jetzt keinen Kopf.

Sie sah sich um. Wo war Olivia geblieben? — Auch der Bürgermeister fand Interessanteres als Vorfeldorganisationen zur Pflege der politischen Landschaft:

Sophia stöckelte herein. Mit wiegenden Hüften und einem hautengen Etwas, das sich Workout-Dress nannte, auf einen Mann in mittleren Jahren aber als Aufforderung zum … was-auch-immer … wirken konnte. Man stellte sich vor.

„Sie sehen bezaubernd aus", sagte der Bürgermeister.

„Scherzen Sie nicht", antwortete Sophia. „Ich komme aus dem Fitnessraum und bräuchte eine Dusche."

Der Bürgermeister sah aus, als würde er ebenfalls gern duschen.

Bertie meinte: „Der Bürgermeister würde gern von dir interviewt werden."

Sophias Miene verdüsterte sich.

„Von meinem Blog habe ich genug. Da ist ein Verrückter. Der nervt wegen meines Kommentars zu Ninas Talkshow-Auftritt."

Nina suchte Olivia, die durch irgendeine Tür aus Berties Salon verschwunden war. Aber Sophias Äußerung zur Talkshow hatte Nina gehört und sagte: „Sophia, du hast meinen Auftritt kommentiert?"

„Ich habe sogar einen Artikel über dich geschrieben, heute Nacht in meinem Blog."

„Hoffentlich was Gutes. Nix über meinen Stuhlkracher."

„Jedenfalls habe ich es deiner Keira nicht vorher zum Lesen gegeben. Ich bin unabhängig."

Bertie reichte Cocktails. „Sprechen wir doch über prickelndere Sachen als Blogs und Talkshows."

„Da bin ich unbedingt dafür", sagte der Bürgermeister, nahm das Glas und ging auf Workout-Dressfühlung bei Sophia.

Die sagte: „Was macht Ihre Frau?"

„Oh." Der Bürgermeister ließ ab. „Die ist in Brandenburg diese Woche. Sie vernachlässigt mich."

„Aber nicht Ihr gemeinsames Konto."

„Was? Wie … wie kommen Sie darauf?"

„Ihre Frau ist Familienministerin in Brandenburg, die bringt gut was nach Hause, schätze ich."

„Sie sind bemerkenswert informiert."

„Sie meinen blond und informiert passt nicht zusammen?"

Beim Bulldozer kam Sand ins Getriebe. „Äh … ich meine … ich brauche noch was zu trinken." Er stürzte den Cocktail herunter.

Berties Handy klingelte. Möller war dran, Bertie setzte sich zum Telefonieren auf die goldgerandete Barock-Couch unter dem Schad-Gemälde; Nina hätte gern zugehört, aber gerade entdeckte sie Olivia:

Die stand nebenan in Berties Arbeitszimmer am Schreibtisch und öffnete Briefe mit einem Brieföffner.

„Olivia, was machst du da?"

Olivia erschrak.

„Bertie … meine Tochter, leider reißt sie deine Briefe auf."

Bertie steckte das Handy weg, schaute ins Arbeitszimmer und sagte: „Wenn's ihr Spaß macht, ist es doch in Ordnung." Dann schaute er ihr fasziniert zu. So wie es Männer machen, die keine Kinder haben wollten und in späten Jahren entdeckten, wie Kinder die Welt erforschten und wie befriedigend es sein konnte, es miterleben zu dürfen, selbst wenn man nur Zaungast war. — Lediglich Werbepost liege neben der Schreibgarnitur, meinte Bertie. Die wichtigen Sachen schließe Sekretärin Sandra nachmittags in den Safe.

„Olivia müsste schlafen. Aber sie ist überdreht. Es war heute zu aufregend", meinte Nina, „ich lasse sie erst mal in Ruhe, bevor es ins Bett geht."

Nina und Bertie ließen Olivia allein, lehnten die Tür zum Arbeitszimmer an und kehrten zurück in die Halle zu Sophia und dem Bürgermeister, der sich gerade an der Hausbar bediente. Bertie berichtete Nina von Möller: Der liege im Krankenhaus.

„Was?"

„Nicht weiter schlimm, meint er. Er würde nur durchgecheckt."

„Mitten in der Nacht?" Es drängte sie, gleich ins Taxi zu steigen und zu Möller zu fahren. Wie schnell sich Beziehungen entwickelten. Vor drei Tagen war Möller nur ein Nachbar gewesen, der im Stockwerk unter ihr wohnte — und jetzt nahm sie Anteil an seinem Leben.

„Die Sache mit Sven und dir geht ihm an die Nieren", sagte Bertie „Möller mag dich, wusstest du das? Er mag dich wirklich."

„Er ist ein netter alter Mann."

„Er befürchtet, Sven könnte dir in deiner Wohnung auflauern. Ich habe ihn beruhigt, du und Olivia, ihr wärt bei mir."

„Trinkt, ihr Schönen", prostete der Bürgermeister ihnen zu.

„Das werden wir tun", versprach Bertie, und Nina flüsterte Bertie zu:

„Du lässt nichts anbrennen, was?"

„Weil ich die Bekanntschaft vom Bürgermeister gemacht habe? Ist immer gut, die Mächtigen zu kennen." Bertie mixte zwei Cocktails und ließ sich mit Nina auf der Couch nieder. Bertie schlug die Beine übereinander, zeigte die gebräunten Knöchel. Er wartete, bis Nina vom gereichten Cocktail getrunken hatte. Er sagte: „Es war Zufall, dass ich den Bürgermeister in der Oper getroffen habe. Hätte ich es gewusst, hätte ich Sophia überreden können mitzukommen. Sie hasst Klassik, aber sie mag Männer mit Macht." Jedenfalls hatte Bertie den Bürgermeister beim Sekt in der Pause angesprochen: Er wolle sich vorstellen, er sei Berater und Anwalt der künftigen Sozialsenatorin Nina Schmidt. — Oh, interessant, habe der Bürgermeister gesagt, er halte große Stücke auf Nina und begrüße es, wenn sie sich professionelle Hilfe suche. Außerdem habe er schon von Bertie gehört und ihn in der letzten Talkshow - wie hieß sie doch gleich? - gesehen. Bertie skizzierte dem Bürgermeister, wie er in der Stadt für Ordnung sorgen würde, als Anwalt habe er Expertise. Der Bürgermeister habe sich alles an angehört und häufig genickt. Etwas zu häufig für Berties Geschmack. Echtes Interesse beim Bürgermeister habe er erst registriert, als der Bürgermeister davon hörte, dass Bloggerin Sophia in Berties Fitnessraum darauf warte, dass die Oper zu Ende gehe und der Herr des Hauses zurückkehre.

Nina wusste nicht recht, ob sie Berties Polit-Networking in der Opernpause faszinierend oder abgeschmackt finden sollte. Jedenfalls war der Bericht lehrreich für eine Frau, die künftig mitspielen wollte. Und alles, was von Sven ablenkte, war sowieso gut für

Nina. Allerdings brachte Bertie - psychologisch wenig einfühlsam - die Plauderei auf Sven zurück:

„Du solltest deine Wohnung von der Polizei kontrollieren lassen. Nur um sicher zu sein, dass sich niemand versteckt. Der Bürgermeister wird veranlassen können, dass zumindest die Tage bis zur Wahl eine Wache abgestellt wird für die Sierichstraße."

„Worum geht's?" Breiten Schrittes, mit Cocktailblick, kam der Bürgermeister zum Sofa.

„Ich will nicht zurück", sagte Nina, nippte am Glas.

Bertie legte Nina die Hand auf den Unterarm. Den Bürgermeister ließen beide unbeachtet. „Das brauchst du nicht", sagte Bertie, „heute bleibst du hier."

Nina begann, den Alkohol zu spüren. Und Müdigkeit.

„Ich glaube, ich könnte ein Bett vertragen."

„Selbstverständlich", Bertie half ihr auf. „Wie konnte ich deine Zeit so lang beanspruchen und Opern reden. Über Opern reden."

„Alles gut, Bertie." Sie entschuldigte sich beim Bürgermeister, ging zum Arbeitszimmer, Bertie begleitete sie, während sich der Bürgermeister wieder Sophia zuwandte, die ihr Laptop aufgeklappt hatte.

„Olivia, kommst du?"

Keine Antwort, Bertie öffnete die Tür zum Arbeitszimmer:

„Wie süß. Schau mal."

Da lag Olivia auf dem schwarzen Ledersofa und schlief, wie einen Teddy hielt sie den Brieföffner umklammert.

„Kind, dir wird doch kalt", meinte Nina, hob Olivia vom Sofa, wollte sie ins Bett bringen.

„Das ist zu schwer", befürchtete Bertie.

„Du ahnst nicht, welche Kräfte eine Mutter hat."

Oben zeigte Bertie das kleinere Gästezimmer, welches für Olivia vorgesehen war. Alles sah picobello aus. Sie nahm Olivia den Brieföffner ab, legte Olivia ins Bett, deckte sie zu, gab ihr einen Kuss; Olivia schlief gleich weiter.

„Dein Zimmer ist nebenan."

Bertie ging wieder hinunter, und Nina hörte, wie er den Bürgermeister in ein cocktailbefeuertes Gespräch über Innenhöfe verwickelte. Bertie meinte, man müsse mehr solcher Innenhöfe schaffen. Mehr Clubs eröffnen und mehr Salons, in welchen man sich privat treffen könne. Da der öffentliche Raum unsicherer werde, verlagere sich das gesellschaftliche Leben ins Private, ob man wolle oder nicht. Da wäre es wichtig, wenn die Stadt sich an die Spitze der Bewegung stelle, statt ihr nachzulaufen. So entstehe eine Sogwirkung auf das Umland, Hamburg werde als Trendsetter positiv wahrgenommen.

Ihr eigenes Gästezimmer empfand Nina weniger picobello vorbereitet als Olivias. Der Lichtschalter war ohne Funktion, machte nichts, am Bett stand eine zweite Leuchte, erst mal langte das Licht aus dem Flur. Das Bett wirkte auf Nina benutzt, vielleicht aber war es nur nachlässig gemacht. Oder Sophia hatte hier ihre Bleibe gehabt und war auf die Schnelle umquartiert worden. Unter das Sideboard war eine Jacke geworfen. Neben einer leeren Obstschale lag ein metallicfarbenes Ding. Nina fragte sich, was das war, legte den Brieföffner ab ... das war der abgebrochene spitze Absatz eines Frauenschuhs. Vielleicht von Sophia? Nein, das glaubte Nina weniger, Metallic war aus der Mode, damit war man vor zehn Jahren herumgelaufen, auch die Form war wie von damals, kaum würde die modebewusste Sophia derartige Schuhe anziehen. — Mit einem Mal, da Nina den abgebrochenen Absatz in der Hand drehte, beschlich sie ein eigentümliches Gefühl,

Erinnerungen stiegen auf. Damals auf der Wiesn, mit Alexandra, mit Theo … Sven. Sie hatte solche Schuhe getragen. Metallicfarben, schon damals grenzwertig. Aber sie war jung, es war eine andere Zeit gewesen. Sie war eine andere gewesen. Der letzte Tag, der letzte Abend war das, an dem sie noch eine andere gewesen war. Dann kam Sven, lauerte ihr auf, überfiel sie, sie rannte davon, der Absatz brach ab … Ninas Gedanken gingen durcheinander.

Das war ihr Absatz.

War das ihr Absatz? Wenn ja, warum lag der hier?

Wer wollte sie damit verunsichern — oder verunsicherte sie sich selbst und alles war Einbildung, zu lang Verdrängtes stieg an die Oberfläche und verwirrte sie?

„Hallo Nina."

In ihrem Rücken hörte sie es. Nein. Das konnte nicht sein. Sven war nicht hier. Nina hielt die Hände an die Schläfen, kniff die Augen zusammen.

„Hallo Nina."

Es war keine Einbildung.

Die Finger waren keine Einbildung, die ihren Rücken berührten. Der gierige Mund nicht. An ihrem Hals. Die fremden Finger waren schon am Po, weiter herunter … sollten aufhören.

„Zier dich nicht so - aua!"

Sie stach mit dem Absatz nach Sven. Nicht noch mal, Sven. Diesmal nicht. Sven kriegte sie nicht, Olivia nicht, Nina nicht. Nina stach und boxte, der Mann wich zurück.

Sie bekam die Oberhand, anders als damals. Und sie setzte nach, er sollte es lernen, er war kleiner als Sven, es war nicht Sven, und die Kraft wuchs in ihr, da sie seinen Rückzug merkte.

„Ey, es reicht, ich hab's kapiert", sagte er. Der Mann wurde zur Memme und das stachelte Nina an. Sie warf den Absatz nach ihm.

„Ey, Alde, reicht jetzt."

Gar nichts reichte. Ein für alle Mal würde der Mann die Lektion bekommen, die sie ihm schon bei der Wiesn hätte erteilen sollen. Sie schlug und boxte, griff den Brieföffner, stach in das Dunkel, denn sie wollte nicht sehen und hielt die Augen geschlossen und stach immer wieder. Stach in die Stille … Stille, ja. Sie bedeutete Frieden und Erlösung. Es war vorbei.

„Mama, du machst Krach, ich kann nicht schlafen, bist du da drin?"

Nina dachte nicht. Gar nichts dachte sie in dem Moment. Sie funktionierte:

„Bleib draußen, Olivia."

Natürlich kam Olivia herein, wie Kinder das eben tun.

Auf dem zerwühlten Laken sah Olivia einen Mann, der sich nicht länger bewegte. Flecken von Blut färbten sein T-Shirt, rote Spritzer das Laken. Der Brieföffner, den Olivia vor einer halben Stunde benutzt hatte, steckte dem Mann im rechten Auge. Olivia kannte den Mann nicht. Auch Nina hatte den Mann, den sie gerade umgebracht hatte, nie zuvor gesehen.

„Oh", sagte Olivia, blieb auf der Schwelle stehen, schaute sich alles von dort aus an. „Ist der Mann tot?"

„Ich … ich glaube schon."

„Hast du ihn tot gemacht?"

Olivia guckte mit weiten Kinderaugen. Nina kam, hielt Olivia die Augen zu, bedeckte das Gesicht ihrer Tochter mit Küssen. Und sie ließ alles geschehen.

Kapitel 9

Von unten rief Bertie: „Gibt es ein Problem, ist etwas nicht zu eurer Zufriedenheit?" Er kam schon die Treppe herauf.

„Nein, nein, alles in Ordnung", sagte Nina, „bleib unten. Bitte!"

Berties Schritte beschleunigten sich.

Nina ließ ab von Olivia. Im Magen … als wenn Regenschirme darin aufgespannt würden … sie musste sich setzen. Nicht aufs Bett! Bis dahin schaffte sie es sowieso nicht … einfach auf den Teppich.

„Was ist los?", Bertie kam herein, „oh …" Er schob Olivia ins Zimmer, schloss die Tür, zu dritt waren sie nun. Bertie schaute, spitzte den Mund, kratzte sich am Ohr, schluckte.

„Ist der … tot?"

Nina saß und wimmerte, den Kopf in die Hände gesenkt.

Bertie ging zum Bett, hielt seinen Handrücken auf die Stirn des Toten, wollte die Temperatur fühlen. Es war die hilflose Reaktion eines medizinischen Laien auf die plötzliche Anwesenheit des Absoluten.

Allein stand Olivia immer noch an der Tür: „Aber ich war das nich'."

„Ach, Kleine", sagte Nina, fühlte sich wie betäubt, erhob sich dennoch, um Olivia in den Arm zu nehmen. Die instinktive Mutterliebe half Nina, aus dem ersten eigenen Schockgefühl herauszufinden und zu funktionieren. — An der Tür klopfte, bollerte es, der Bürgermeister sprach laut, aber noch nicht lallend:

„Läuft die Party ohne mich weiter?"

Bevor irgendeiner etwas sagen konnte, drückte der Bürgermeister die Tür auf, schob mit dem Türblatt Olivia beiseite, und hinter ihm hüpfte Sophia herum, im Fitnessdress, einen Schirmchen bekrönten Cocktail in der Hand. Über die Schulter des Bürgermeisters hinweg erhaschte Sophia einen Blick ins Zimmer und verschüttete sodann einen Teil ihres Drinks auf das Jackett des Bürgermeisters.

„Bah …!", machte der Bürgermeister. Nicht etwa wegen Sophias Missgeschick, das bemerkte er nicht. Sondern wegen des Toten.

Nun passierte Bemerkenswertes.

Natürlich ist der Tod an sich bemerkenswert. Aber für die Lebenden, die noch Jahre vor sich haben, oder glauben, noch Jahre vor sich zu haben: Für sie ist der Tod auch hinzunehmendes Faktum. Nichts können sie an ihm ändern. Aber die Reaktion auf die Anwesenheit des Todes, die Reaktion der anderen, sie ist das, was die Lebenden bemerken, sich merken sollten. Erst recht die Reaktion der Mächtigen. Denn sie haben die Möglichkeiten, das Leben der vom Tod noch Verschmähten zu beeinflussen.

Der Bürgermeister machte einen Schritt rückwärts. Kollidierte mit Sophia, das Glas klirrte zu Boden, Sophia kiekste.

„Ich bin nicht hier", sagte der Bürgermeister. Mit alkoholgetrübten Augen und klarem Blick. Dem Blick des Machtmenschen. Unsicher ging der Bürgermeister auf den Stufen hinab, aber er wusste sich festzuhalten und Sophias Gezeter zu ignorieren.

Nina suchte Berties Aufmerksamkeit, seinen Beistand … Bertie eilte aus dem Gästezimmer, lehnte sich über die Brüstung, auch er ignorierte Nina und rief: „Aber Herr Bürgermeister, so warten Sie … ich rufe ein Taxi … nur ein Unfall."

„Ich will nichts wissen." Der Bürgermeister stürmte aus dem Haus. Die Haustür ließ er offenstehen. Frische Luft strömte herein, nächtliche Wasserluft: eine Ahnung von Alster, vielleicht sogar Elbe.

Sophia wischte auf ihrem Handy. „Ich rufe den Notarzt." — Bemerkenswert nun auch Berties Verhalten, der seine ersten fahrigen Reaktionen überwand, die auch dem ausgefuchsten Anwalt im Angesicht des Absoluten passierten. Er nahm Sophia das Handy ab.

Verdutzt schaute sie. Keiner ihrer drei verflossenen Millionäre war so mit ihr umgesprungen wie dieser solariumgebräunte Mann mit den grauen Schläfen.

„Spinnst du?"

„Im Gegenteil. Der braucht keinen Arzt. Der Mann ist tot."

„Woher weißt du das?"

„Er hat meinen Brieföffner im Auge."

„Iiieh."

„Hast du doch gesehen."

„Aber wie du das sagst."

„Ich sage, wie es ist", er gab ihr das Handy zurück, „Wenn jemand meinen Brieföffner so im Auge hat …"

„Hör auf damit."

„… dann dürfte die Spitze im Stammhirn stecken. Da machst du keinen Mucks mehr und deswegen brauchen wir keinen Experten, um Leben zu retten," Bertie wischte auf dem eigenen Handy, „wir brauchen einen Experten für den Tod."

„Einen Pfarrer?"

„Möller brauchen wir."

Bertie hatte den alten Kommissar gleich am Apparat und die Nachricht von dem Toten hauchte Möllers neues Leben ein. In 30 Minuten wäre er da. — Durchchecken, Krankenhaus? — Keine Rede mehr davon, Möller fühle sich fit. Nie habe er sich besser in Form gefühlt seit seiner Pensionierung.

Und, übrigens, niemand solle irgendetwas anrühren.

„Ja, natürlich."

„Und keiner verlässt das Haus."

„Nein, natürlich nicht, niemand wird das Haus verlassen", antwortete Bertie im seriösen Bariton und hatte nicht gelogen.

Sophia kümmerte sich um Nina und Olivia. Die drei trösteten sich gegenseitig und am meisten brauchte Olivia den Zuspruch. Das Kind wirkte teilnahmslos und das besorgte Nina.

Der Bürgermeister dachte an seine Macht, Bertie an … ja woran? … Ein guter Anwalt ließ sich nicht in die Karten blicken. Nina dachte an Olivia, und wer wollte es ihr verdenken, welcher Herzlose oder Geschlechterrollenideologe wollte ihr vorwerfen, gerade keinen Gedanken an ihre Karriere zu verschwenden.

Allerdings, was man registrieren sollte, vielleicht kritisieren: Keiner kümmerte sich um die Leiche. Unbeachtet lag er auf dem Bett, obwohl sich eigentlich alles um ihn drehte, was die anderen taten. Vielleicht wurde er gerade deswegen mit Missachtung gestraft. Er erinnerte an die Endlichkeit und alle waren sehr damit beschäftigt zu leben, mehr noch als je zuvor.

Nur einer, einer der mehr Tote in seinem Leben gesehen hatte, als alle anderen im Haus, sozusagen ein Routinier des Todes, stellte die naheliegende Frage, gleich als er ins Gästezimmer trat. Die Frage, die keiner bisher gestellt hatte, kam von Möller und er guckte dem Erdolchten dabei ins unversehrte Auge:

„*Wer* ist das?"

„Keiner …? Keiner will etwas sagen? Wer ist das?"

Es war Möllers Nacht. Eine Nacht, wie man sie selten erleben darf, eine Nacht mit der gesamten Spannbreite, die das Leben zu bieten hat. Am Anfang der Nacht hatte Möller auf den kühlen Bürgersteigplatten gelegen, auf seiner Brust trampelte Gevatter

Tod; den verscheuchten Polizeimeister Jenner und Arzt Hartenstein. Der Tod zog weiter und fand, immer fand er ein neues Opfer. Weniger zwingend schien diesmal die Wahl des Opfers zu sein, dafür war sein Wille, zum Ziel zu kommen, nun eiliger und entschlossener als zuvor bei Möller. Möller war alt. Bereit ist man wohl nie, aber zum Alter gehört der Besuch von Gevatter Tod. Die Leiche auf dem Bett aber war jung. Unternehmungslustig sah die Leiche aus. So kam sie Möller vor. Obwohl eine Leiche nur noch wenig unternehmen würde, das wollte er zugeben. Trotzdem, der Bursche war unternehmungslustig, Möller war sicher, und zu gern würde er mehr über sein Leben erfahren. Möller mochte es, in fremde Leben einzutauchen, Ziele und Hoffnungen zu rekonstruieren, die manchmal, in der Rückschau, lächerlich klein auf die Überlebenden wirken konnten. Für den Menschen aber, der so unverhofft aus seinem Lebenskreis gerissen worden war, waren sie doch groß gewesen – genaugenommen zu groß für die Lebensspanne, die bei diesem Menschen knapper bemessen war, als er geahnt hatten.

„Okay", sagte Möller und beäugte den senkrecht steckenden Brieföffner, „wir wissen nicht, wer das ist. Aber die zweite Frage, die sich stellt, die werdet ihr beantworten können."

Er schaute Nina an. Er schaute Sophia und Olivia an. Schließlich Bertie, und dann erst stellte er die zweite Frage seit seinem Erscheinen im Gästezimmer:

„Wer hat das getan?"

Man schwieg.

Man schwieg sich an. Vermied es, sich dabei anzuschauen. Man kontrollierte die Fusseln auf dem Boden oder begutachtete die Schuhspitzen. Möller kannte das. Sie würden reden. Sie redeten immer. Später. Erst mal stellte er die dritte Frage:

„Gibt es Zeugen?"

Möller war in seinem Element. Er mochte es, wenn den Befragten die Fragen immer unangenehmer wurden. Wenn sie hart gestellt wurden, dann aber auf das Antworten nicht bestanden wurde. Denn sie antworteten. Alle antworteten. Ohne es zu merken. Möller beobachtete sie.

Nina, sie hatte er als starke Persönlichkeit kennengelernt. Er vertraute ihr, hatte sich vorgestellt, wie sie als Politikerin für die Stadt die Zukunft mitgestalten würde.

Sie war ein Häufchen Elend. Vernichtet von ihrer eigenen Tat.

Sie war es gewesen. Es war offensichtlich für Möller, sofort und innerhalb von Sekunden. Der Menschenverstand des Kriminalisten, über 30 Jahre lang trainiert, die eigenen Urteile, die sich aus satter Erfahrung speisten, längst keine Vorurteile mehr waren und so auch nicht diffamiert werden durften: Er funktionierte in entscheidenden Momenten, da die Delinquenten schwiegen und dachten, sich ängstigten und Ausflüchte zurechtlegten; da funktionierte der Verstand des Kriminalisten glatt und geschmeidig wie das Verschlussstück eines Gewehrs.

Olivia hatte etwas gesehen. Wahrscheinlich alles gesehen. Sie war der Prototyp eines Zeugen. Von ihr würde er alles erfahren. Vielleicht würde sie mauern, sie glaubte natürlich, ihre Mutter schützen zu müssen. Sie ahnte nichts von den Mitteln des Kriminalisten. Er würde sie ausquetschen wie eine Zitrone und hinterher, wenn er fertig war, wäre nur noch Mehl über. Zitronenmehl. Die Aussage wäre vor Gericht schwierig zu verwenden, aber dafür war sie auch nicht gedacht. Mit Olivias Wissen würde er die anderen knacken. Ach was, „knacken" klang schon zu hochtrabend. Als würden sie Schwierigkeiten und ihm Mühe machen. Im Gegenteil. Ein kleiner Tick nur von ihm, ein Hinweis von dem

Wissen, mit dem Olivia ihn gespeist hatte, und sie würden platzen wie überreife Pflaumen. Der Wissenssaft würde aus ihnen herausfließen. Der süße Saft, Geständnis genannt, sollte ihn milde stimmen, über ihre anfängliche Verstocktheit hinwegsehen lassen.

So war es immer, seit 30 Jahren. — Aber Möller würde Olivia aussparen. Er sah ihr den Schock an, den sie erlitten hatte. Seine Aufgabe war nicht, zu strafen oder in diesem Fall womöglich, einen jungen Geist zu beschädigen. Er bat Olivia hinauszugehen, im Zimmer nebenan zu warten.

Bertie war der schwierigste Kandidat. Fast ein Freund, ölig und sympathisch, intelligent und eitel. Auf dem Kiez hätte Möller auf die Eitelkeit gesetzt. Um Kopf und Kragen hatten sich Luden schon geredet, weil ihnen ihre Eitelkeit den Verstand benebelt hatte. Bei Bertie überwog die Intelligenz seine Eitelkeit, ihm wäre schwer beizukommen.

„Sophia, ich finde es gut, dass du dich um Nina und Olivia kümmerst."

„Das ist doch selbstverständlich."

„Du schläfst hier, wenn du bei Bertie zu Besuch bist?"

Bertie mischte sich ein: „Sophia, du brauchst —"

„Stopp", schnitt ihm Möller das Wort ab, „du rufst mich an, Bertie. Ich soll mal kommen. Dann lass mich auch machen. Sonst kann ich gehen und dir den Mist hier überlassen."

„Okay."

Sophia sagte: „Ich hab hier nicht geschlafen! Glaubst du, Bertie und ich, wir hätten etwas —"

„Ach", unterbrach Möller. „Wer dann? Wer hat hier geschlafen oder sollte hier schlafen?"

Sophia kam ins Stottern, was ungewöhnlich bei ihr war. „Ich meine, ich …"

„Also doch hier geschlafen?"

„Ich … ich … das ist doch gemein."

„Was soll der Tote erst sagen." Möller zog den Brieföffner aus dem Auge des Toten. „Das fand der bestimmt noch viel gemeiner."

„Ey, du darfst den Tatort nicht verändern", wusste Sophia. Sie hatte ihre Sicherheit schnell wiedergefunden.

„Nein, das darf ich nicht", sagte Möller, „das muss ich."

Bertie, der intelligente Bertie, fing an zu lächeln. Er begriff: Möller hatte eine Entscheidung getroffen. Die richtige Entscheidung.

Wichtiger als der Tod, der den Abschluss eines Lebens bedeutete und den Rückblick forderte, war das Leben, erst recht das junge Leben, das den Blick nach vorn richtete und die Hoffnung der Zukunft für sich hatte. So hatte Möller entschieden, auf eine Vernehmung von Olivia zu verzichten. Sie mochte zur Aufklärung der Umstände des Todes beitragen, aber ihre Einvernahme würde bei dem Mädchen womöglich Beschädigungen in der Seele zufügen, zusätzlich zu denen, die sie offensichtlich bereits heute Nacht erlitten hatte.

Die Entscheidung für Olivias Schonung klärte ebenso Möllers Blick auf Nina. Er hatte Nina zu helfen. Dagegen war es nicht seine Aufgabe, sie als Schuldige für was auch immer zu belasten. Sein Verstand sagte ihm, dass Nina den Unbekannten mit dem Brieföffner erstochen hatte. Der Beweis wäre noch zu erbringen, das Motiv interessant, ebenso die Identität des Toten. Aber entscheidend blieb: Möller war nicht länger Kommissar, er war Freund geworden. Zuerst hatte er Nina als Nachbarin wahrgenommen, sie hatte seine Aufmerksamkeit erregt, dann sein Wohlwollen. Als er sie in den letzten Tagen näher kennengelernt hatte, da war er sozusagen ihr Fan geworden. Er hatte gedacht, er würde sie wählen. Jetzt allerdings, da er sie so sah, war er unsicher, ob er sie wählen würde. Er hatte gedacht, sie wäre stark. Aber im Angesicht der Krise schien sie ihm nicht stark. Sie schaute im Zimmer umher, ihre Augen fanden kein Ziel, Sophia streichelte ihr über das Haar, flüsterte Tröstendes — und Möller war nicht länger Fan, aber er fühlte sich dafür umso stärker als ihr Freund. Als Freund hatte er Nina im Moment ihrer Verwundbarkeit beizustehen. Als Freund war sogar bereit, sich schuldig zu machen.

Einiges davon mochte der schlaue Bertie sich erschlossen haben, während Möller seine drei Fragen stellte, und deswegen lächelte Bertie.

„Das hier ist kein Tatort", erklärte Bertie, „versteht ihr?"

„Nein, verstehe ich nicht", maulte Sophia; Nina schwieg, sie schaute im Zimmer umher, an alle möglichen Stellen, nur den Blick aufs Bett vermied sie.

„Nina, fass bitte an", sagte Möller und legte den Brieföffner beiseite, „Sophia, du auch."

Zu dritt lösten sie das Bettlaken, auf welchem die Leiche lag. Sie warfen die losen Seiten über die Leiche, so dass der tote Körper halbwegs bedeckt war. Nina zitterte dabei, Möller bemerkte es.

„Danke", sagte er, „besser ihr geht hinüber zu Olivia und kümmert euch um sie. Denkt dran, ihr seid Mittäter geworden."

„Aber …", wollte Sophia protestieren.

Bertie sagte: „Mein Freund Cordt hat recht. Ihr habt den Tatort verändert."

„Aber du hast gesagt, es wäre kein Tatort, und er hat gesagt, wir sollen mit anfassen!"

„Genau das habt ihr getan", erwiderte Bertie. „Die einfachste Lösung, nun jeden Ärger zu vermeiden, ist zu schweigen. Jedem gegenüber. Was hier passiert ist, ist nicht passiert."

Nachdem die Frauen gegangen waren, fragte Möller: „Bertie, was ist hier passiert?"

„Ich habe keine Ahnung."

„Bertie. Bitte."

„Wirklich, ich weiß es nicht. Und Papiere hat er auch nicht."

Bertie legte den Kopf des Toten wieder frei. Die Männer betrachteten sein Gesicht. Das Leben hatte noch keine Zeit gehabt, Spuren zu hinterlassen.

„Ihm fehlen Haare."

„So ist das bei Männern."

„Hier", Bertie zeigte auf eine ausgedünnte Stelle bei dem Toten, „sieht aus wie ausgerissen."

Möller beugte sich näher heran und glaubte, Kratzspuren erkennen zu können, war aber unsicher. Das wäre eine Sache für das Labor.

„Wir müssten die Polizei informieren", sagte Bertie.

„Ja, müssten wir. Du hast Angst um deinen Ruf? Dann müssen wir es tatsächlich."

„Pah. Mein Ruf. Schlimmer kann er kaum sein. Glaubst du, ich weiß nicht, wie die Leute über mich denken? Aufschneider, Aufsteiger und so weiter. Schadet mir das? Es nützt mir. Je schillernder der Ruf, je größer die Nachfrage. Klienten wollen keinen Moralapostel als Anwalt, sie wollen einen Rambo. Sie wollen nicht Recht haben, sondern Recht bekommen. Und da ist ein Anwalt mit halbseidenem Ruf und Rambo-Image besser im Geschäft als der Anwalt mit Prädikatsexamen."

Möller fand den abgebrochenen Absatz neben dem Bett.

„Mir geht es weder um meinen Ruf, noch um Geschäftsaussichten. Ich habe ein Gewissen, auch wenn es kaum einer glaubt. Ich möchte das Richtige tun."

„Das möchte ich auch", sagte Möller, „Nina scheint aus uns das Beste herauszuholen."

„Manchmal kann man das Richtige nur dadurch tun, dass man das macht, was laut Gesetz das Falsche wäre."

Die Männer schauten sich an und wussten, dass sie sich einig waren. Bertie holte Klebeband.

„Wer mag das sein?", überlegte Möller, während sie das Laken straffer um den Toten zogen und mit Klebeband fixierten.

„Ich bin sicher, wir werden es erfahren."

„Auch, ob es Mord oder Totschlag war?"

„Würde es etwas daran ändern, dass wir Nina schützen wollen?"

„Sie war es also?"

„Ich weiß es nicht, Cordt. Ich bin erst hochgekommen, da war es schon passiert. Auch wenn es Totschlag gewesen sein sollte, es gäbe einen hässlichen Prozess, sie wäre erledigt."

Die zwei Männer wurden fertig mit dem Verpacken. Möller überlegte: „Olivia wird es gesehen haben."

„Kann sein. Aber kann man nicht wissen. Die Aussage eines Kindes wäre vor Gericht wenig wert. Was ich weiß, wir werden irgendwann erfahren, wer der Tote ist. Jemand wird den Toten schließlich vermissen."

„Wenn nicht den Toten, dann das hier", sagte Möller.

Er hatte die Jacke unter dem Sideboard entdeckt und aufgehoben. Dabei purzelten Bündel von Euronoten aus den Jackentaschen und ein Handy.

Im Gästezimmer nebenan fragte Olivia: „Ist der Mann tot, Mama?"

Nina und Sophia schauten einander an.

Welche Antwort war zu geben? Eine Mutter musste eine Antwort haben, und erst recht Nina. Sie war Mutter und Vater zugleich. Nina fühlte sich überfordert. Ihr Mund öffnete sich, schloss sich.

„War das böse, was Mama getan hat?", wandte sich Olivia an Sophia, da die Mutter keine Worte fand.

Nun sprudelten Nina die Worte hervor, bevor Sophia etwas sagen konnte. „Es war ein schrecklicher … schrecklicher Fehler, Kind."

„Wirst du jetzt bestraft, Mama?"

Darüber hatte Nina sich bisher keinen Gedanken gemacht. Wenn alles mit rechten Dingen zuging … würde sie eine Strafe bekommen. Und ihre Kandidatur als Senatorin … wie weit weg das war.

„Ich will aber nicht, dass du bestraft wirst, Mama. Du bist doch so lieb."

„Das ist lieb von dir gesagt." Nina strich Olivia über den Kopf. Sie saßen auf dem breiten Bett des Gästezimmers, welches Bertie für Olivia vorgesehen hatte. Nebenan waren Möller und Bertie und … die Leiche. Nina schüttelte sich.

„Was hast du, Mama?"

Nina fehlten die Worte und Sophia sprang ein: „Deine Mutter ist …", Sophia suchte den richtigen Ausdruck, „… sie ist durch den Wind."

„Durch den Wind?"

„Sie ist erschöpft."

„Hat Mama dem Mann den Brieföffner ins Auge gestochen?"

„Ich … ich weiß es nicht, aber wenn sie es getan hat, dann bestimmt, weil der Mann ihr auch etwas sehr Böses tun wollte."

„Dann darf man das? Aber es sah nicht schön aus."

Das Merkwürdige war, so fiel es Nina auf, dass Olivia derart nüchtern sprach. Als ließe sie das schreckliche Geschehen, was sie gesehen hatte, nicht an sich heran. Oder Olivia erfasste es nicht. Als wäre ein Schutzmechanismus in dem Kind, der darauf achtete, dass vom kindlichen Verstand nur das begriffen wurde, was er auch ertragen konnte.

„Man darf das nicht, Olivia. Jemandem ins Auge stechen.", sagte Nina und dann, mit einem Mal, drängte es aus ihr heraus, ihrem Kind gegenüber, dem eigenen Fleisch und Blut, die Wahrheit zu sagen. „Ich habe es getan, Olivia …", Nina herzte Olivia, „… es war schrecklich." — War es das? Hatte sie etwas gefühlt im Augenblick der Tat? Sie würde es nicht beschwören können. Aber danach … danach stürzte alles auf sie ein. Und nun, es mochte eine halbe Stunde vergangen sein seitdem, sie konnte es so genau kaum sagen, da war es ihr, als ob immer noch mehr Regenschirme in ihrem Magen aufgespannt würden. Als wenn der Magen platzen wollte und da ihm das nicht gelang, wollte der Mageninhalt oben heraus, und Nina bemühte sich, es wieder herunterzuschlucken. Das gab ein würgendes Geräusch.

„Ich glaube, wir lassen deine Mama jetzt in Ruhe." Behutsam löste Sophia das Mädchen von Nina. „Wenn etwas wirklich Schlimmes passiert ist, kann man es kurz danach nicht erklären."

„Hast du auch schon mal etwas Schlimmes gemacht?"

„Äh? Nein. Ich glaube nicht."

„Warum weißt du dann, dass Mama Ruhe braucht?"

„Lass gut sein", Nina holte Olivia zurück auf den Schoß. Sie beide gehörten zusammen. Gerade jetzt wollte sie Olivia bei sich haben, mehr als je zuvor. Nichts sollte sie trennen, Olivia war das Wichtigste in ihrem Leben. Da sie auf der Bettkante saßen, einander umklammernd, da fühlte sich Nina eins mit ihrer Tochter. Liebe umhüllte und durchdrang sie beide.

So jedenfalls dachte Nina und beruhigte sich.

Dann hob Olivia den Kopf und fragte Nina: „Könnte ich auch jemanden tot machen?"

„Wie kommst du darauf?!"

„Weil du hast doch auch so was gemacht."

Das war der Moment, da Nina erkannte, was sie angerichtet hatte.

Sie hatte einen Menschen getötet. Sich bis jetzt nicht gefragt, wer er war, kein Mitleid gehabt, sich nicht weiter mit ihm beschäftigt.

Aber er hatte doch Schuld.

Er war sie angegangen.

Sie konnte weitere Entschuldigungen finden. Es war zu wenig Licht gewesen. Dann die Überraschung bei ihr. Und die Vergewaltigung vor neun Jahren, sie hatte den Eindringling mit Sven verwechselt, eine blöde Verwechslung …

All das waren nachgeschobene Erklärungen. Letztlich waren es Ausflüchte. Sie hatte Schuld auf sich geladen, und wie sollte man solche Schuld jemals entschuldigen. Bestimmt nicht mit ihren pseudorationalen Erklärungsversuchen. — Olivia hielt Nina den Spiegel vor: Fragte allen Ernstes, ob man tötete, wenn man stritt, ob es der nächste Schritt wäre. Nicht nur auf ihr eigenes Haupt hatte Nina Schuld geladen. Sie war verantwortlich für Olivia, trug zusätzlich die Schuld, wenn ihr Kind dachte, in einem Streit dürfe man in letzter Konsequenz einen Mann auch töten.

Nina schluchzte auf, und es kamen die Tränen. Mit einer halben Stunde Verspätung kamen die Tränen. Nina hatte sie bisher nicht zurückgehalten, sie hatte nicht mal an das Weinen gedacht. Aber nun, da sie Teile von dem begriff, was sie angerichtet hatte und was das für Auswirkungen hatte, da fing sie an zu weinen.

Sophia stand auf: „Was wohl die Herren der Schöpfung machen. Was auch immer sie vorhaben. Glauben, die Schlausten zu sein. Dabei sind es nur Affen. Von Instinkten gesteuert. Streiten sich um die größte Banane, klopfen sich auf die Brust … ach, ist ja auch egal … Was ist denn mit euch los?"

„Mama weint."

„Das sehe ich."

Olivia rutschte Nina vom Schoß, und Nina ließ sich auf das Bett sinken. Ihr Körper wurde von Schluchzern geschüttelt, die Hände hielt sie vor das Gesicht.

„Wir lassen deine Mama einen Moment in Ruhe", meinte Sophia und ging auf die Knie, um auf Augenhöhe mit dem Kind zu sein. „Die nächsten Tage wird Mama viel zu tun haben, denke ich. Kannst du irgendwo hin?"

Olivia, in ihren Augenwinkeln war es feucht geworden, zog die Schultern zusammen, reckte den Kopf, die Lippen wurden schmal. Tapfer sagte sie: „Vielleicht könnte ich zu Herrn Sven. Der war die letzten Tage da, auch in der Schule. Eigentlich ist er nett. Nur einmal hat er mir Angst gemacht. Nur ein bisschen aber. Das geht schon."

„Nein!", meldete sich Nina vom Bett. Sie saß kerzengerade.

Und Sophia meinte: „Ich glaube, das ist noch nicht die perfekte Idee."

Was für eine teuflische Wendung wäre das, wenn sich Olivia Sven zuwenden würde. Nina ginge ins Gefängnis, da sie einen

Unbekannten erstochen hatte, und Olivia geriete unter Svens Einfluss.

„Ich könnte zu Daryna."

Natürlich, das war die richtige Lösung, die Olivia da vorschlug. So naheliegend. Nina zwang das Panikgefühl nieder, da sie sich ausgemalt hatte, ins Gefängnis zu müssen und Olivias Liebe zu verlieren. — Möller und Bertie waren nebenan dabei, eine Lösung zu finden oder zu konstruieren. Nina war es egal, was sie anstellten, Hauptsache: Alles würde wieder gut oder zumindest fast gut. Darynas Unterstützung passte da genau hinein. Alles sollte wieder gut werden.

Ninas Handy lag im anderen Zimmer, sie lieh sich das Handy von Sophia und rief Daryna an. Die war allerdings wenig erfreut, mitten in der Nacht aus dem Schlaf geklingelt zu werden. Mehrmals entschuldigte sich Nina für ihre Gedankenlosigkeit, um dann mit dem Anliegen herauszurücken, „Könntest du Olivia die nächsten Tage betreuen oder ganz zu dir nehmen? Ich habe gerade viel um die Ohren."

„Du meinst die Endphase deiner Wahl?"

„Äh, ja, genau."

„Ich mache das nicht mehr. Ich habe gekündigt, weißt du doch."

„Aber gestern, da hast du Olivia doch noch genommen?!"

„Nur aus Gutmütigkeit. Aber ich habe jetzt eine neue Stelle."

„Eine neue Stelle?"

„Ich bekomme sogar Papiere."

„Eine Stelle, bei wem?"

„Weiß nicht. Ein Labor … *NatalGen*."

„Wie bist du da drangekommen?"

„Ein netter Mann … ich habe ihn kennengelernt. Sven hat mir gesagt —"

„Sven?!" Nina war alarmiert. „Wie sah er aus, dein Sven? Wie sah er aus?"

Hatte Bertie seinem Freund Möller verschwiegen, dass es mit dem Bürgermeister einen weiteren Mitwisser gab, so hatte Möller seinen Freund Bertie im Unklaren darüber gelassen, wohin er die Leiche zu bringen gedachte.

Bertie, ganz der schlaue Anwalt, hatte allerdings auch darauf verzichtet, danach zu fragen. Den Rolls Royce wollte er für den Transport nicht herausrücken, der wäre zu auffällig, meinte er und Möller sah das ein. Zudem, nach fünf Jahren würde Möller das erste Mal wieder hinter dem Steuer eines Autos sitzen — und dann gleich Verantwortung für einen so teuren Wagen übernehmen: Das hätte ihn zusätzlich nervös gemacht.

Innerlich lachte Möller auf. — Dachte er gerade tatsächlich darüber nach, wegen eines teuren Autos nervös zu werden? Sollte ihn nicht eher nervös machen, dass er gleich einen Toten in einem blutverschmierten Laken quer durch Hamburg transportieren würde? Es war überraschend, welche Schwerpunkte das Unbewusste setzte.

Bertie riss Möller aus seinen Gedanken und sagte: „Haben wir gar kein schlechtes Gewissen?" Um die verpackte Leiche an den Rand der Matratze zu bringen, zerrte er an ihrem Fußende, ließ dann ab, um zu verschnaufen. Immer noch hatte Bertie das Jackett vom Opernbesuch an; nun lockerte er die Krawatte, weitete auch den Kragen. „Was mochte der Typ für ein Leben gehabt haben?"

„Ein kurzes."

Möller sprach schnippisch. Das war weniger die Schutzreaktion eines Menschen, der befürchtete, gerade etwas Falsches zu tun und sich nicht weiter darüber auslassen wollte. Es war eher Ausdruck Möllers derzeitiger, merkwürdiger Stimmung. Es gelang ihm nicht, Mitleid zu empfinden, sich in den Mann hineinzuversetzen, den sie da gerade in Berties Gästebettleinen gewickelt und mit Klebeband fixiert hatten. War Möller ein Scheusal, weil er kein Mitgefühl aufbrachte? Oder war er eine Maschine, die einfach funktionierte, da es gerade erforderlich war? Wie die Menschheit Maschine war, die seit Zehntausenden von Jahren funktionierte und immer weiter funktionierte: in die Zukunft gerichtet, auf den Fortbestand des Lebenden, die Toten zurücklassend?

Die Leiche lag transportbereit am Rand der Matratze.

Möller sagte: „Willst du schauen, wie es den Frauen geht?

„Du meinst, ich soll ihnen sagen, sie möchten nicht gerade jetzt herauskommen, wenn wir den Toten abtransportieren?"

„So ähnlich."

Bertie aber machte etwas anderes. Er schloss Nina, Sophia, Olivia kurzerhand ein. Als die drei Frauen hörten, wie sich der Schlüssel im Schloss drehte, war es Sophia, die reagierte:

„Schließt ihr uns etwa ein?"

„Wie kommst du darauf?"

Sophia rüttelte an der Tür.

„Natürlich schließt du uns ein."

„Zu eurem Schutz."

„So 'n Quatsch. Schutz wovor?"

Da Bertie, was selten genug vorkam, keine sofortige Antwort parat hatte, legte Sophia nach: „Du gemeiner Kerl, du bist genau wie die anderen."

„Ach was."

„Genauso gemein." Ihre Stimme zitterte, als wäre da echte Enttäuschung. Bertie sagte: „Das glaub ich dir sofort. Darum hast du dich doch mit mir eingelassen. Weil ich zu leben verstehe, weil ich Stil habe und Millionen. Genau wie deine Verflossenen."

„Du gemeiner Kerl!"

„Und das magst du auch."

„Was?"

„Dass ich weiß, wie eine Situation zu handhaben ist, und sei es auf die gemeine Art."

„Blödmann." Ihre Widerworte wurden schwächer. In der Lautstärke wie in ihrer Gedankenschärfe.

Bertie kam zurück ins Totenzimmer.

„Alles klar?", fragte Möller, griff dem Leichenpaket unter die Schultern.

„Sie liebt mich."

„So hört es sich an."

„Ich bin mir jetzt sicher."

„Wenn ich das mal wäre."

„Kopf hoch, Cordt. Du hast dich richtig entschieden."

Sie trugen den Toten nach unten, wobei Möller das Bündel schwerer vorkam als gedacht. Es war schwer zu greifen. Das Leinen rutschte. Daran lag es. Oder daran, dass Möller alt wurde. Alt war.

Kurz darauf saß Möller hinter dem Steuer eines unauffälligen Kleinwagens, die Leiche hatten sie in den Kofferraum gequetscht. Bertie hatte den Kleinwagen beschafft, „geliehen" von seiner Sekretärin Sandra, die davon nichts ahnte. Sandra wohnte in Winterhude, ihren Wagen ließ sie während der Arbeitstage bei Bertie stehen und nahm stattdessen die U-Bahn, da es in Winterhude zur Feierabendzeit nahezu unmöglich war, einen Parkplatz in der Nähe zu finden.

Unbehelligt kurvte Möller durch die nächtliche Stadt. Es war geringer Verkehr, Ampeln waren abgeschaltet, es ging gut voran.

Ob er wirklich richtig entschieden hatte?

Über 30 Jahre hatte er treu zum Staat gestanden, er hatte jedes Gesetz befolgt, sich zumindest bemüht. Er hatte es gegenüber anderen durchgesetzt. Jetzt aber übertrat er es. Mit vollem Wissen und schlechten Gewissen. Das Gesetz schien ihm für diesen Einzelfall, für Nina, nicht gemacht zu sein. Kein Gesetz konnte alle Einzelfälle gerecht abdecken. Und wenn so ein Einzelfall auftrat, den das Gesetz nicht bedacht hatte, da es das große Ganze bedenken musste, da kam es auf den Einzelnen an, der all seinen Mut zusammennahm, seine kleine Existenz in die Waagschale warf, um es mit dem Gesetz aufzunehmen, die andere Seite, die Seite des Individuums zu beschweren, so dass sich die Waage ausglich, beide Seiten zu ihrem Recht kamen.

Kaum wahrgenommen von Nachbarn, schon vergessen im Polizeipräsidium, dessen Präsident er doch ursprünglich werden sollte: Seine kleine Existenz mit Etagenwohnung, Putzfrau und Pension war auch Vorteil, sobald er sich ihrer bewusst wurde. Er war nun 65 Jahre alt. Auf zwanzig weitere Jahre durfte er noch hoffen, wenn es gut lief. Zwanzig Jahre, die er vor dem Fernseher verdämmern würde oder damit, aus dem Fenster zu schauen, vielleicht auch mit Ermittlungen gegen Trude, die seinen Weinbrand trank und Wasser nachfüllte. Vielleicht würden es auch nur zehn Jahre sein, wenn er bedachte, wie knapp er an einem Herzinfarkt vorbeigeschrammt war und wie schwer es ihm gefallen war, die Leiche die Treppe herunterzutragen. Nicht das moralische Problem hatte ihm die Arme lang werden lassen, sondern das pure Gewicht des Toten.

Wieviel Zeit auch immer ihm noch blieb, seine Ideen, wie er sie verbringen könnte, begeisterten ihn kaum. So gerieten die Sanktionen, die der Staat androhte, wenn er das Gesetz überträte, fast zu Verlockungen. Dem Staat fiel es schwer, alten Menschen, die bei klarem Verstand waren, Angst einzujagen. Das Gefängnis wurde zur interessanten Erfahrung, ein Prozess zur Liveshow, in welcher man selbst die Hauptrolle spielte. Die Kosten für Anwalt und Verfahren? Wen sollten die sorgen, wenn das Ende des Weges nahe war? Der Tod beglich jede Rechnung.

Er fuhr in die Sierichstraße ein. Jedes Haus kannte er hier. Wie immer in der Nacht waren alle Möglichkeiten zum Abstellen der Autos auf beiden Seiten der Straße von den heimkehrenden Anwohnern ausgenutzt worden. Einige Parkplätze waren von der Stadtverwaltung über die Jahre durch Poller oder Metallbügel unbrauchbar gemacht worden.

Wie gedacht und erhofft: Möller entdeckte Svens Wagen, Jenner hatte von ihm gesprochen.

Es stand direkt unter dem Haus, in welchem sich Möllers Wohnung und die Wohnung von Nina und Olivia befanden.

Um sicherzugehen, verglich Möller das Nummernschild des Fahrzeugs mit den Angaben, die Jenner ihm geschickt hatte. Die Nummern stimmten überein. Bingo.

Aber wo sollte Möller mit Sandras Auto parken?

Paketfahrer, Taxifahrer, junge Burschen mit rustikalem Kulturhintergrund parkten in zweiter Reihe. Möller jedoch steckte der Weißbrotpolizist in den Knochen und das Zweite-Reihe-Parken brachte er nicht über sich. Außerdem, so redete er sich heraus, wäre es auch zu auffällig.

Möller fuhr einmal um den Block. Als er erneut an Svens Wagen vorbeikam, hatte sich an der Parksituation nichts geändert.

Also kurvte er ein zweites Mal. — Die Situation blieb unverändert. Es war auch unwahrscheinlich, dass ein Anwohner nachts aufstand und einen Platz freimachte. Sinn der Sache konnte nun kaum sein, den Rest der Nacht im Kreis zu fahren. Sowieso, sagte sich Möller, war es irrational, eine dreiste Aktion, wie das Umladen einer Leiche, abzuziehen und sich zugleich darüber Sorgen zu machen, die Straßenverkehrsordnung wegen Parkens in zweiter Reihe zu übertreten.

Also stellte er Sandras Kleinwagen neben Svens Auto und zwar so, dass der Kleinwagenkofferraum möglichst dicht am Heck des Wagens platziert war. Schließlich musste er beim Umpacken der Leiche auf Berties Hilfe verzichten.

Möller machte sich ans Werk.

Zunächst war das Kofferraumschloss von Svens Wagen dran. Es war abgeschlossen, das dürfte aber kein zu großes Hindernis sein. Möller hatte einen Autoschieber in den vergangenen zwanzig Jahren dreimal in Santa Fu einfahren lassen. Zwischen ihnen war über die Jahre so etwas wie eine Respektsfreundschaft entstanden, und nachdem der Schieber die dritte Haftstrafe abgesessen hatte, traf man sich auf einen Kaffee: Er wolle ehrlich bleiben, aber müsse Geld verdienen. Nun jobbte er bei der Tankstelle eines Freundes und um das karge Entgelt aufzubessern, hatte er Möller fortan Tipps gegeben. Als Bonus hatte er Möller in das kleine Einmaleins eines Autoknackers eingeführt. Möller hatte sich als kaum talentiert herausgestellt, aber Kofferraumschlösser älterer Baureihen waren Einführungsübungen gewesen. — Mit einer Ahle, die Möller seitdem am Schlüsselbund mitführte, gelang es ihm nun, das Schloss zu öffnen. Svens Kofferraum war leer und geräumig. Möller malte sich Svens Überraschung aus, wenn er den Kofferraum öffnete und sein neues Problem entdeckte. Das sollte ihn beschäftigen. Ihm würde kaum noch Zeit bleiben, Nina nachzustellen …

Zusätzlich könnte Möller einen anonymen Tipp geben, zum Beispiel dem cleveren Polizeimeister Jenner. Aber das wäre schon ziemlich unfair, Möller würde es sich noch überlegen. Unfair war allerdings bereits, einem anderen eine Leiche in den Kofferraum zu legen. Die Leiche eines Mannes, der offensichtlich eines unnatürlichen Todes gestorben war.

Nun kam der herausfordernde Teil der Aktion. Möller sah sich um. Es war die Zeit vor der ersten Ahnung des Morgens, kein Mensch bewegte sich auf den Bürgersteigen. Selten fuhr ein Auto, immer mit überhöhter Geschwindigkeit. Die Nacht gab den Fahrern ein freies Gefühl, wirklich frei machte sie jedoch nicht. Aber schon die Ahnung der Freiheit reichte den Empfänglichen, um Seele und Auto fliegen zu lassen.

Möller wuchtete die Leiche über die Ladekante des Kleinwagens. Der Tote war steifer als beim Einladen, das machte die Aktion schwieriger.

Noch mal sah Möller sich um … ließ einen Transporter vorbeibrummen, dann zog er das Menschenpaket endgültig heraus, dumpf schlugen die toten Beine auf den Straßenbelag, zwei Meter gezogen, noch mal geschaut, auch in die dunklen Fenster der verschiedenen Etagen, niemand war zu sehen, alles schlief. Dagegen war Möller richtig am Arbeiten. Schweiß stand ihm auf der Stirn, als er den toten Menschen in den Kofferraum von Svens Auto hob. Die Ladekante war höher als beim Kleinwagen, das Laken, das den Toten umhüllte, riss ein. Möller ließ ab, die Leiche hing halb draußen, halb im Kofferraum. Klebeband hatte Möller mitgenommen, holte es und flickte … endlich waren zwei Drittel der Leiche drin, aber die Gummimatte auf dem Boden des Kofferraums verhinderte ein weiteres hineinrutschen des Körpers; Möller zupfte an der Matte, erst mit einer Hand, dann mit beiden Händen, wobei er die Beine des Toten auf seiner Schulter balancierte … das musste doch jetzt klappen …

Aus dem gegenüberliegenden Hauseingang stürmte Jason Bongarts auf den Bürgersteig.

Möller erstarrte vor Schreck, die Schenkel der Leiche lagerten auf seiner Schulter, ihre Füße überragten seinen Kopf. In einem Wettbewerb, wer sich jemals am offensichtlichsten und dämlichsten auf frischer Tat ertappt fühlte, hätte Möller einen der vordersten Plätze eingenommen.

Aber Bongarts schien den erstarrten, mit sich hadernden Möller nicht zu bemerken, Bongarts lief zu seinem Auto, die Augen geradeaus. Schnell überwand Möller seine Erstarrung und ließ den Rest der Leiche im Kofferraum verschwinden.

Es war aber auch kein Wunder, dass Jason Bongarts den auf der anderen Straßenseite hantierenden Möller nicht bemerkte. Bongarts' Frau hatte ihrem Mann die Hölle heißgemacht. Das Paket für die Tochter stünde noch unten zwischen den Autos. Nach Stunden fiel ihr das ein, und sie sagte es so, als wäre das vergessene Paket die Schuld ihres Mannes. — Dabei hatte sie es genauso vergessen wie er. Weil der gestrige Abend so aufregend verlaufen war, nachdem sie das Paket aus dem Auto geladen hatten. Immerhin hatte der Bürgermeister sie danach leibhaftig besucht.

Natürlich sah seine Frau das alles nicht ein und manchmal - auch jetzt auf dem Bürgersteig - fragte Bongarts sich, warum er das alles auf sich nahm. Die Überstunden, den Ärger dazu im Büro, die allabendliche Parkplatzsuche, die Steuern, die Flüge in teure Freizeit-Resorts, die seine Frau erwartete, und die sie natürlich unternahmen.

Gott sei Dank: Da stand das Geburtstagspaket für seine Tochter, lustig verpackt. Wegen seiner Tochter, deswegen nahm er das alles auf sich. Nun, da er das Paket sah, war es ihm sofort wieder klar. Die kleine Tochter war sein Ein und Alles. Ihr gemeinsames Ein und Alles; auch seine Frau, das gestand er zu, liebte das Mädchen. Doch, sie waren eine glückliche Familie, so glücklich wie man erwarten durfte, zu werden, wenn man sich mit normalen Maßstäben begnügte. Und Jason Bongarts war weise genug, die normalen Maßstäbe für sich als ausreichend zu erachten. Legte man andere an … er wollte nicht weiter darüber nachdenken.

Die ganze Zeit, ohne es recht wahrgenommen zu haben, da er in seinen eigenen Gedanken versunken war, rödelte dort auf der anderen Seite ein alter Mann mit Halbglatze … war das der Nachbar von drüben, konnte das sein, den man sonst kaum zu Gesicht bekam, der einen bei den seltenen Begegnungen, die man hatte, mit so durchdringenden Augen musterte, dass einem sämtliche Sünden einfielen, die man leider nie begangen hatte?

„Guten Morgen", rief Jason Bongarts hinüber. „Neues Auto? Und gleich so was Schweres zu verpacken. Was is'n das?"

Der alte Mann schlug die Kofferraumklappe derart schnell zu und brachte dabei seine linke Hand nicht rechtzeitig in Sicherheit, dass er mit der Klappenkante die Fingerknöchel erwischte.

„Auuutsch!"

Kapitel 10

Wenn die Sonne aufgeht, können einem Ereignisse der vorigen Nacht unwirklich vorkommen. Als ob sie nicht stattgefunden hätten. Eigentlich weiß man, dass sie passiert sind. Aber man trifft mit sich selbst eine Vereinbarung: In den nächsten Stunden betrachtet man die Ereignisse der Nacht als bösen Traum. Den harten Tagesstunden überlässt man es, den Traum zum Abbröckeln zu bringen. Bei Nina funktionierte es so. Am Morgen hatte sich ihr Befinden stabilisiert. Noch in der Nacht hatte Bertie ihr versichert, er und Möller würden alles unternehmen, dass der Todesfall im Gästezimmer sie nicht in Schwierigkeiten brächte und zusätzlich würde Möller sich Sven vorknöpfen: Niemals mehr werde Sven in die Nähe von Olivia gelangen. Nina solle nicht mehr über den Toten und über Sven grübeln, sondern sich schlafen legen.

Tatsächlich schlief Nina gut und lang, und als sie erwachte, stand die Sonne bereits hoch und das Haus war leer. Nina sah Olivia neben sich liegen, noch friedlich schlafend, und ein Glücksgefühl durchströmte sie. Heute würde sie Olivia nicht zur Schule schicken. Sie wollte mit Olivia zusammen sein, schauen ob alles in Ordnung war zwischen ihnen. Sie würde die Schuldirektorin deswegen anrufen, eine Ausrede für den Fehltag erfinden. Leise stand Nina auf, geradezu euphorisiert begann sie den Tag. Es war, als wäre die Nacht weggewischt, und alles erschien wieder gut zu werden.

Es war ein Trugschluss.

Als Nina aus dem Bad kam, blinkte auf dem Display ihres Handys eine SMS vom Bürgermeister.

Du bist raus. Sorry.

Zwanzig Minuten später verließ Nina mit Olivia an der Hand Berties Stadtvilla. Nina wollte in die Stadt, zum Bürgermeister. In der U-Bahnstation Rathausmarkt stieg sie mit Olivia aus. Nina war in aufgekratzter Stimmung. Empört darüber, wie der Bürgermeister sie behandelte. Gleichzeitig sprühte sie vor Unternehmungslust und oberflächlichem Optimismus. Es war die Übersprunghandlung eines Geistes, der versuchte, die Geschehnisse der Nacht zu verarbeiten.

Nur weil die quengelnde Olivia darauf bestand, nahmen sie bei einem Bäcker in der U-Bahnstation noch ein Frühstück ein. War Olivia bisher den Morgen über mürrisch gewesen und hatte sich über den unplanmäßig freien Schultag nicht näher ausgelassen, wurde sie nun gesprächiger, was Nina erleichterte. Olivia wollte wissen, warum ihre Mama sie nicht in die Schule schickte. Das wäre das erste Mal und sonst lege Nina immer so großen Wert darauf, dass Olivia regelmäßig zur Schule gehe. Nina versuchte, das zu erklären, was aber schwierig war. Nachdem sie ihre Croissants aufgegessen, Kaffee und Saft getrunken hatten, drängte Nina zum Aufbruch; sie wollte in die Herzkammer der Stadt, in das Amtszimmer des Bürgermeisters, um den höchsten Würdenträger der Stadt zur Rede zu stellen.

„Aber da können Sie nicht einfach so herein", protestierte die Vorzimmerdame, eine 30-jährige Studierte mit festem Schuhwerk und ebensolchem Blick.

Nina ließ sich nicht irritieren, hielt Kurs auf dem Parkett, das über die Jahre die Farbe von Bernstein angenommen hatte, die es unter den Sohlen von Bürgermeistergrößen wie Max Brauer, Kurt Sieveking, Paul Nevermann gedient hatte.

„Olivia, du setzt dich da vorn hin und rührst dich nicht."

Nina marschierte in das Amtszimmer des Bürgermeisters. Es war dunkel getäfelt, Kronleuchter hingen an der Decke, durch die Scheiben hatte man einen First-class-Blick auf den Rathausplatz.

Bei Ninas Eintreten erhob sich hinter einem Ungetüm von Schreibtisch der Regierende Bürgermeister.

„Nina, wie schön!"

Zu den breiten Revers trug der Bürgermeister sein bekanntes Grinsen und zeigte Zähne, die gern zubissen.

Im schweren Besuchersessel vor dem Schreibtischt des Bürgermeisters saß Bertie. Die Beine hatte Bertie übereinandergeschlagen, die Arme behaglich auf die Seitenpolster gelegt. Nina war überrascht, Bertie zu sehen. Aber sie stutzte nur kurz, nickte Bertie wortlos zu und sagte dann zum Bürgermeister: „Ich will meinen Posten zurück."

„Was für einen Posten?", erkundigte sich der Bürgermeister.

„Den der Sozialsenatorin."

„Stimmt, das wolltest du werden."

„Ja!"

„Aber ich habe dich von der Liste gestrichen."

„Ohne Begründung."

„Die willst du nicht wissen."

„Und ob ich die wissen will."

„Nina", mischte sich Bertie ein.

„Lass mich. Ich habe zu lange dafür gekämpft, die Chance zu bekommen."

„Zu lange gekämpft? Du bist keine 30", mischte sich Bertie wieder ein. „Du wirst noch viele Chancen bekommen. Weil wir uns darum bemühen."

„Ihr … so wie ich das sehe, serviert ihr mich gerade ab."

Der Bürgermeister sagte: „Genau das tun wir. Damit du uns nicht mit in die Tiefe ziehst. Schon vergessen? Du hast Niccolo umgebracht."

„Niccolo?" Den Namen hatte sie nie gehört.

Sie war darauf vorbereitet gewesen, dass sie ihr den Toten vorwerfen würden. Was auch richtig war. Sie hatte einen Fehler gemacht. Sie stand dazu. Naja, fast jedenfalls. Bertie und Möller hatten etwas arrangiert, sie waren dabei, die Sache zu vertuschen, und Nina hatte sie verdrängt. Innerhalb von Stunden hatte sie die Tat verdrängt. Für die letzte Katastrophe in ihrem Leben hatte sie noch drei Jahre gebraucht, bevor sie mit Hilfe von Theo darüber hinweggekommen war. Theo und Olivia, mit den beiden hatte sie sich ein neues Leben aufgebaut. Aber vielleicht kam man in Übung. Je älter man wurde, je schneller nahm man die Kurven, die das Schicksal einem in den Lebensweg baute und ließ sich nicht herausschleudern.

„So heißt der Tote. Bertie hat es herausgefunden."

„Eigentlich hat es Möller herausgefunden", stellte Bertie richtig, „beziehungsweise sein Kontaktmann bei der Polizei, Jenner."

„Muss mich das interessieren?"

„Du solltest nicht so sprechen, Nina. Es steht dir nicht."

Vielleicht hatte Bertie recht.

„Wer ist Niccolo?", fragte Nina.

„Er ist … er war der Freund deiner Schwester." Bertie erklärte, wie die Kriminaltechnik zwei Handys untersucht hatte. Eines hatte Möller am Tatort in einer Jacke gefunden, das zweite Handy steckte in der Hosentasche des Toten. Das eine Handy gehörte Niccolo, das zweite Handy sei wahrscheinlich ursprünglich im Besitz von Ninas Schwester Saskia gewesen.

„Oh", machte Nina. Mit Saskia hatte sie seit Ewigkeiten keinen Kontakt gehabt. Sie hatte versucht, mit ihr zu telefonieren, sie aber nicht erreicht.

„Wo ist der Zusammenhang zwischen Saskia, Niccolo und mir?"

Bertie zuckte mit den Schultern.

Nina fragte: „Die Polizei weiß von … dem Toten? Weil du von *Tatort* sprachst und von *Kriminaltechnik*."

„Nein, weiß sie nicht. Der gute Möller hat das arrangiert."

„Dann könnte ich doch Senatorin —", fing Nina an und wurde vom Bürgermeister unterbrochen:

„Nein, kannst du nicht. Die Gefahr ist zu groß. Es gibt zu viele Mitwisser. Das kleinste Gerücht, wenn es durchsickert, kann ich meine Wiederwahl vergessen und wenn ich gewählt bin, würde ich nicht regieren, sondern ständig in Panik sein, dass etwas durchsickert oder mich jemand erpresst."

„Ich würde dich verteidigen. Gut verteidigen", versicherte Bertie dem Bürgermeister.

„Danke. Selbst wenn ich einen Freispruch erhielte, wäre ich verurteilt. Von Presse und Wählern. Bei der Demokratie geht es nicht um Urteile oder Gerechtigkeit, sondern um Meinungen. Die Masse urteilt schnell. Wenn ihre Daumen nach unten zeigen, wird sie zur Meute und jagt dich. Das brauche ich nicht. Daher, Nina, es tut mir leid, du bist raus.

„Was gewinnst du dadurch?" Nina gab sich nicht geschlagen. „Es gibt noch andere Mitwisser außer mir."

Scharf schaute der Bürgermeister Nina an. „Willst du mir drohen, willst du die Erste sein, die mich erpresst?"

„Nein, wie kommst du darauf?"

„Du kannst es auch nicht. Du kannst nichts sagen, Nina. Du warst es. Besser du verschwindest von der Bildfläche. Ohne noch viel Aufsehen zu machen."

„Erpressen könnte dich auch Bertie."

„Kann er nicht", meinte der Bürgermeister.

„Wird er nicht", erklärte Bertie, sprach von sich in der dritten Person, wie ein Fürst es tat.

„Er wird nämlich mein Innensenator", verriet der Bürgermeister.

„Nein", sagte Nina.

„Doch."

„Sie haben ihn gekauft."

„Exakt."

„Und wir fühlen uns gut dabei. Alle beide." Bertie zupfte an den Hosenbeinen; da er wieder keine Socken zu den kalbsledernen Sneakern trug, sah man wieder die gebräunten Knöchel. „Ich werde ein perfekter Innensenator werden. Einer, der Gutes für die Stadt tut. Gutes auch für dich, Nina."

„Für mich? Wie sollte das möglich sein. Ihr serviert mich ab und sagt mir, ich soll mich davonmachen."

„Als Senator werde ich dafür sorgen, dass etwaige Ermittlungsergebnisse, die auftauchen und dir unliebsam sein könnten, in meiner Schreibtischschublade verschwinden."

„Wie ich das sehe", der Bürgermeister rieb sich die Hände, „haben wir eine Win-win-win-Situation." Er kam um den Schreibtisch herum und strahlte Nina an, streckte die Hand aus. „Du warst eine hervorragende Kandidatin, Nina. Besonders dein Auftritt bei *Talk am Wasser*, beeindruckend. Danke für alles", er schüttelte ihre Hand, „auf Wiedersehen", und bugsierte Nina zur Tür. „Ich habe mit Bertie noch was zu besprechen, du entschuldigst, danke, ja, danke." Schob sie hinaus.

Bumm, die Tür war zu.

Die Vorzimmerdame stand auf, ein Papier in der Hand:

„Sie wollen gehen? Ich bin gerade fertig mit der Pressemitteilung Ihrer Rücktrittserklärung. Möchten Sie lesen? Können Sie mitnehmen."

Es war nur ein Hauch. Ein süßlicher Duft, der Nina anwehte, als sie, noch benommen von der Auseinandersetzung mit Bürgermeister und Bertie, aus dem Gebäude in den Innenhof trat. Das Hamburger Rathaus war um ein Viereck herum gebaut worden: Ähnlich wie bei einem italienischen Patio umschlossen vier Gebäudeflügel einen Innenhof, in dessen Mitte ein Brunnen plätscherte. Die vier Flügel, mehrstöckig und im üppigen Stil der Neorenaissance errichtet, wehrten Stadtlärm ab, schufen eine Zone der Ruhe und Abgeschiedenheit, groß genug, um sich geborgen, nicht jedoch beengt zu fühlen. Ein abgegrenzter Bereich, in dem sich der Großstädter sicher fühlen und entspannen konnte. Gerade auf den Aspekt der Sicherheit legte man zuletzt verstärkt Wert. Seitdem Deutschlands Grenzen offen waren, hatten verständige Staatsbedienstete die zwei einzigen öffentlichen Zugänge zu dem Ort der innerstädtischen Ruhe schließen lassen, zumindest für Normalbürger. Bisher konnten sie den Innenhof durch die Rundbogendurchgänge vom Alten Wall und von der Großen Johannisstraße erreichen. Das war nicht länger möglich. Sicherheitsbedienstete verwehrten den Zutritt. Wo früher Hanseaten spazierten, am Brunnen verweilten, die Details der verzierten Fassaden mit zusammengekniffenen Augen abgrasten und spekulierten, hinter welchem Fenster ihr Bürgermeister gerade seinen Amtsgeschäften nachging, da parkten heute Luxuslimousinen mit großvolumigen Motoren.

Rund um den Brunnen wurden die Fahrzeuge für Bürgermeister und Demokratiehilfskräfte vorgehalten. Steuergeldfinanzierte Chauffeure lehnten an Kotflügeln, rauchten, warteten, wienerten und parkten die Karossen um, sobald bessere Flächen im Hof frei wurden. Es galt, die Wagen immer dichter an die Innenfassaden heranzuparken, um die chromblitzenden Prachtstücke aus dem Sichtfeld der Rundbogenzugänge zu nehmen. So fiel der Fuhrpark den Passanten nicht ins Auge, wenn sie durch die Rundbögen einen Blick ins Innere der Macht erhaschen wollten.

Nina suchte Olivia. Sie sollte doch eigentlich im Vorzimmer sitzen, tat sie aber nicht und die Vorzimmerdame war keine Hilfe ... gab ihr nur die überflüssige Pressemitteilung. Auch in der Rathausdiele war sie nicht, vielleicht war ihr langweilig geworden, und der plätschernde Brunnen hatte sie nach draußen gelockt.

„Olivia …?", rief Nina im Innenhof, entdeckte ihre Tochter aber nicht.

Schon wollte Nina wieder hineingehen, da hörte sie Olivias Stimme.

„Ich bin hier, Mama!"

Olivia sprang am Brunnen herum. Der Kofferraum eines großen Wagens hatte sie verdeckt. Olivia winkte: „Guck mal!" Sie hatte im Arm einen Teddy, den Nina nie zuvor gesehen hatte und der so groß war, dass Olivia ihn kaum halten konnte.

„Wo hast du den her?" Sie lief zu Olivia. Der süßliche Duft, den sie eben schon in der Nase gehabt hatte, wurde stärker.

„Hat mir Onkel Sven geschenkt."

„Onkel Sven?"

In dem Moment tauchte Sven auf. Das Haar hatte er zurückgegelt, der Anzug war zugeknöpft. Er hatte sich eine Krawatte umgebunden, wie angesagte Unternehmer sie heute nicht mehr trugen — die gerade dadurch, so selbstbewusst vorgezeigt und mit einem dicken Knoten ausgestattet, wie ein Statement wirkte.

Nina überwand die erste Überraschung und zischte Sven an: „Was machst du hier?"

„Das könnte ich dich ebenso fragen." Er nahm Olivia den Teddy ab: „Ich helfe dir beim Tragen. Er ist doch etwas groß für dich." — Olivia, die Guterzogene, bedankte sich auch noch für Svens Hilfe.

„Lass sie in Ruhe!"

„Na, na, jetzt reiß dich zusammen. Hier ist überall Security."

„Dann kann ich dich gleich melden."

„Was willst du melden?"

„Ich … ich …"

„Dass der Bürgermeister *mich* zum Sozialsenator ernennen will, wenn er gewählt ist?" In Svens Augen war Triumph.

Nina verschlug es die Sprache. Diese Dreistigkeit. Von Sven. Vom Bürgermeister. Ihre Hand suchte den Brunnenrand, um sich festzuhalten.

„Du brauchst keinen Schwächeanfall markieren. Das steht dir nicht. Du bist eine starke Frau. Deswegen mag ich dich." Er fasste Nina an, sie schlug seinen Arm weg.

„Mama?" Olivia verstand das alles nicht.

„Schon gut, Schatz."

Sven sagte: „Um dich zu beruhigen, Nina. Ich habe abgelehnt. Ich werde nicht Senator. Das habe ich deinem Bertie zu verdanken."

„Meinem Bertie?"

„Er ist doch dein Anwalt? Saß jedenfalls eben auf dem Schoß vom Bürgermeister."

„Du warst da drin? Beim Bürgermeister im Rathaus?"

„Warum stehe ich sonst hier? Ich war da, komme raus und sehe euch unten hochkommen. Sehe, wie du unsere Kleine —"

„Unsere Kleine?!"

„Wie du sie allein lässt. Da habe ich ihr den Teddy —"

„Der ist von dir?" Sie wollte Sven den Teddy entreißen. Sven ließ das Plüschtier los und es flog im Bogen in den Brunnen. Zwei Securitymänner schauten herüber. Sven fischte den nassen Teddy heraus, rief den Männern ein „Sorry" zu.

„Bertie meinte, das könnte der Bürgermeister nicht machen, dich als Kandidaten herausnehmen und mich im gleichen Atemzug drei Tage vor der Wahl präsentieren. Das käme nicht gut. Aber das war vorgeschoben von Bertie. In Wirklichkeit mag er mich nicht. So was fühle ich. So wie ich fühle, dass *du* mich magst. Dass ihr beide mich mögt." Schmierig lächelte er Olivia an, fehlte nur noch, dass er an ihr herumfingerte. Nina stellte sich zwischen die beiden.

„Bertie will mich verhindern", sagte Sven, „das würde er schaffen, der Bürgermeister hält große Stücke von ihm. So habe ich die Million genommen", Svens Schmierlächeln wurde breiter. Nina wünschte sich, jetzt zehn Zentimeter größer sein, zehn Zentimeter mehr Bizeps haben. Sie wollte ihn schlagen. In das Lächeln hineinschlagen.

Ihre Wut blieb von ihm unbemerkt. Oder er genoss sie.

„Eine Million aus dem Sozialetat hat er mir auf den Kopf zugesagt", behauptete Sven. „Er will das noch vor der Wahl verkünden. Es wäre dein Vermächtnis und so 'n Schmonzes. Das bringt ihm die Wählerstimmen der Sozialbewegten. Und mir die Million. Gleich nach der Bürgermeisterwahl ist Auszahlung. Für einen Fenske-Hof in Harburg", er knallte mit der Hand auf den

Kofferraumdeckel, dass es dröhnte, „und für eine neue Karre. Mit einer vernünftigen Batterie, damit man nicht jedes Mal den Pannendienst kommen lassen muss, wenn man vergisst, das Radio auszustellen. Ich will einen Rolls Royce wie Bertie."

Nina interessierte nicht, was Bertie für ein Auto fuhr.

„Bitte mäßigen Sie sich, mein Herr. Es ist Sitzung", sagte der Mann von der Security, zeigte nach oben zum Ratssaal. Unbemerkt war er herangekommen, nahm Sven, Nina und den Wagen in Augenschein, schnüffelte, als suche er einen weiteren Grund, etwas zu bemängeln, fand nichts und ging zum Rundbogen zurück.

Olivia nahm sich den nassen Teddy, vergrub ihr Gesicht in einer trocken gebliebenen Plüschstelle und trollte sich davon.

„Lauf nicht weg, Schatz, wir gehen jetzt", sagte Nina. Sie wollte aus dem Innenhof heraus und weg von Sven. Vor Jahren hätte sie ihn anzeigen sollen. Sie hatte es nicht gemacht. Gerade hatte sie ihn schlagen wollen. Sie hatte es nicht gekonnt. Es blieb das Weglaufen. „Olivia, komm!"

Nina streckte Olivia die Hand entgegen. Wie sie es früher gemacht hatte, als Olivia klein gewesen war. Noch immer funktionierte das Ritual, Olivia gab die Hand, Nina marschierte davon, Olivia im Schlepptau.

Sven sagte: „Ich kann euch mitnehmen."

„Fick dich."

„Mama, das sagt man —"

„Ich bestehe darauf", rief Sven, „sie ist auch mein Kind."

„Was?! Drehst du jetzt komplett durch?"

Sie schrie es. Die Securityköpfe drehten sich herum. Ihr war es egal, sie hatte die Nase voll.

„Hier", er kam angelaufen, immer noch mit diesem Reinschlaglächeln im Gesicht. Zeigte ein Papier, Nina wollte es zerfetzen, er rettete das Papier. „Ey, das is' wertvoll. Weißt du, was das ist? Ein DNA-Test. Er beweist, dass Olivia von mir ist."

„Du spinnst."

„An die Nacht, in der es passiert ist, erinnerst du dich. Bestimmt erinnerst du dich."

Es explodierte in ihr. Sie schlug ihn. Mit lächerlicher Wirkung. Sie trat, trommelte die Fäuste gegen seine Brust. Weder wich Sven aus, noch wackelte er.

„Mama, warum streitet ihr wieder?"

Zwei Sicherheitsleute kamen, von beiden Eingängen.

Sven wimmelte sie ab: Nur eine kleine Familienangelegenheit wäre das, und sie seien gleich weg. Nina erklärte er, der DNA-Test sei von der renommierten *NatalGen* und unanfechtbar. Sie könne gern klagen. Sven griff sich Olivia, schwang sie hoch auf seinen Arm, und Olivia juchzte, und der kreisende Teddy schleuderte Wassertropfen auf Nina.

Nina hätte Sven anschreien können. Sie hätte sich auf den Boden werfen können oder den Verstand verlieren.

Aber etwas anderes geschah.

Nina wurde ruhig. Es war einer dieser Moment, die selten sind im Leben. Momente, in denen existentielle Fragen sich klären, in Bruchteilen von Sekunden, dennoch und merkwürdig: in Ruhe. Weil es Zeit zuvor gab, in der reifte, was nun aufplatzte. In der Sekunde der Entscheidung sah Nina klar und wusste, da der süße Hauch herüberwehte, was zu tun war. Der Geruch ließ sie an suchende Möwen über Nordseetang denken, an waldigen Moder, an die Verwesung eines Igels, den sie in ihrer Kindheit im Garten gefunden hatte. Nun wusste sie, was sie zu tun hatte.

Sie würde Sven umbringen. Anders wurde sie ihn nicht loswerden. Menschen wie Sven kam der Rechtsstaat nicht bei.

Sie würde also einen zweiten Menschen töten und mehr Schuld auf sich laden. Einen anderen Ausweg gab es nicht. Für Olivia täte sie es, und für sich. Noch schuldiger, als nach einem zweiten Mord würde sie nur, wenn sie es unterließ, sich stattdessen eine Ausflucht zurechtlegte, warum sie es nicht getan hatte. Damals, als Sven sie vergewaltigte, hatte sie so reagiert. Das war falsch gewesen.

An der Tat zerbrechen würde sie nicht, durfte sie nicht. Sie würde mit ihrer Schuld klarkommen müssen. Für ihre Tochter hatte sie zu leben. Olivia war der Sinn des Daseins.

Nina strich sich über die Nasenspitze und wischte einen Wasserspritzer weg. In der Nase blieb ihr der dünne, süßliche Geruch, für den sie so empfänglich war. Manchmal ist nur ein Hauch nötig, der uns anweht und vorbei am Verstand in tiefe Schichten vordringt. Schichten, die wir seit den Zeiten, da wir aus dem Wasser an das Land stiegen, in uns haben, die unser Überleben sicherten, bevor die Zivilisation es tat. Doch wenn die Zivilisation anfängt zu versagen, auch wenn wir es nur glauben, dann und auf geheimnisvolle Weise übernimmt die unterste Schicht die Lenkung dessen, von dem wir glauben, es wäre unser Verstand. Das Tiefste in uns, es braucht nur einen Anstoß, einen Hauch nur.

Es gab den Hauch, der Entschlossenheit bringt, der tödliche Folgen haben kann, und es gab den Hauch des Zweifels. Den spürte Möller.

Der frühere Oberkommissar haderte mit sich. Ob er auf dem richtigen Weg war, oder ob er sich verrannte? Er wollte, er musste Nina helfen. Aber auf diese Weise, indem er ein Kapitalverbrechen vertuschte, und Sven, einem vor dem Gesetz bisher unbescholtenen Bürger, einen Toten in den Kofferraum legte?

Da war es höhere Gerechtigkeit, dass ihn der Nachbar Jason Bongarts auf frischer Tat ertappt hatte. Jedoch hatte Herr Bongarts vielleicht kaum begriffen, was er gesehen hatte, da seine Normalbürgerfantasie dafür nicht ausreichte. Wenn er überhaupt etwas gesehen hatte. Möller machte sich Mut, blieb aber unsicher.

Sicher war nur, dass er seine Hand verarzten lassen musste. Sein ursprünglicher Plan war gewesen, sich in der Sierichstraße auf die Lauer zu legen, auf Sven zu warten und ihn zu verfolgen, wenn er den Wagen wieder flott machte. Zwei Vorteile hätte das Vorgehen gehabt:

Da Möller zweifelte, brauchte er der Polizei nicht sofort einen anonymen Tipp à la „Guckt doch mal da in den Kofferraum" geben und Sven damit in größte Schwierigkeiten bringen — vielleicht in der Folge auch sich selbst … Aus Erfahrung wusste Möller, dass solche Ermittlungen, einmal angestoßen, nicht mehr zu stoppen waren und Wendungen nehmen konnten, die vorher keiner ahnte. Bei der Spurensicherung und im Ermittlungsteam bei einer Mordsache waren Profis am Werk, die verstanden ihr Geschäft. Indem Möller vorerst nur beobachtete und nichts weiter unternahm, hielte er sich eine Entscheidung offen.

Dadurch würde er auch mehr über Svens Leben erfahren. Vielleicht gab es Hinweise, die das Bild über Sven weiteten oder neue Schwachstellen offenbarten, die ein juristisch einwandfreies Vorgehen gegen Sven ermöglichten.

Am späteren Vormittag kehrte Möller mit fachgerecht verbundener Hand zurück in die Sierichstraße. Der Arzt hatte Möller eine schmerzstillende Spritze gegeben. Die Hand war geröntgt worden, zum Glück waren keine Knochen gebrochen. „Quetschungen sind allerdings oft langwieriger und schmerzhafter", machte der Arzt Mut.

Noch schmerzhafter - im übertragenden Sinn - war für den zum Leichenverladeort zurückkehrenden Möller, dass er Svens Wagen nicht mehr fand. Die gesamte Sierichstraße lief Möller ab, Svens Auto blieb verschwunden.

Also stieg Möller hinauf in seine Wohnung, machte sich frisch, Hunger verspürte er keinen, er war zu aufgewühlt. Er klingelte oben bei Nina, aber sie war nicht zu Hause. Was Möller nicht wusste: Nina traf in diesem Moment im Innenhof des Rathauses auf Sven und bekam von Sven gesagt, er wäre der Vater von Olivia.

Um Svens leichenbeladenes Auto wiederzufinden, entschloss Möller sich, Polizeimeister Jenner erneut um Hilfe zu bitten.

„Du hast Sven Mehnert als Halter des Wagens identifiziert", telefonierte Möller von seiner Wohnung aus.

„Ja, das war kein Problem", antwortete Jenner.

Als Möller allerdings wissen wollte, an welchem Wohnort Sven als Halter des Fahrzeugs gemeldet war, musste Jenner passen. Er hatte es sich nicht gemerkt oder aufgeschrieben; was verständlich war, der Strafzettel für den Parksünder Sven vor dem Tattoo-Shop gehörte zum alltäglichen Kleinkram eines Streifenpolizisten, das merkte man sich kaum alles.

„Die Abfragen werden aufgezeichnet", erklärte Jenner. „Wenn ich zweimal Daten zu Sven Mehnert abfrage, hakt womöglich irgendwann jemand nach. Was sage ich dann?"

„Dir fällt was ein."

Im Telefon hörte Möller, dass Jenner die Computertastatur klappern ließ. — War es richtig, Jenner tiefer in die Sache hineinzuziehen, fragte sich Möller. Schon der Begriff *Sache* verharmloste die Angelegenheit. Mittlerweile war es eine Reihung von strafbaren Handlungen. Würde Jenner damit in

Verbindung gebracht, schadete das seiner Karriere. Jenner hatte bereits die wahrscheinliche Identität des Toten geklärt, indem er das Handy, welches Möller im Gästezimmer gefunden hatte, von einem befreundeten Spezialisten auf dem kleinen Dienstweg hatte auswerten lassen. Auch Saskias Handy war durchleuchtet worden.

„Travemünde, Vorderreihe", meldete sich Jenner und nannte die Hausnummer, „ich habe nachgeschaut."

Möller bedankte sich überschwänglich. Er erinnerte sich: In Svens Billstedter Wohnung hatte auf dem Schreibtisch ein Notizblock mit dem Werbeaufdruck des Travemünder Maritim-Hotels gelegen. Da passte etwas zusammen. Er verlor keine Zeit, verließ das Haus, eilte um den Block, neben der Feuerwehrdurchfahrt hatte er Sandras kleines Auto abgestellt. Bertie hatte es Sandra für einige Tage abgeschwatzt. Er würde mit ihr dafür in die Oper gehen.

Möller war schon fast in Travemünde, als Nina sich meldete. Die Mobilfunkverbindung vor Travemünde war schlecht. Trotz der Tonaussetzer hörte Möller aber, wie aufgeregt Nina war. Sie habe gerade ein Aufeinandertreffen mit Sven gehabt.

„Wegen dem bin ich unterwegs nach Travemünde", sagte Möller.

„Er ist aber in Hamburg. Er hat mir eben einen DNA-Test unter die Nase gehalten. Er wäre der Vater von Olivia. Der Test beweise es. Er will mir Olivia wegnehmen!"

„Beruhige dich."

„Er hat Olivia einen Teddy geschenkt!"

„Ist er der Vater?"

„Was? Fragst du mich ernsthaft?"

„Ist er es?"

„Nein!"

„Dann geh zu Bertie. Ihr müsst gegen den Test vorgehen."

„Bertie wird Innensenator. Er ist mir in den Rücken gefallen."

„Ach was. Er steht auf deiner Seite. Natürlich sucht er seinen Vorteil. Aber er ist dein Freund. Glaub mir. Das ist das Leben, Nina. Du bist mittendrin. Willst du dich unterkriegen lassen oder wieder aufstehen?" Das hatte er gut gesagt, fand er und bemerkte dabei, dass er das auch zu sich selbst hätte sagen können. Er hatte Polizeipräsident werden wollen, und als das nicht geklappt hatte, da hatte er sich in seiner Wohnung eingegraben, sich bemitleidet, Hilfsangebote von Bertie ignoriert, sinnlos die Nachbarn auf der anderen Straßenseite beobachtet und schließlich sogar angefangen, gegen seine Haushälterin Trude wegen eines verwässerten Weinbrandes zu ermitteln.

Möller war unsicher, ob Nina wirklich Bertie aufsuchen würde. Er versprach ihr, so schnell wie möglich nach Hamburg zurückzukommen. Offensichtlich war er nun zur falschen Zeit am falschen Ort. In seinem aktiven Dienst wäre ihm das nie passiert. Aber es hatte keinen Zweck, jetzt noch zurückzujagen. Wenn er schon bis nach Travemünde gefahren war, konnte er auch Svens hiesiges Domizil in Augenschein nehmen. Vielleicht gab das neue Ansatzpunkte.

„Versprichst du mir, zu Bertie zu gehen?"

„Ja, mach ich. Bestimmt."

Möller suchte die von Jenner genannte Adresse in der Vorderreihe. Backsteingemauerte Pensionen reihten sich den Rand des Kurparks entlang. Während Möller darauf wartete, dass ihm auf sein Klingeln geöffnet wurde, ging ihm durch den Kopf, dass er Nina hätte fragen sollen, ob sie Svens Auto gesehen hatte. Falls sie überhaupt wusste, ob Sven ein Auto besaß und wie es aussah.

„Guten Tag …", ein altes Mütterchen öffnete, „aber bei mir kann man nicht übernachten."

„Ich suche keine Unterkunft."

„Oh, ich dachte … Es fragen oft Fremde an. Aber ich habe nur ein kleines Zimmer. Alles andere sind Eigentumswohnungen. Das läuft über die Kurverwaltung."

Sie hatte die Sätze schon öfter aufgesagt, man hörte es.

„Ich möchte etwas anderes, verehrte Frau." Möller konnte gut mit alten Damen, deutete eine Verbeugung an und fragte, ob Sven Mehnert im Haus wohne. Auf den Klingelschildern fehle sein Name.

„Die haben hier nur ihre Postadresse. Ich nehme ihre Post entgegen, wenn welche kommt." Das Mütterchen blinzelte verunsichert. Als sei sie bei einer hässlichen Sünde ertappt worden.

„Sie sagen *die*. Es sind mehrere?"

„Herr Mehnert. Frau Mayr." Bereitwillig nannte sie die Namen, auf Milde hoffend.

Möller sagte: „Das ist hart an der Grenze zum Illegalen, was Sie da tun. Das wissen Sie." Er hatte keine Ahnung, ob es tatsächlich so war.

Eingeschüchtert verteidigte sich das Mütterchen, früher habe sie die Namen mit Tesafilm zusätzlich an ihrem Briefkasten angeklebt gehabt. Die Zettelchen seien aber schnell verblichen, und der Briefträger wisse sowieso Bescheid. „Ich bekomme doch nur 812,83 Euro Rente. Obwohl ich 40 Jahre als Sachbearbeiterin gearbeitet habe."

„Das heißt, Sie haben sich von dem Pärchen bezahlen lassen für Ihren Postdienst?"

Kleinlaut nickte das Mütterchen. Möller schaute streng und hatte gleichzeitig ein schlechtes Gewissen. Das Mütterchen sagte: „Aber sie wohnen doch wirklich in Travemünde. Im Maritim. Sie haben eine Suite, ganz oben. Aber nur im Sommer, eigentlich wohnen sie in München. Deswegen haben sie mich gebeten, ihre Post zu sammeln. Ich bin ja immer da."

Das Maritim war ein enormes Hochhaus. Von der Vorderreihe aus war es gut zu sehen, es überragte den Kurpark, es überragte ganz Travemünde. Der Bau war direkt am Strand hochgezogen worden, und Mutige nannten das himmelstrebende Hotel ein Ausrufezeichen im Satteldachmeer der Durchschnittlichkeit. Skeptiker sahen in ihm eine städtebauliche Entgleisung.

An der Rezeption sagte Möller: „Ich möchte mich bei Alexandra Mayr bedanken. Sie wohnt ganz oben in einer Suite." Er hatte sich mit einem riesigen Blumenstrauß ausgestattet, für den er beim örtlichen Blumenhändler 50 Euro investiert hatte.

„Tut mir leid, Sie können da nicht hoch. Ein Page wird Ihre Blumen abgeben."

„Ich möchte den Strauß persönlich überreichen."

Die Rezeptionistin schätzte Möller auf über 30 Jahre. Sie war eine gepflegte Erscheinung, gut erhalten, aber schwer einzuordnen. Eine Lesbe würde es nicht sein. Möller sagte: „Wenn Ihr Freund Ihnen einen solchen Strauß schenken würde. Würden Sie den Strauß dann von Ihrem Freund überreicht bekommen wollen oder von einem Pagen?"

Die Rezeptionistin zögerte. Sein Ansinnen verstieß wohl gegen irgendwelche Vorschriften, aber sie konnte seinen Wunsch gut nachvollziehen. Schließlich sagte sie: „Ich rufe oben an und frage." Es war ein kurzes Telefonat. — „Sie können hoch."

„Haben Sie mit Alexandra Mayr gesprochen?"

„Warum ist das wichtig für Sie?"

„Ich würde ungern ihrem Mann die Blumen in die Hand drücken."

Ihr professionelles Gesicht blieb unbewegt, aber die Augen der Rezeptionistin lächelten. „Alexandra Mayr war persönlich am Apparat."

„Haben Sie eine Tiefgarage?"

„Wieso fragen Sie?"

„Vielleicht möchte ich hier Urlaub machen. Es gefällt mir. Wenn das Hotel eine Tiefgarage für meinen Wagen hat —"

„Haben wir."

„Dürfte ich einen Blick hineinwerfen?"

„Nein."

„War nur eine Frage." Er hatte den Bogen überspannt. Aber das war okay.

„Ein Page wird Sie nach oben begleiten und den Weg zeigen."

Im drittobersten Stockwerk fiel die Begrüßung durch die rothaarige Alexandra Mayr anders aus, als Möller es sich vorgestellt hatte.

Gerade erst hatte sich der Page zurückgezogen, die Suitentür war von Alexandra geschlossen worden und Möller stand im schmalen Flur, da bekam er von Alexandra eine krachende Backpfeife. Sein Kopf schleuderte zur Seite, und er gab einen wenig männlichen Schmerzenslaut von sich. Zudem verlor er fast den Blumenstrauß.

„Aber warum denn —"

„Ich erkenne Ihre Stimme."

Er hielt sich die Wange, streckte ihr die Blumen entgegen, die er in der unverletzten Hand hielt. Halb war es eine Abwehrgeste, um nicht noch eine Backpfeife zu empfangen, halb war es eine Geschenkübergabe.

Achtlos nahm der Löwenlockenkopf den Strauß:

„Wer sind Sie? Ein Geschäftsfreund von Sven?"

Alexandra schien allein zu sein. Möller fragte: „Wie kommen Sie darauf?"

„Ich erkenne Ihre Stimme. Sie waren in Svens Wohnung in Billstedt. Sie haben mich überfallen."

„Sie haben dort eingebrochen."

„Ich hatte einen Schlüssel. Hatten Sie auch einen?"

Guter Punkt, sie war intelligent. Möller überging die Frage: „Ich bin … eine Art Detektiv." Er nannte seinen Namen. Aber das reichte Alexandra nicht. Sie wollte seinen Ausweis sehen und da Möllers Ausweis - sie schien das zu überraschen - mit seinem genannten Namen übereinstimmte, machte sie endlich den Flur frei, und er durfte in das geräumige Wohnzimmer vorrücken. Alexandra Mayr fragte:

„Hat Sven Sie auf mich angesetzt?"

„Sind Sie seine Freundin?", war seine Gegenfrage. „Mit ihm verheiratet?"

„Aber im Leben nicht."

„Geschäftspartner?"

„Nicht mehr lange. Und ich stelle die Fragen. Sie spionieren mir nach."

„Ich wollte Ihnen Blumen bringen und mich entschuldigen für meinen Auftritt in der Billstedter Wohnung. Und Sie haben mir auf den Kopf geschlagen."

„Ich habe Ihre Wange massiert. Manche Männer mögen das. Andere brauchen es. Meist die, die es weniger mögen." In Ihren

Augen blitzte es. Er begann, ihre Art zu mögen und rieb sich die Stelle, die nun Temperatur bekam.

„Nennen wir es Ausgleich", sagte Alexandra. „Zwischen uns steht es eins zu eins."

Er überlegte, wie es wäre, mit ihr nach Ungarn in den Urlaub zu fahren. Oder sie auf dem Hausboot, von dem Trude gesprochen hatte, um sich zu haben.

Alexandra stellte die Blumen in eine Vase, gab Wasser dazu und platzierte das Arrangement in der Nähe des Fensters mit dem imposanten Blick auf die Ostsee.

„Sven hat Sie nicht auf mich angesetzt?", fragte sie, und Möller schüttelte den Kopf — er verzog das Gesicht: Kopfschmerzen meldeten sich. Sie rührten von Alexandras Schlag.

Nun zeigte sich Alexandra Mayr besorgt. Sie bat Möller, sich endlich zu setzen und reichte ein Glas Wasser. Dann setzte sie sich ihm gegenüber und forderte ihn in versöhnlicherem Ton auf:

„Erzählen Sie mir etwas mehr darüber, warum Sie wirklich hier sind."

Möller berichtete, wie ein unvermuteter Slip ihn hatte in eine Geschichte schlittern lassen, in der Nina und Sven die Hauptrolle zu spielen schienen: „Die beiden haben noch eine Rechnung offen, so scheint es mir."

Alexandra schaute an Möller vorbei auf die Ostsee.

„Die Hauptrolle spielt ein ganz anderer", sagte sie schließlich. „Die Hauptrolle spielt Theo."

„Theo?"

„Ich kann mir denken, dass sie ihn nicht kennen. Ich war in Theo unsterblich verliebt. Damals, als ich noch jung und hübsch war."

Möller wollte sagen, für ihn - und wohl für alle klardenkenden Männer - sei sie das heute noch. Aber es war unklug, eine Dame zu unterbrechen, die einen sentimentalen Moment hatte.

Alexandra fuhr fort: „Nina schnappte ihn mir weg. Damals, nach diesen … schrecklichen Dingen, die an dem Abend bei der Wiesn in München passiert sind. Bis dahin waren wir beste Freundinnen gewesen. Die gesamte Schulzeit über."

Was genau passiert war, darüber ließ Alexandra sich nicht weiter aus, und Möller verzichtete darauf nachzufragen. Er war informiert, was Nina damals zugestoßen war, womöglich genauer als Alexandra.

„Jedenfalls kam ich danach mit Sven zusammen, und wir bauten die Fenske-Höfe auf", sagte sie.

„Das Geld dazu kam von Ihnen?"

Sie sah ihn scharf an und erkundigte sich: „Wie kommen Sie darauf?"

„Sie sehen so aus", sagte er; sein Instinkt empfahl es ihm.

„Wie sehe ich aus?"

„Gepflegt. Sie verstehen zu leben. Eine Suite, eine tolle Aussicht. Die Sommer in Travemünde." Er zeigte zur Ostsee. „Es braucht einen klugen Kopf, aber auch das Geld, um ein karitatives Unternehmen wie die Fenske-Höfe auf die Beine zu stellen."

„Das Geld kommt von meinem Vater. Er war Steuerberater. Ich habe es geerbt und investiert."

„In Sven."

Darauf sagte sie nichts. Leider. Möller hatte gehofft, sie würde weitererzählen. Er merkte, dass es sie drängte zu erzählen. Sie hatte sich eingemauert in die Beziehung zu Sven, das fühlte er; und sie war dabei, einzelne Steine aus der Mauer herauszubrechen. Sie wollte in die Freiheit kommen. Alexandra war eine starke Frau, und Möller zweifelte nicht daran, dass sie es schaffen konnte. Aber mit Hilfe, mit seiner Hilfe, würde der Prozess schneller ablaufen. Nur war Alexandra zu intelligent, um sich ihm auszuliefern, indem sie unbedachte Äußerungen machte. Sie wollte es allein schaffen und nicht von einer Abhängigkeit in die nächste geraten.

„Sie haben den Slip in die Kommode bei Nina gelegt", sagte er.

Es war geraten von ihm, und Alexandra schwieg weiter. Immerhin bedachte sie ihn mit einem langen Blick, aus Augen, die unergründlicher wurden, je länger er dem Blick standhielt.

Eine tolle Frau, dachte Möller. Alexandra und Nina hatten also um denselben Mann gekämpft: Theo. Wenn es stimmte, was Alexandra ihm gerade erzählt hatte. Nina hatte den Kampf gewonnen.

Nina hatte also Theo. Einige Zeit später bekam Nina sogar ein Kind von Theo. Alexandra angelte sich dafür Sven. Mit ihm baute sie sich ein Leben und ein Unternehmen auf. Aber sie benutzte Sven auch für ihre Rache an Nina. So jedenfalls vermutete es Möller. Vielleicht machte sie das unbewusst. Jedenfalls hatte sie über all die Jahre Grund für einen Groll auf Nina.

Möller kam ein neuer Gedanke: Den Groll könnte sie jetzt auf Sven übertragen. Das wäre nur zu verständlich, wenn sich für Alexandra plötzlich herausstellte, dass Sven sich Nina zuwandte. Erst verlor sie Theo an Nina. Nun verlor sie auch noch Sven an ihre frühere Freundin. — Er würde etwas ausprobieren …

„Wussten Sie, dass Sven der Vater von Ninas Tochter Olivia ist?", fragte er. „Nicht Theo, sondern Sven ist der Vater."

„Im Leben nicht!"

„Sie wollen sogar heiraten. Nina und Sven."

„Nein!" Alexandra wurde blass. „Das darf er nicht. Das kann er mir nicht antun."

Volltreffer, dachte Möller. Fast hatte er ein schlechtes Gewissen. Erst verlor Alexandra ihre große Liebe Theo an Nina. Jetzt verlor sie auch noch Sven, dem sie Jahre ihres Lebens gegeben hatte und das Geld ihres Vaters.

Alexandra senkte den Kopf, ihre roten Locken fielen nach vorn und verbargen ihr Gesicht.

Welche Schlüsse mochte Alexandra aus dem ziehen, was Möller gesagt hatte? Er hatte die Wahrheit ein wenig geweitet und gefärbt. Das war zulässig in einem ermittelnden Verhör, welches nicht unter Eid stattfand. Ein forciertes Verhör sollte Reaktionen hervorrufen.

Wie die Reaktionen aber ausfielen, konnte auch der erfahrenste Ermittler kaum vorhersagen.

Nina stürmte in Berties strahlweiße Villa in der Nähe der Alster, gleich vorbei an der patenten Sekretärin Sandra, welche die Haustür geöffnet hatte. Nina hatte Olivia im Schlepptau. Olivia würde sie nicht mehr aus den Augen lassen.

Sandra protestierte: „Aber Sie können da nicht so einfach …!"

Und ob Nina konnte. Nach ihrem Auftritt im Rathaus hatte Nina Übung darin, Vorzimmerdamen zu überlaufen. Nina wedelte mit der Hand und rauschte vorbei, durch den Salon, durch den Kaffeeduft, durch die nächste Tür.

„Bertie!", flötete sie übertrieben, kurz vor hysterisch.

„Meine Liebe!" Bertie sprang auf. Überrumpelt, dennoch wie aus dem Ei gepellt. „Kaffee …? Für die Kleine einen Orangensaft?"

Erst jetzt kam Nina zu Bewusstsein, dass sie im Salon Kaffee gerochen hatte, genau wie bei ihrem ersten Besuch in der Villa, der kaum eine Woche her war. Es kam ihr vor, als wäre eine lange Zeit seitdem vergangen, so viel hatte sich in den letzten Tagen ereignet.

„Glaubst du, ich bin hier für den *Schümli*?"

„Schwänzt Olivia die Schule?"

„Deswegen bin ich hier, weil ich sie nicht in die Schule geben kann, auch morgen nicht, Herr Innensenator."

„Noch bin ich nicht ernannt. Vielleicht wird er gar nicht wiedergewählt, unser Bürgermeister. Dann werde ich kein Innensenator."

„Der wird gewählt, verlass dich drauf. Er ist skrupellos."

„Das ist er." Bertie fuhr sich durch die Haare. Sie lagen perfekt. Vorher und hinterher.

„Du bist es ebenso", sagte Nina.

„Auch das stimmt", gab Bertie zu, wusste als Anwalt, eine Kunstpause zu machen, um dann den Stich zu setzen, „und du, wie schätzt du dich ein?"

Nina brachte die Frage zumindest dazu, Luft zu holen.

„Also setz' dich erstmal und dann schieß los. Sandra, bringst du uns zwei *Schümli*? Und für Olivia … was möchtest du?"

Olivia fand Orangensaft gut und außerdem, so erzählte sie ungefragt, fand sie gut, heute nicht in die Schule zu müssen.

„Das würde mir auch gefallen", meinte Bertie, schaute Nina fragend an.

Ob er wüsste, was in der Schule los sei, fragte Nina. - Natürlich wusste Bertie das nicht. — Nina erzählte. Aufgeregt und wenig zusammenhängend begann sie, von ihrem Aufeinandertreffen mit Sven am Rathaus zu berichten.

„Er behauptet, Olivias Vater zu sein!"

„Und? Ist er es?"

„Quatsch!"

„Wollen wir Olivia vielleicht solange in den Salon schicken. Oder sie könnte kurz in den Pool springen."

„Ich habe keine Geheimnisse vor meiner Tochter. Ich habe ihr alles erklärt."

„Ich finde Onkel Sven ganz nett", sagte Olivia, und Nina schaute verdutzt. Zum Glück kam Sandra und servierte.

„Herr von Gerte, die Scheibe in einem der Fenster zum Garten ist zerbrochen."

„Wie denn das? Welche genau?"

Sandra fing an, Näheres zu erklären, aber schon winkte Bertie ab und meinte, um die Details könne er sich später kümmern, sie solle die Reparatur veranlassen.

Sandra ging, schloss die Tür, Bertie schenkte ein.

Nina fuhr fort, über das Zusammentreffen mit Sven zu berichten: „Sven zeigte mir ein Papier, das seine Vaterschaft bewies. Angeblich bewies. Ein DNA-Test. Das muss eine Fälschung sein. Theo ist der Vater von Olivia. Woher hat Sven überhaupt das Material? Ich meine, er braucht doch DNA von Olivia."

„Ein Haar, eine Borste von der Zahnbürste reichen", meinte Bertie.

Nina erinnerte sich, wie Sven ihrer Tochter in der Schule über die Haare gestrichen hatte. Wenn er da …

„Warum bist du so sicher, dass er nicht der Vater ist?"

„Weil es Theo war!"

„Zeitlich kommt es nicht hin?"

„Willst du damit sagen, ich bin eine Schlampe?"

„Du bist … vergewaltigt worden, damals nach der Wiesn."

„Nein", erkärte Nina, „ich meine ja … Aber zeitlich kommt das nicht hin. Mit Theo … das war später."

„Der Test sagt was anderes."

„Ist das eine Frage oder eine Feststellung?"

„Es ist das, was Sven sagt. Damit müssen wir uns auseinandersetzen."

„Der Test ist eine Fälschung." Leider hatte sie das Dokument nicht an sich gebracht. Daran hätte sie denken sollen. Am Rathaus war sie zu aufgeregt gewesen. „Der Test ist von *NatalGen*, das weiß ich."

Bertie kannte *NatalGen*, behielt das aber für sich. *NatalGens* Leiter, der Professor, hatte ihn vor einigen Wochen in einer Theaterpause angesprochen, ob Bertie jemanden wüsste, der die Security für *NatalGen* aufbauen könnte. Bertie hatte wenig erfolgreich versucht, Möller für den Job zu interessieren.

Nina sagte: „Weißt du, was interessant an *NatalGen* ist?"

Woher sollte Bertie wissen, was für Nina interessant war? Außerdem fand er sowieso alles interessant: Immer wieder war es für ihn als Anwalt frappierend, in welche Schwierigkeiten Menschen sich brachten, sobald sie erwachsen waren und glaubten, vernünftig geworden zu sein. Frappierend und einträglich.

Nina sagte: „Daryna … du erinnerst dich an die Tagesmutter? Meine ehemalige Tagesmutter. Daryna erzählte mir, sie habe jetzt eine Stelle bei *NatalGen*."

„Ach."

„Sie bekomme sogar Papiere."

„Was für Papiere?"

„Eine Aufenthaltsgenehmigung oder so, was weiß ich. Sie ist Ukrainerin."

„Du beschäftigst sie illegal?"

„Keine Ahnung."

„Als Politikerin?!"

„Ex-Politikerin. Dank dir."

„Wohl dank dir selber."

Nina rief sich zur Ordnung. Bertie hatte sie zwar nach allen Regeln der Politikerkunst ausmanövriert: für ihn sprang das Innenressort heraus und für sie nichts. Aber sie war hier, um Hilfe zu erbitten, nicht um sich mit Bertie zu verkrachen.

Außerdem ... sie wunderte sich. Über sich und auch über Bertie. Ihn schien der Tote, der bei ihm oben im Gästezimmer gelegen hatte, nicht weiter zu belasten, er sprach kaum von ihm. Auch sie dachte selten an den Toten. An Niccolo. Um ihn wenigstens bei seinem Namen zu nennen. Ihn nicht wegzuschieben, abstrakt zu machen, bloß Toten zu nennen.

War sie deswegen gefühllos, weil sie so wenig an Niccolo dachte, sollte sie sich vor sich selbst schämen? Sie hatte Niccolo erstochen. Ob das Mord oder Totschlag war, mochte sie nicht beurteilen. — Vielleicht kam der Schock noch, und jetzt funktionierte sie wie eine Maschine, eine Muttermaschine, die alles tat, um ihr Kind aus der Gefahrenzone zu bringen. Für Gefühle, Scham, Schuld war später die Zeit. Auch zu Saskia sollte sie Kontakt aufnehmen ... später ..., wenn die Sache mit Sven geklärt war.

Bertie trank seinen *Schümli* mit Behagen. Er hatte gestern einen Toten gesehen, nun plauderte er kaffeetrinkend mit der Täterin. Kein Forschen nach Gründen von ihm, keine moralische Erörterung, kein Urteil. Stattdessen sprach er über seine Chancen, Innensenator zu werden. — Ging es so zu in der Welt der Politik? Sie hatte dazugehören wollen ... Vielleicht war solches Verhalten nicht typisch für Politiker, sondern für einen bestimmten Menschenschlag. Die Lebenden gingen über die Toten hinweg, erst recht über die vertuschten Toten, die machten es einem sogar leichter.

„Bertie …"

„Ja?"

„Du guckst mich an."

„Du mich auch."

„Die ganze Zeit guckst du mich an."

„Weil ich nicht aus dir schlau werde."

„Ich auch nicht."

„Du bist intelligent. Du hast das Zeug zur Politikerin, hast diese gewisse Ruchlosigkeit, die man braucht."

Sie war nicht sicher, ob sie die haben wollte.

„Gleichzeitig bist du naiv."

Das gab doch Hoffnung. So abgezockt wie Bertie wollte sie nicht sein. Sie wollte eine gute Mutter sein. Eine Politikerin dazu? Nein, das war weit weg. Im Rathaus, im Angesicht der Macht sozusagen, da wollte sie den Job unbedingt. Jetzt aber, in Berties kühler Kanzlei, da war ihr bewusst, dass andere Dinge für sie wichtiger waren.

Bertie sagte: „Deswegen musste ich für dich den Ausputzer spielen. Als der Bürgermeister dir den Stuhl vor die Tür gesetzt hat, da hättest du etwas verlangen müssen."

Sie verstand nicht. Wie hätte sie etwas verlangen können? Er hatte sie rausgeworfen, so einfach war das.

„In einer Niederlage liegt immer eine Chance", erklärte Bertie. „Womöglich eine größere Chance zum Sieg als in einem bloßen Durchmarsch." Bertie schaute wie eine Sphinx. Als hätte er ihr seine geheime Erfolgsformel offenbart. Vielleicht hatte er das. Nur begriff sie die Formel nicht.

„Einen Staatsratsposten hättest du rausschlagen können", sagte Bertie.

„Wofür sollte ich den bekommen, für meine herausragende Qualifikation?"

„Dass du ihm nicht an die Karre fährst. Das reicht als Qualifikation."

„Das mache ich doch sowieso nicht."

„Natürlich darfst du ihm das nicht sagen. Stattdessen fragst du, ob er sich für deine bisherigen Leistungen im Wahlkampf erkenntlich zeigen wolle? Guckst ihm tief in die Augen. Aber nicht romantisch, eher wie ein Pirat."

„Pirat?"

„Oder Piratin eben. Nicht ausrechenbar jedenfalls." Er goss sich nach, fragte Olivia, ob für sie das alles langweilig wäre, was sie hier besprachen, sie könne bei Sandra Malzeug bekommen. Zum Malen hatte Olivia Lust, und sie rutschte von der Bürocouch und verschwand. Zu Nina sagte Bertie: „Ich hab das für dich erledigt. Du wirst Staatsrätin. Zweite Reihe, wirst kaum bemerkt, du kühlst da erstmal ab, aber fürstlich bezahlt."

„Bitte?"

„Für Wissenschaft, Forschung und Gleichstellung."

„Ist ja unglaublich."

„Ist schlau. Vom Bürgermeister darauf einzugehen. Er bindet dich ein und sichert sich dadurch deine Loyalität. Du kannst natürlich ablehnen. Das wäre ihm genauso recht. Dann ist er raus aus der Nummer, dir nichts mehr schuldig. Wahrscheinlich wäre ihm das sogar lieber. Er will zwischen sich und diese verdammte Niccolo-Sache so viel Abstand wie möglich bringen. Dumm nur, dass er selbst dabei war", Bertie zeigte ein Haifischlächeln, „so musste er meinem Vorschlag zustimmen, dir den Posten anzubieten."

„Du hast ihn erpresst?"

„Ach was. Ich habe ihn auf den Gedanken gebracht. Vielleicht nicht mal das. Er ist clever. Solche Gedanken bekommt er von selbst."

„Ihr seid Schweine."

„Die sich um die Tröge balgen. Und du gehörst nun dazu", sagte Bertie. „Es sei denn, du lehnst ab."

Es entstand eine Pause, die Nina unangenehm wurde. Offenbarte sie doch Entscheidungsschwäche bei ihr, ein Charaktermerkmal vielleicht; ähnlich war es damals nach der Vergewaltigung gewesen, als sie solange mit einer Anzeige zögerte, bis es zu spät war.

„Wir sind von *NatalGen* abgekommen", sagte Nina, wich der Entscheidung aus.

„Wir sind davon abgekommen, weswegen du hier bist. Du sagtest, weil du Olivia nicht nur heute, sondern auch morgen nicht zur Schule bringen wolltest." Bertie war ausgefuchst, sah über die offene Staatsrätinnenfrage hinweg.

„Weißt du, wer Daryna die Stelle bei *NatalGen* besorgt hat?", fragte Nina.

„Woher sollte ich?"

„Es war Sven."

„Oha!" Bertie verschüttete fast den eingegossenen Kaffee. Woher Nina das wisse, fragte Bertie. Nun, meinte Nina, Daryna habe es ihr selbst erzählt und:

„Vielleicht hat er Daryna zu *NatalGen* gebracht, um im Gegenzug dort das Gutachten zu bekommen."

„Auf jeden Fall ist da ein Zusammenhang. Welcher genau, ist zunächst unwichtig", meinte Bertie, „Ich ahne, du willst mir sagen, das alles hänge auch mit der Schule von Olivia zusammen."

„Ich lasse Olivia nicht mehr aus den Augen. Ich habe Angst, Sven könnte sie entführen."

„Aus der Schule?" Bertie schaute einigermaßen ungläubig.

„Olivia fragte mich, ob sie denn morgen wieder in die Schule könne und wenn ich keine Zeit hätte, würde Sven sie bestimmt abholen. Er habe es ihr vorgeschlagen, und er wusste wohl, dass Daryna nicht länger zur Verfügung stünde."

„Während eures Zusammentreffens beim Rathaus hat er Olivia das Angebot gemacht?"

„Ja. Er sagte, er käme von einer Besprechung mit dem Bürgermeister."

„Das stimmt auch."

„Ich war jedenfalls erschrocken und außerdem erinnerte ich mich, dass ich die Schuldirektorin anrufen wollte, um das heutige Fehlen von Olivia zu entschuldigen. Als ich Frau Kube, die Direktorin, dann anrief, Olivia für heute entschuldigte, da fragte ich Frau Kube auch, ob sie sich an Sven Mehnert erinnere. „Oh ja, ein reizender junger Mann", meinte sie, der wäre doch vor Tagen in der Schule gewesen und in der Talkshow und habe diese Kinderhöfe. Sie habe ihn auch im Bioladen getroffen. Ich sage zu ihr, dass ich auf keinen Fall möchte, dass er in der Schule Kontakt zu meiner Tochter aufnimmt."

„Und?"

„Da stellt sich heraus, Sven hat die Kube bereits angerufen und angekündigt, dass er Olivia morgen aus der Schule abholen würde, alles wäre mit Olivia und mir abgestimmt."

„Mmmh."

„Außerdem, so sagt mir die Kube, Sven wäre doch der Vater. Er habe es ihr selbst gesagt, und sie glaubt ihm."

„Das ist ein starkes Stück."

„Er will sie mir wegnehmen. Er will sie entführen!"

„Beruhige dich. Du gerätst in Panik."

„In die würdest du auch geraten, wenn du eine Tochter hättest."

„In Panik kann man leicht etwas falsch entscheiden."

„Na und? Ich hätte mich schon vor neun Jahren falsch entscheiden sollen."

Bertie ging nicht darauf ein. Kaffee trank er aber auch nicht mehr. Nina hatte ihre Tasse die ganze Zeit unangerührt gelassen, es nicht mal bemerkt.

„Du glaubst, ich könnte dir helfen."

„Ich hoffte es. Du bist Anwalt."

Sie sah, dass er nachdachte. Er würde überlegen, ob man den DNA-Test anfechten könnte, wie lang das dauerte, welche Auswirkungen das hatte: auf ihren Staatsrätinnenposten, auf den sie seiner Meinung nach aus sein sollte, auf die Sache mit dem vertuschten Niccolo, auf seine eigene Position als Innensenator.

Nina blieb ruhig auf der Couch sitzen. Sollte Bertie ruhig glauben, sie wäre entscheidungsschwach. Es war gut, wenn er so dachte.

Bertie war eine letzte Möglichkeit gewesen. Sie hatte gehofft, er würde helfen können. Aber gut, konnte er nicht, man konnte nichts Übermenschliches verlangen.

Sie hatte längst die Lösung. Sie würde einen sehr menschlichen Weg beschreiten. Den Menschen seit Urzeiten tausendfach, wenn nicht millionenfach gewählt hatten, wenn sie Probleme lösen wollten. Nichts Besonderes also. Natürlich, Bertie würde sie nichts davon erzählen. Sollte er sich weiter in seiner Welt der Schönen, der Senatoren und Schweine bewegen. Sie hatte ein Kind zu beschützen und sich selbst.

Die Bürotür flog auf. Olivia stolperte herein. Verkrampft hielt sie die Buntstifte, hatte aufgerissene Augen und ihre Unterlippe zitterte. Sie wurde geschubst, fiel fast vornüber, fing sich. Hinter ihr kam der Käsemann herein, wollte Olivia in den Nacken greifen, aber Nina sprang hinzu, „Olivia, mein Schatz!", sie riss das Kind an sich. Der Käsemann schlenkerte mit seinem Revolver, kickte die Bürotür mit dem Schuhabsatz zu und stellte sich davor:

„Und jetzt will ich meine Million. Sofort. Sonst …"

„Million. Das ich nicht lache." Bertie lachte tatsächlich. Glaubwürdig. Blieb cool.

„Und ob ich die kriege. Niccolo ist hier rein mit dem Geld. Mit meinem Geld. Aber nicht wieder raus. Deswegen bin ich eingestiegen, durchs Gartenfenster."

„Hat er dir das gesagt? Dass er hier rein ist?"

„Ne, hab' ich beobachtet." Der Käsemann kratzte sich mit der Pistole am Dreitagebart.

Bertie sah sich mit theatralischer Geste um: „Und er hat dir auch gesagt, dass er hier nicht wieder raus ist?"

„Ähh."

„Weil, ich seh' ihn gerade nicht hier. Aber wo ist Sandra?"

„Wer is' 'n das?"

„Meine Sekretärin."

Der Käsemann reckte stolz die schmale Brust. „Die hab' ich gefesselt. Die liegt vorn im Empfang auf der Couch."

„Im Salon auf der Couch?"

„Genau."

„Da müssen wir ran."

„An die Frau?"

„An das Bild darüber. Da ist der Tresor hinter. Du willst doch die Million."

„Die ist nicht auf der Bank?"

„Ne, wie kommst du darauf."

„Ich dachte, das wäre deine nächste Ausrede. Du siehst so aus."

„Wie sehe ich aus?"

„Na, dass du so eine Ausrede bringen würdest, mit den gegelten Haaren und dem Anzug. Da passt Bank und Sparkasse zu."

Bertie runzelte die Stirn. „Jedenfalls müssen wir an den Schad, ich meine das Gemälde, es beiseite klappen und dahinter ist der Tresor."

„Okay, feiner Zug von dir, dass du mitspielst, keine Zicken machst. Dann los."

Stumm hatten Nina und Olivia auf der Couch zugehört. Olivia vergrub ihr Gesicht in den Falten der Bluse von Nina. Da Käsemann sie nun aufforderte mitzukommen, schlang Nina die Arme um Olivia. Der Verstand sagte Nina, sie müsse aufstehen und den Anweisungen des Geiselnehmers folgen. Aber ihre Nerven waren am Ende. Die Angst vor Sven, dass er sich Olivia griffe, ihr vergeblicher Versuch, von Bertie Hilfe zu bekommen gegen den DNA-Test, und schließlich ihr Entschluss, Sven zu töten … Und jetzt kam dieser schmalbrüstige Typ in Schwarz. Wenn er den Bart abrasieren würde, könnte sie nicht mal sagen, ob er Mann oder Frau wäre. Aber seine Pistole machte ihr Angst, und ebenso ängstigten sie seine flackernden Augen. Die Augen sagten ihr, der

Kerl wäre zu allem bereit. Eine wilde, aufschäumende Angst quoll in Nina hoch. Solcher Angst hatte sie nicht länger etwas entgegenzusetzen.

Noch fester drückte sie Olivia an sich und blieb auf der Couch sitzen, die Beine gehorchten nicht länger.

Bertie warf Nina einen schnellen Blick zu, er mochte ahnen, dass Nina kurz davor war, die Nerven zu verlieren. In seinem schwingenden Ledersessel lehnte er sich zurück, verschränkte die Arme hinter dem Kopf:

„Eins noch, junger Mann."

„Hä?"

„Sehen Sie die Webcam da."

„Hä?"

„Und da." Bertie zeigte in die andere Ecke.

Mit der Pistole schlug Käsemann die erste Webcam hinunter. Als es auf dem Teppich aufschlug, sprang die Plastikverschalung von dem kleinen Gerät. Platine und Optik wurden sichtbar. „Problem gelöst", sagte Käsemann.

„Wunderbar. Machen Sie das mit der anderen auch." Bertie saß weiter bequem.

Käsemann stieß die zweite Cam mit dem Pistolenlauf vom Aktenschrank, die Cam zerschellte mit kläglichem Geräusch auf dem Büroboden.

„So, da hätten wir Sachbeschädigung, Einbruch, Freiheitsberaubung, Geiselnahme, Raub. Suchen Sie sich etwas aus.

Käsemann grinste. „Doch kein Sparkassenangestellter?"

„Ich bin Anwalt."

„Solltest du draußen ein Schild dranmachen. Dann weiß ich beim nächsten Mal Bescheid. Und jetzt gehen wir zum Tresor." Er zertrat Plastik und Platine, obwohl sie schon kaputt waren.

Bertie schob einen DIN-A4-Bogen mit Kleingedrucktem an den Schreibtischrand. „Sie unterschreiben am besten hier." Bertie legte einen Füllhalter dazu.

„Aufstehen jetzt, alle drei!"

„Sie können laut werden. Befehle erteilen. Sie können wie Rumpelstilzchen stampfen. Die Kleine erschießen." — Nina schrie auf. Bertie ließ sich nicht irritieren: „Oder mich erschießen. Kameras kaputtmachen. Alles egal. Für Sie zumindest. Es ist alles aufgezeichnet, was sie bisher getan haben, und es ist in der *Cloud*."

„Klaut?"

„Für Polizei, Staatsanwalt und Gericht als Video dokumentiert. Nicht mehr zurückholbar.

„Ich habe die Cams kaputtgemacht!" Der Käsemann war verunsichert, er wurde lauter.

Bertie sagte: „Die Aufzeichnungen der Cams sind auf Servern in Amerika. Im Salon sind weitere Cams, ebenso draußen am Eingang und im Garten."

Käsemann kratzte sich mit der Pistolenmündung am Bart. Er versuchte zu denken. Nina wurde ruhiger. Bertie verstand es, eine Verhandlung zu führen.

„So, nun unterschreiben Sie hier. Dann vertrete ich Sie, und Sie kommen billig bei der Sache weg. Ich habe drei Zeugen und Sandra klopfe ich auch noch weich. Die werden zu Ihren Gunsten aussagen. Umso günstiger, je schneller Sie aufgeben. Sonst …"

„Sonst?", Käsemann warf einen Blick auf das Blatt.

„Bei der Beweislage? 20 Jahre. Plus Sicherheitsverwahrung." Bertie zog die Kappe vom Füllhalter, hielt Käsemann das Schreibgerät hin. Bertie sagte: „Ich könnte sogar alles vergessen.

Die Videoaufnahme von Ihnen in der Cloud vergessen. Wenn Sie jetzt kooperieren und einfach aufhören."

Käsemann legte die Pistole auf den Schreibtisch, nahm den Füller, dann zögerte er, ihm fiel noch etwas ein: „Und meine Million?"

„Bekommen Sie, natürlich."

„Gut", sagte Käsemann, dennoch ließ er das mit der Unterschrift, „gehen wir zuerst zum Tresor. Mal gucken, ob ich dann unterschreibe."

„Okay."

Bertie kam aus dem Stuhl, ging voran und Käsemann folgte in den Salon. Über dem barocken Sofa hing das Frauenportrait von Christian Schad, dem Maler der Neuen Sachlichkeit. Bertie nahm das Bild ab.

Sichtbar wurde nur die weiße Wand, aber kein Tresor.

„Du verarschst mich", sagte Käsemann.

„Das würd' ich mich nie trauen", erwiderte Bertie.

Käsemann sprang auf das Sofa und fuhr mit der Hand über die Wand: „Gar nichts ist da."

In seinem Rücken hatte sich Nina aufgestellt und sagte: „Mehr wird es auch nicht werden."

Sie war den Männern gefolgt, und sie hatte Käsemanns Pistole in der Hand. Das erstaunlich schwere Ding war auf den schmächtigen Käsemann gerichtet, der es gewagt hatte, Olivia zu bedrohen. Die Pistole fühlte sich gut an. Sie war das Werkzeug der Lösung.

Eigentlich war Sven der Meinung, so leicht könne ihn nichts überrumpeln. Aber er sollte sich irren, denn von einem zum anderen Augenblick stand sie da. In der Dunkelheit. *Seine* Nina.

Traumhaft sah sie aus: in einem weißen Kleid, mit passenden Pumps. Eine knappe Jacke um die Schultern, eine Clutch in der Hand.

Sie sagte: „Ich dachte, wir könnten ins Theater gehen. In die Oper. Ich wollte bei dir anschellen."

Er wollte zum Wagen und sich eine Pizza holen. Es war spät, ihm war in der Wohnung die Decke auf den Kopf gefallen und er hatte Hunger.

„In die Oper?"

Ich dachte, wir entspannen uns ein bisschen." Sie zeigte zwei Eintrittskarten. „Danach sprechen wir uns aus."

Seine Traumfrau war wie verwandelt. Entspannt und vernünftig, fantastisch aussehend. Manchmal kam man an das Ziel seiner Wünsche in Momenten der Alltäglichkeit. Beim Pizzaholen.

„Das ist eine geniale Idee, Nina." Er fühlte, wie etwas in ihm schmolz und ein weiches Gefühl machte sich breit, das er bisher kaum gekannt hatte. Jahrelang hatte er sich nach oben gekämpft, sein Verlangen niedergedrückt — oder ihm nachgegeben.

Nach der Pizza, wenn er recht überlegte, hätte er wohl die scharfe Lady Lack angerufen, deren Nummer ihm Cheffe vom Tattoostudio gegeben hatte. Lange hatte er sich gesträubt, heute Abend hätte er dem Verlangen nachgegeben; in der Hoffnung, etwas Außergewöhnliches zu erleben. Etwas, dass ihn beruhigte, weiter funktionieren ließe. Aber das kam jetzt nicht mehr in Frage. Seine Traumfrau wollte mit ihm ausgehen. Wenn er seiner Mutter das hätte erzählen können. Seiner Mutter, die ihn für einen Versager gehalten hatte. Er war einen weiten Weg gegangen, er war ihn erfolgreich gegangen.

„Wir müssen uns aber beeilen. Die Vorstellung beginnt in 30 Minuten."

„Natürlich. Mein Wagen steht da vorne."

Von Billstedt in die Stadt in einer halben Stunde zu gelangen, das war auch zur Abendstunde ein sportliches Vorhaben, aber er würde Nina nicht enttäuschen. Er würde während der Fahrt auch nicht Olivia erwähnen, ihre gemeinsame Tochter. Alles würde sich friedlich und von selbst lösen. Sie würden eine glückliche Familie werden.

„Steig ein, Nina. Pass auf den Gulli da auf, nicht das du stecken bleibst."

In die Oper — das war natürlich verrückt. Auf Oper legte er überhaupt keinen Wert. Dafür aber auf Nina, und eine Oper war ein kleiner Preis, um mit ihr zusammen zu sein. Für immer zusammen zu sein. Vor Jahren hatte ihn Alexandra mal in ein klassisches Konzert geschleppt. Er war eingeschlafen. Das würde ihm mit Nina nicht passieren.

Nina stieg auf der Beifahrerseite ein. Sie schnupperte. Sie roch es wieder. Nicht länger war es ein Hauch zu nennen, aber Gestank wäre zu viel gesagt. Es war ein Geruch, ein süßlicher Geruch, kurz davor, penetrant zu sein.

„Puh", entfuhr es Nina, „riechst du das?" — Es war gut, dass es roch, womöglich hätte sie es sonst nicht durchgehalten, neben ihrem Vergewaltiger zu sitzen. Neben dem Mann, der ihr Olivia wegnehmen wollte. Sie hätte einen Schweißausbruch bekommen oder sich übergeben. Oder sich mit ihren Fäusten auf ihn gestürzt, was sinnlos war, wie sie wusste. So sprach sie über den Geruch. Das lenkte ab.

Eigentlich lief es super. Besser als sie erhofft hatte. Sie hätte geklingelt, wäre zu ihm hoch … Das wäre schwieriger gewesen. Hoffentlich hätte sie das geschafft, es über sich gebracht, seine Wohnung zu betreten, die Wohnung eines Unholds. Wenn sie drin gewesen wäre, dann … Sie mochte es nicht denken. Sie hätte es nur tun müssen.

Aber so war es besser. Wenn er fuhr, wäre er abgelenkt. Dann könnte sie … könnte sie? Was wäre, wenn sie schösse, und er in den Gegenverkehr raste. Sie musste doch überleben, für Olivia.

„Ich rieche nichts", sagte er und schnupperte, „obwohl, du hast recht, etwas muffig vielleicht?" Er drehte sich um, schnüffelt noch mal.

Jetzt könnte sie die Waffe ziehen …

Zu spät, er wandte sich ihr schon zu, würde ihr das schwere Ding einfach aus der Hand nehmen. „Kommt von hinten, glaube ich", sagte er und stieg aus. „Was für ein Stück wird eigentlich gegeben?"

„Die Fledermaus." Sie verließ ebenfalls den Wagen.

„Ist das eine Oper? Ist doch eine Operette, oder?"

„Mmmh", machte sie, hatte keine Ahnung und es war ihr unwichtig. Sie konnte nur daran denken, es gleich zu tun. Bloß jetzt nicht zittern.

Er fummelte am Kofferraumschloss. Wandte ihr den Rücken zu.

„Das klemmt, als wenn jemand dran rumgemacht hätte."

Sie holte Käsemanns Pistole aus der Clutch.

Er bekam den Kofferraum auf.

„Uahh!", machte er, und Gestank quoll ihnen entgegen und Fliegen umbrummten sie.

Dann sah Nina es: Etwas lag im Kofferraum. Etwas Menschliches.

„Iiih", entfuhr es Nina, da es ihr vorkam, als würde sie Niccolo sehen, der da lag und verweste und stank. Es war so dunkel und schwer zu erkennen.

Sven guckte Nina entgeistert an. „Willst du …"

Ach, die Pistole in ihrer Hand, sie musste abdrücken.

„… willst du mich erschießen." Er sprach ungläubig. Überrascht.

Sie musste durchziehen.

„Aber erst entsichern", sagte er.

Ninas Hand traf ein entschlossener, von oben geführter Fausthieb. So hart, wie Nina es sich nicht hatte vorstellen können. Es war, als hätte Sven ihr mit dem Hieb die Hand abgeschlagen. Augenblicklich war sie taub, und die Pistole knallte auf die Straße, sprang hoch und rutschte in die Gosse.

„Wolltest du mich auch in den Kofferraum stecken." Er sagte es nicht böse, fast bewundernd, und er schaute sie seltsam an dabei. Seine Hand schoss vor, bekam ihre Kehle zu fassen. „Kleine Lady, das wird 'ne große Oper, gleich hier."

Er zerrte sie an den Rand des Kofferraums, und da sie schreien wollte, hielt er ihr brutal den Mund zu.

„Wir werden es jetzt machen, wie noch nie zuvor." Er wirbelte sie herum, fixierte Nina mit seinen Schenkeln am Blech, spreizte ihre Beine. Sie musste auf Niccolo starren, und Sven drückte ihren Oberkörper herab, so dass sie dem Toten und seinem betäubenden Gestank noch näher kam und Fliegen ihr in die Nasenlöcher brummten. Mit aller Kraft und dennoch vergeblich stemmte sie sich gegen Svens drückenden Arm. Auf den Innenseiten der Oberschenkel spürte sie seine Finger, die nach oben wanderten, das Kleid hochschoben, den Slip zerrissen. Svens Atem ging stoßweise.

Nina wollte schreien, mit aller Kraft versuchte sie es, doch es blieb bei einem Gurgeln, Svens Hand verschloss ihr wie festgetackert den Mund, drückte ihr den Kopf in den Nacken, so dass sie sich kaum bewegen konnte und befürchte zu ersticken. Ihre Hände fuchtelten, Nina versuchte, die Beine zu bewegen. Aber alles war vergeblich und die Luft wurde knapp, die Sinne schwanden vor Aufregung und Sauerstoffmangel.

Nur noch im Unterbewusstsein nahm sie Reifenquietschen war. Sven lockerte seinen Griff.

„Hallo Prinzessin, ich bin gerade beschäftigt", sagte Sven.

Nina schaffte es, den Kopf zu drehen, und sie sah Alexandra, ihre Schulfreundin. Kurz nach der Wiesn-Nacht war der Kontakt abgebrochen. Alexandra saß am Steuer eines Sportwagens und überblickte die Szenerie mit entsetzten Augen.

Sie schrie Sven an: „Du spinnst total, was tust du da!"

Nina ließ sich schwer werden wie ein nasser Sack; es funktionierte, da Sven abgelenkt war. Sie rutschte zwischen Blech und Svens Schenkeln herunter auf die Straße und krabbelte schnell zur Seite. Das schwarzglänzende Ding da …

„Prinzessin, es ist anders als du denkst. Ist alles unser Plan."

… das war die Pistole. Schon hatte sie das Lösungswerkzeug in beiden Händen, und es gab kein Zögern mehr, nur noch Willen —

Der Schuss ballerte los, eine Fontäne von Feuer spritzte aus der Mündung, und der Knall war so laut … Nina hatte solch ein Getöse nie zuvor gehört. Mehrfach hallte der Schussknall von den Fassaden der Einfamilienhäuser der Kapellenstraße zurück.

Der Schuss traf Sven in die Brust. Svens Körper wurde von der Wucht des Projektils nach hinten geschleudert gegen Alexandras Sportwagen, der mitten auf der Straße stand. Eine Sekunde lang lehnte Sven an den Wagen und schaute verständnislos zu Nina, die im Rinnstein kauerte, die Pistole in der Hand, als wäre das große schwarze schwere Ding ihr angewachsen.

Nina sah die Szenerie klar wie ein überscharfes Foto. Sven hatte die Hose geöffnet. Ein Urinstrahl ergoss sich. Dann sackte Sven zusammen wie eine Marionette, der die Fäden zerschnitten worden waren.

Was blieb, waren Stille und Starre.

Alexandra löste sich als erste aus der Erstarrung. „Komm, Kleine. Es wird Zeit."

In zwei Häusern gingen Lichter an.

Alexandra stieg aus ihrem Wagen, und Nina fiel die rote Mähne auf. Die Haare sind toll, dachte Nina. Es hatte nichts mit dem zu tun, was sie gerade gemacht hatte. Trotzdem - oder deswegen - beschäftigten sie die Haare. Genau wie damals sind sie, dachte Nina. Ob Alexandra mittlerweile mit einer Tönung nachhalf?

Alexandra brachte Nina auf die Beine.

„Nee, nee", sagte Alexandra, „die Pistole nimmst du schön mit."

„Mitnehmen?"

Nina konnte keinen vernünftigen Gedanken mehr fassen. Magisch zog sie der tote Sven an. Sie musste hinschauen. Zusammengesunken lag er da neben dem Gullideckel. Die Gliedmaßen in unnatürlicher Stellung.

Er war ganz sicher tot. So konnte nur ein Toter liegen. Komisch war, dass Nina sich nicht erleichtert fühlte durch die Erkenntnis. Sie fühlte gar nichts.

„Du hast mit links geschossen. Weißt du das?"

Nein, Nina wusste nichts. Nicht mal, wie sie auf den Beifahrersitz in Alexandras Sportwagen gekommen war. Alexandra musste sie dorthin bugsiert haben. Nur den toten Sven sah Nina vor sich. Obwohl sie gar nicht mehr hinschaute.

Bollernd sprang der Sportmotor an, sie rollten davon.

„So sinnlos … das bringt nichts", murmelte Nina.

„Ob es was bringt, stellt sich erst heraus." — Alexandras rauchige Stimme … seltsam, was einen Menschen in Ausnahmesituation beruhigen kann. Es war die rauchige Stimme ihrer Freundin, die Erinnerung an gemeinsame Schultage, nächtliche Diskotheken-Abenteuer, ein Gefühl der Freundschaft. Lange vermisst, dann vergessen … es kehrte zurück, als wären keine Jahre vergangen. Es beruhigte.

„Warum hilfst du mir?" Sie hatten sich seit Jahren nicht gesehen. Ihre Freundschaft war wegen Theo auseinander gegangen.

„Wenn du es nicht getan hättest", sagte Alexandra, „hätte ich es gemacht. Deswegen war ich gekommen." Sie kurvten in den Horner Kreisel und dann gab Alexandra Gas.

„Nun helfe ich dir. Das ist das Mindeste, was ich tun kann."

„Es war für Olivia", sagte Nina und war mit einem Mal sehr müde. Das Gefühl kehrte in ihre rechte Hand zurück und der Schmerz. Pulsierend war er, aber das war egal.

„Ich tue es für unsere Freundschaft." Mit einer burschikosen Bewegung warf Alexandra die Haarpracht in den Nacken. „Für unsere neue Freundschaft. Ich muss da ein bisschen Abbitte leisten bei dir."

Mehr sagte Alexandra nicht mehr, sondern konzentrierte sich auf die vormitternächtliche Autobahn. Sie fuhr gern schnell.

Zwei Monate später, die Wahl war gelaufen und in der Öffentlichkeit längst vergessen: Drei Herren saßen in der rotbacksteinigen Innenbehörde am Johanniswall zusammen, um die Morgenlage durchzusprechen. Die tägliche Morgenlage war von dem neuen Innensenator Adalbert von Gerte - von Freunden und Medien nur Bertie genannt - gleich nach seinem Amtsantritt eingeführt worden.

Bertie saß hinter seinem Senatorenschreibtisch. Vor dem Schreibtisch saßen: der neue, von Bertie ernannte, Polizeipräsident Cordt Möller. Der ebenfalls neu ernannte Staatsrat der Behörde für Inneres, Sebastian Jenner. Sowie der Bürgermeister, der an der Lage teilnahm, wenn die Termine es zuließen. Heute ließen die Termine es zu.

Bertie führte die Morgenlage knapp und konzentriert und ohne *Schümli*-Angebot. Nach acht Minuten war man beim letzten Punkt, und Jenner legte Bertie eine Akte im gelben Umschlag hin:

„Vom Polizeikommissariat 42 kommt der Abschlussbericht zur Mordsache Kapellenstraße."

„Mordsache?" Bertie rümpfte die Nase. „Das klingt für mich nach Vorverurteilung. Oder haben Sie die Täter?"

„Äh, nein. Aber vielversprechende Spuren."

Bertie knurrte Möller an: „Was für Spuren?"

„Lediglich einige verschmierte Fingerabdrücke im Wagen von Sven Mehnert", brummte Möller. „Allerdings lässt sich nicht sagen, wann die Fingerabdrücke entstanden sind."

„Also wertlos", entschied Bertie. „Zeugen?"

Bedauernd schüttelten Jenner und Möller die Köpfe.

Jenner sagte: „Wir werden noch weiter ermitteln. Die Presse setzt uns ziemlich unter Druck."

„Papperlapapp", mischte sich nun der Bürgermeister ein. „Die Presse, die füttern wir nicht auch noch. Dieses Dreckspack will mir nur an den Karren fahren und mit Skandalgeschichten auf meine Kosten Auflage machen. Aber erst in fünf Jahren sind wieder Wahlen. Jetzt wird regiert. Gut regiert. Bertie, du kümmerst dich um den … Vorgang da. Ich will davon nichts mehr hören. Die Stadt ist sicher. Und die Stadt ist sozial."

„Aber die Presse steht draußen", wandte Jenner ein. „Die wollen bestimmt etwas hören."

„Das ist doch wunderbar." Der Bürgermeister zeigte sein Haifischlächeln und sprang auf. Die Anwesenheit von Pressevertretern verjüngte ihn fast so zuverlässig wie ein Wahlkampf. „Eine schöne Gelegenheit, unsere Leistungen ins rechte Licht zu rücken. Das hier schafft ihr auch ohne mich. Und die Lage machen wir ab morgen 30 Minuten früher. Die tricksen wir aus, die Pressefuzzis. Wenn die noch auf ihrer Mutti zugange sind, da sind wir hier schon durch." Mit entschlossenen Schritten eilte er durchs Büro, durchs Vorzimmer. Man hörte ihn:

„Meine Damen, meine Herren. Wunderbar, dass Sie mir ihre Aufmerksamkeit schenken. Die neue Chefin der Fenske-Höfe, Alexandra Mayr, und unsere Staatsrätin Nina Schmidt werden heute Nachmittag einen *Letter of Intent* für einen neuen Fenske-Hof in Harburg unterzeichnen. Ich bin froh, dass dieses lange geplante Projekt endlich Formen annimmt. Unsere Stadt und insbesondere unsere Kinder werden davon profitieren. Angelegt ist das Projekt als langfristige Zusammenarbeit zwischen der Stadt und den Fenske-Höfen, einer der hervorragendsten karitativen Einrichtungen Deutschlands für Kinder, gegründet von dem unvergessenen, charismatischen Sven Mehnert. Für die Zusammenarbeit sind im Haushalt eine Million Euro bereitgestellt. Natürlich unter strengen Bedingungen und strenger Aufsicht. Alles gemäß der EU-Richtlinien. Sie sehen, wir stehen zu unserer sozialen Verantwortung in einer zunehmend diversen Gesellschaft."

Im Konferenzraum sagte Bertie: „Reden kann er." Bertie nahm die gelbe Akte mit dem Kapellenstraßenfall, stellte sie hochkant und stieß sie mehrmals auf, sodass sich die Blätter zurecht rüttelten. Er öffnete die unterste Schublade seines Senatorenschreibtischs und darin verschwand die Akte.

Jenner schien zu ahnen, was das bedeutete. Hilfesuchend schaute er zu seinem Polizeipräsidenten hinüber. Möller schaute zurück, mit einem Blick, der sagte: Ruhig bleiben, es wird alles gut.

Er hatte Urlaub gebucht. In Ungarn. Mit Alexandra.

Abspann

Bloggerin und 3-fach-Ex-Ehefrau **Sophia** zieht es jobmäßig auf die großen Modeschauen von Paris, London und Mailand. Der Innensenator reizt sie natürlich auch. Wenn er nur nicht so verdammt schlau wäre.

Der „ehrenwerte" Vergewaltiger **Sven Mehnert** erhält aufgrund seiner Verdienste eine Bronze-Statue, die direkt vor dem Fenske-Hof in Harburg eingeweiht wurde. Nicht mal der Bürgermeister konnte dies verhindern. Zu groß war der Zuspruch seitens der Wählerschaft. Eine täglich schier unerträgliche Zumutung für **Alexandra Mayr**, die bereits schon jetzt den Umzug der Statue – nach einer Karenzzeit von 6 Monaten – in die Geburtsstadt Mehnerts nach München in die Wege geleitet hat.

Nina Schmidt hat viel gelernt und zieht hinter dem Innensenator und Bürgermeister ordentlich die Strippen. Den Posten der nächsten Senatorin hat sie dabei fest im Visier. Der Name „*Schmidt*" ist für Hamburg eben auch eine Verpflichtung.

Daryna hat sich schnell bei *NatalGen* eingearbeitet und sich bereits den 76-jährigen Professor Brinkhaus geangelt. Der Titel fasziniert sie, würde ihr stehen. Und dass sie Menschen im Alltag betreuen kann, hat sie als ehemalige Tagesmutter von Olivia bereits unter Beweis stellen können. Wie ihre Groß-Familie in der Ukraine staunen würde. Frau Professorin Daryna Brinkhaus …

Trude wischt, verwässert und trinkt weiter. Aber jetzt auf Möllers Hausboot.

Jason Bongarts wundert sich, dass die Polizei auf seine Anzeige nicht reagiert. Aber er hat doch was gesehen in der Nacht. Der Nachbar und heutige Polizeipräsident **Cordt Möller** hat da etwas Seltsames verladen.

Vom klassischen Polizeiriecher ist bei Staatsrat **Sebastian Jenner** nicht mehr viel übrig. Dennoch tut er somit alles, sich für höhere Aufgaben zu empfehlen.

Die **Fast-Million** wird von Bertie an den *Armee Ritter Bund eV* zurücküberwiesen. Der Verein hat das Geld bereits schmerzlich vermisst. Man kommt überein, kein großes Aufsehen darum zu machen. Der niederträchtige Kim – besser bekannt als **Käsemann** – hatte damals die Summe unterschlagen und sich abgesetzt. Bis zu dem Zeitpunkt, als Bertie das Geld in seinem Gästezimmer und Käsemann in seinem Arbeitszimmer vorfand. Nun resozialisiert sich Käsemann in Projekten, die er jeweils direkt von der Innenbehörde erhält.